大家学术经典文库

钱谷融文选

钱谷融◎著

上海人民出版社

编写说明

上海是哲学社会科学重镇。一直以来，上海社科界群星璀璨、名家辈出，为我国哲学社会科学的发展作出了巨大贡献，也是上海这座城市深厚的文化底蕴之所在。

上海市哲学社会科学学术贡献奖，主要奖励中华人民共和国成立以来公开发表、出版或播放的哲学社会科学类具有原创性、基础性和广泛影响，并被实践证明对学科建设、学术发展具有重大价值，对经济、社会发展也已产生重大影响的学术观点和学术思想。历届获奖者，都是新中国成立以来在上海社科界辛勤耕耘、潜心治学，为哲学社会科学繁荣发展作出重大贡献，在学界具有广泛影响和享有崇高声誉的名家大师，他们的研究涉及政治、历史、哲学、社会、经济、教育、文学、语言学等多个领域，他们是上海社科界的学术丰碑，他们用思想标注了时代。

本文库主要遴选上海市哲学社会科学学术贡献奖获得者的代表作，展示新中国成立以来上海哲学社会科学取得的卓越成就，传承接续学术大家的人格精神和治学风范，以激励后学不断开拓创新，为构建中国特色哲学社会科学、推动上海哲学社会科学繁荣发展作出更大贡献，进一步打响上海文化品牌。

本文库的编纂得到上海市社会科学界联合会、上海社会科学院、复旦大学、华东师范大学、上海师范大学等单位的鼎力支持。

目 录

论“文学是人学”

曹禺戏剧语言艺术的成就

鲁迅杂文的艺术特色

关于文艺特征的断想

且说说我自己

论“文学是人学”

我怎样写《论“文学是人学”》
——当时的想法

我在《论“文学是人学”》一文里，一共谈到了五个问题，就是：一、关于文学的任务，二、关于作家的世界观与创作方法，三、关于评价文学作品的标准，四、关于各种创作方法的区别，五、关于人物的典型性与阶级性。我认为谈文学最后必然要归结到作家对人的看法、作品对人的影响上。而上面这五个问题，也就是在这一点上统一起来了：文学的任务是在于影响人、教育人；作家对人的看法、作家的美学理想和人道主义精神，就是作家的世界观中对创作起决定作用的部分；就是我们评价文学作品的好坏的一个最基本、最必要的标准；就是区分各种不同的创作方法的主要依据；而一个作家只要写出了人物的真正的个性，写出了他与社会现实的具体联系，也就写出了典型。这就是我那篇文章的内容大要。

下面我想分别就该文所涉及的几个问题，说明一下我当时的想法。

一、关于文学的任务

我认为文学的任务，主要应该是影响人，教育人。应该是鼓舞人们去改造现实，改造世界，使人们生活得更好，而不在于反映现实。因为，正如周扬同志在《生活与美学》译后记中所说：“艺术再现现实，只说明了艺术发生的根源和内容的性质，并不能说明它在历史上的重大的作用。”（《生活与美学》，第169页，

1949 年 6 月群益版)高尔基也一向认为消极的任务是文学所不足取的。把文艺的意义、作用,局限在反映生活这一点上,就等于是否定了文艺的存在的必要。(参看契同诺娃:《高尔基——社会主义美学的奠基者和苏联作家们的导师》一文。文载 1948 年《高尔基研究年刊》)文艺之所以对人们有益,不仅在于人们可以通过它来认识现实(这当然也是重要的),而尤在于它能够激起人们改造现实的热情和毅力,能够使人们为实现人类的美好理想而斗争。文艺反映现实,这当然是个无可争辩的唯物主义的命题。但这一命题只是说明了存在的第一性和意识的第二性,并没有多告诉人们一些什么。人们通过这一命题,并不能对文艺的性质、特点有所了解。而且,“现实”这个概念是一个包罗万象的概念,一切存在,都是现实。文艺所反映的现实,是否有它的特定的范围呢?是否有与其他社会意识形态不同的对象呢?根据别林斯基的意见,是没有什么不同的。他认为文艺与其他意识形态的区别,不在于内容,而只在于创造内容的方法。当代的苏联文艺学家布洛夫不同意这个看法,他认为文艺的对象是人,是人的环境,以及人对环境的态度(《苏联文学艺术论文集》第 116 页)。我是赞成布洛夫的意见的。我认为在文艺中,所谓现实就应该是指的人的个性(人的思想和行动,理想和愿望)。因为,人是不能脱离一定的时代、社会和一定的社会阶级关系而存在的;离开了这些,就没有所谓“人”,就没有人的性格。所以,人,可以说就是具体的现实。而一般观念中的现实,只能是文艺的背景而非对象,只能是文艺的出发点而非目标。否则的话,像抒情诗、音乐、舞蹈、雕刻等等,怎样能反映现实呢?正因为人是社会现实的焦点,是生活的主人,所以抓住了人,也就抓住了现实,抓住了生活。你只要真正的写出了人,写出了人的个性,就必然也写出了这个人所生活的时代、社会和当代复杂的社会阶级关系,就必然也反映了整个现实。我认为今天的许多作品之所以还缺乏巨大的激动人心的力量,其重要原因之一,就在于作家是从“艺术的任务是在于反映整体的现实”这一命题出发,力求在自己的作品中全面地反映现实的各方面的动态,而又不把他们集中到主人公的个性的成长发展的过程中来描写,因此,使得主人公的形象在作品中被冲淡了,好像他只是为了反映现实的需要才被引进作品来的一个工具,而对于现实的反映也由于没有能抓住作为现实的焦点，作为把现实的各方面联系起来的枢纽的人，因而也往往是支离割裂，不能给人以一个统一完整的感觉。

二、关于作家的世界观与创作方法

我以为世界观与创作方法应该是一致的。在创作过程中，作家的世界观是起着决定性的指导作用的。我一向反对世界观与创作方法可以分裂的说法。我认为这种说法在理论上既站不住脚，在实践上也缺乏佐证。分裂论者常以巴尔扎克、托尔斯泰等人为例，认为创作方法与世界观是可以互相冲突的，并引恩格斯论巴尔扎克的话以自证。其实，巴尔扎克与托尔斯泰这两个人的情形之所以会如此，正像许多人所已经指出的那样，并不是他们的世界观与创作方法有矛盾，而是由于他们的世界观的内部本身存在着矛盾。他们的作品中，既有进步的一面，也有落后的一面，正反映出他们的世界观中既有进步的因素，也有落后的因素。但这种说法，还嫌笼统。因为我们知道巴尔扎克与托尔斯泰两个人的作品，鲜明地表现了进步的、有利于人民的倾向，它们的消极落后的一面是次要的。笼统地说它们既有进步的一面，也有落后的一面，是不分主次的说法，也是不太切合实际的，因而也就不能真正解决问题的。于是，为求其与作品的实际相符起见，必须证明这两个人的世界观的主导倾向也是进步的。事实上，也的确有人在这样做，在作这样的论断了。但是，狭义的世界观，主要是指哲学观而言，像托尔斯泰与巴尔扎克这两个人，他们的哲学观点是很难被说成是进步的。那么，应该怎样来解释这种现象呢？我以为这又与我上面所说的文学的特性有关了。在文学领域内，既然一切都是为了人，一切都是从人出发的，既然一切都决定于作家怎样描写人、怎样对待人，那么，作家的美学理想和人道主义精神，就应该是其世界观中对创作起决定作用的部分了。于是我把托尔斯泰与巴尔扎克的胜利，说成是人道主义的胜利。

应该说，我是很重视世界观在创作过程中的作用的。但我所重视的只是包括在世界观中的某些观点的作用，而不是整个世界观的作用。具体说来，我所重视的，只是其中的道德观点和美学观点。对于自然现象的观点之得不到我的重视，自不必说了。就是对于社会政治的观点，我也认为并不是很重要的。因为，我看到历史上许多杰出的作家，他们并没有先进的政治主张与社会理想，甚至他们的政治主张与社会理想还是反动的。然而他们仍写出了伟大的极有教育意义的作品。而且，还有一些作品，特别是一些抒情的或写景的小诗。如“春眠不觉晓，处处闻啼鸟。夜来风雨声，花落知多少。”之类，是很难看出其中有作者的什么社会政治观点在内的。可见社会政治的观点，对一个作家来说，并不是十分重要的东西了。我之所以认为文学不必以反映现实为直接的任务，所以把人道主义作为世界观中对创作起决定作用的部分，作为评价文学作品的最基本的、最低的标准，作为区别各种创作方法的主要依据，其根本的原因就在这里。当然，如果完全忽视作家的社会政治观点，那也是十分错误的。因为，世界观固然是人对世界、对周围的现实现象的各种观点的总和，固然它本身是既统一而又有矛盾的，我们为说明问题方便起见，是可以把他们加以分析的；但它们相互之间，却是有着有机的、不可分割的联系的。把它们彼此割裂、各自独立起来也是不对的。有一些并没有进步的（甚至只有反动的）政治主张与社会理想的作家，虽然也能写出进步的、有益于人类的作品。但是在他们的作品中，也一定必不可免地包含一些消极的、有害的因素。这些因素正是由于其社会政治观点的错误而来的。而且，这种作家的作品，尽管的确具有进步的意义，但这种进步意义也是有很大的局限性的。决不能与那些具有先进的社会政治观点的作家的作品的进步意义相比。同时还必须指出，我们说他们具有反动的政治主张与社会理想，主要也只是说他们对社会的前途的看法，对究竟应该建立怎样一种政治制度来代替现有的政治制度的看法是错误的，或者反动的罢了。而不是说他们对当时的社会制度、政权组织所作的评价也是错误的。假使他们对当时的社会制度、政权组织作出了错误的、与人民大众完全相反的评价，他们就决不可能写出具有进步意义的作品来，而只能写出反动的作品了。有一些作品虽然并没有明确的表现出作者的社会政治观点，但我们仍可以、而且应该从社会政治的观点来予以评价。就是首先要看它是有利于社会的呢，还是不利于社会的？有利于人民群众的生活的呢，还是不利于人民群众的生活的？不过，我认为我们对作家的社会政治观点的一般要求，也只不过是如此而已，不必要求作家一定要有最先进的政治主张与社会理想。有，当然最好；否则，只要他能站在一般人民群众的立场，能关心人民的生活，同情人民的疾苦，也就行了。而关心人民的生活，同情人民的疾苦，不是别的，正是一种人道主义的态度。

三、关于评价文学作品的标准

我非常重视文学的教育作用、文学的影响人的心灵的作用。我认为文学作品的历史地位与社会意义，首先是从它描写人、对待人的态度上表现出来的。凡是能够美化人们的灵魂，引导人们向上、刺激人们起来为争取美好的生活而斗争的作品，就是好作品；反之就是坏作品。一切时代的进步艺术跟颓废派艺术之所以针锋相对，主要就在于它们描写人的态度的不同，对人的理想的不同。如果一个作家对人生抱着消极的态度，对人类的活动，对人类的理想与愿望，没有深切的关注与同情，是决写不出好作品来的。世界文学史上的伟人，虽然不一定具有先进的政治主张，与劳动人民也不一定有着深厚的联系，但他们没有一个不是伟大的人道主义者。没有一个不是反对强暴，同情弱小；憎恨诈伪，赞美正直的。在有一些古典文学作品中，我们可能不容易找到人民性、爱国主义、现实主义等等，但人道主义精神却是决不会缺少的。如果连人道主义精神都没有，那就决不可能是好作品，决不可能成为古典文学作品了。就拿人道主义与人民性、人道主义与现实主义的关系来说，我认为它们也决不是互相对立的，而是有着异常紧密的联系的。可以这样说，人道主义是构成人民性和现实主义的必不可少的条件。哪儿没有人道主义，哪儿也就不会有人民性和现实主义。所以我认为人道主义原则是评价文学作品的一个最基本、最必要，也可以说是最低的标准。符合了这个标准就基本上是个好作品，就一定有其可取之处。至于好到什么程度。可取之处究有多大，那就得运用人民性等等的标准去衡量了。

我也知道我这种想法是颇有人性论的倾向的。但我以为马克思主义者本来并不否定人性的存在。毛泽东在《在延安文艺座谈会上的讲话》中,说到有没有人性这东西时,也说当然是有的。文学既然是以人为对象(即使写的是动物,是自然界,也必是人化了的动物,人化了的自然界),当然非以人性为基础不可。离开了人性,不但很难引起人的兴趣,而且也是人所无法理解的。不同时代、不同民族、不同阶级所产生的伟大作品之所以能为全人类所爱好,其原因就是由于有普遍人性作为共同的基础。马克思在《〈政治经济学批判〉导言》中关于希腊艺术的不朽魅力所说的一段话,我以为也显然指出了人性在文艺中的作用。而且我也并不像资产阶级人性论者那样,主张文学应当描写永恒不变的超阶级的人性(那样一种人性是没有的。资产阶级的文艺学家之所以要提倡这样的人性论目的无非在掩蔽阶级矛盾,麻醉被压迫阶级的阶级觉悟罢了),我认为人性是随着时代、社会等等条件的发展而发展,因阶级性、个性的不同而有其不同的表现的。但尽管如此,仍不排除纵的方面的继承性,横的方面的普遍性。没有这种继承性与普遍性,人类的一切交往便都不可能存在,也就不可能组成社会,不可能有历史。而这继承性与普遍性的基础就是共同人性。所谓人道主义,我以为就是这种人性的肯定与发扬。文学既以人为对象,既以影响人、教育人为目的,就应该发扬人性、提高人性,就应该以合于人道主义的精神为原则。我认为人道主义原则与阶级性原则是并不矛盾的,只有历史上的先进阶级才能发展人性,才能讲人道主义。而那些落后的、反动的阶级,就只能阻碍人性的发展,甚至戕害人性。譬如今天的资产阶级虽然也在空喊着人道主义,但事实上他们的所作所为是完全违反人道主义精神的。今天最讲人道的阶级就是无产阶级;无产阶级的最终目的是实现共产主义,而共产主义也就是真正的人道主义,也就是最高的人道主义。

四、关于各种创作方法之间的区别

文学上的主要流派,如高尔基所说,有现实主义与浪漫主义两个。两者的区别是很显明的,既在描写的方法上,也在对待现实的态度[1]上。在态度上,现实主义者忠实于现实,他的作品是从忠实地反映他所理解的现实出发,对现实尽管有所不满,有所抗争,但决不歪曲现实以求合于自己的理想,而只是寓褒贬于忠实的记述中。浪漫主义者忠于自己的主观,忠于自己的热情和理想,他轻视客观现实,特别轻视现实生活的细节,他在作品中常常可以改变现实的面貌,使之适合于自己的理想,适合于自己的感情的要求。在方法上,现实主义者以生活本身的形式反映生活,再现现实。他的题材是按照严格的生活的逻辑来安排的,他把他获得真理的过程真实地再现出来,使读者通过阅读,能够一方面认识作者所反映的现实,一方面得出与作者从现实所得到的大致相同的结论。浪漫主义者是通过一些想象出来的、甚至是离奇的情节,来表现他的热情与理想的。(当然,这种热情与理想的产生,也是有它的现实根源的。)他要使读者接受的东西,也是他的热情与理想。所以,要区别这两种创作流派是很容易的。但是,要区别积极的浪漫主义与消极的浪漫主义,要区别现实主义与自然主义,过去的现实主义与社会主义的现实主义,就不能从上面所说的态度和方法两方面入手了,而必须从另外的地方着眼。

我以为浪漫主义与一切颓废主义的区别,显然并不在描写的方法上,也不在对待现实的态度上,而是在于对待人生的态度上的。对人、对生活抱着积极的态度,作品中渗透着人道主义精神的,就是浪漫主义;否则就是颓废主义。同样,现实主义与自然主义的区别,也应该从它们对待人和生活的态度上去找。现实主义者对生活抱着积极的态度,把人当做世界的主人来看待,当做"社会关系的总和"来理解。他是用一种尊重的、同情的、充满人道主义精神的态度来描写人、对待人的。自然主义者对生活抱着轻蔑的态度,把人当做地球上的生物之一,当作一种具有一种"原始感情"——即兽性——的动物来看待的。文学创作离不开对现实人生的概括,现实主义所概括的是人的社会性,社会关系,在概括中同时渗入了作者的社会政治的和美学的评价。自然主义所概括的是人的

[1] 这是指的作者选取题材的态度,即忠于现实,抑忠于主观的问题;从客观现实出发,抑是从主观热情出发的问题;而不是指的从一定立场出发的对现实的评价。下同。

生物性，生物本能，在概括中同时作着生物学的和病理学的分析解剖。所以两者的区别，主要可以说是对待人、对待生活的态度的区别，有没有人道主义的精神的区别。一个服膺现实主义创作原则的作家，而缺乏人道主义的精神，他就无法成为现实主义者，而只能成为一个自然主义者。反过来，一个自然主义者而同时又是个人道主义者的话，那么，他就必然要突破自然主义的束缚，而使自己成为一个现实主义者的。至于过去的现实主义与社会主义的现实主义的区别，我以为主要就在于前者是按资产阶级的美学理想、资产阶级的人道主义原则来描写人、对待人的；而后者则体现了社会主义的美学理想、按照无产阶级的人道主义原则来描写人、对待人的。我们可以清楚地看到：在过去的现实主义者的作品中，人、人民，都是作为一个被剥削、被压迫者，作为一个在物质上和精神上受到各种各样的束缚和折磨的人而被同情着的。而在社会主义现实主义者的作品中，人、人民，却是作为剥削与奴役制度的掘墓人，作为美好生活的创造者而被赞美着的。这就是过去的现实主义与社会主义的现实主义之间的最显明，也是最本质的区别，而这种区别的来源，就在于它们的作家的人道主义精神的性质的不同。

五、关于人物的典型性与阶级性

马克思主义认为：在阶级社会里，一切的人是作为阶级的人而存在的。人的社会本质，就由人的阶级地位来决定。在阶级社会里，所谓人的本性、本质，主要就是指的人的阶级性。文艺要描写人，不能脱离了人的阶级地位，脱离了人的阶级性来描写，这道理我是知道的。但是我认为，在现实生活中，阶级性只有通过个性才能表现出来，某一阶级的共同的阶级性，在该阶级各个成员身上的表现形式是千差万别的。而且各人身上所具有的阶级共性，无论在质的方面，量的方面，都是很不相同的。如果你写的是个真正的人，那么他在体现他的阶级特性时，必有他独一无二的、不同于任何其他人的方式的。而我们的一些理论家和创作家，却往往忘记了这样一个简单的、明明白白的事实，把人是有阶级性的，写人不能脱离人的阶级性来写这一原理，绝对化起来，专在抽象的(纯粹的)阶级性上用功夫，只知道把人划分成各种各样的阶级，然后按方配药地根据抽象的阶级性拼凑起他的所谓“典型人物”来，而不去从生活中，从每一个活生生的人身上，发现阶级性的各种不同的具体表现形式。这样，不但违反了文艺创作的特性，也完全违反了马克思主义了。

我认为文学中的所谓典型，应该是指的这样一种人物形象，这种人物，具有鲜明的、独一无二的个人特色。同时，通过他的活动，通过他与周围的人和事的具体联系，又能够体现出时代的和社会的面貌，体现出当时复杂的社会阶级关系来。无论从理论上或是实践上说，现实生活中的每一个人，都是一个独一无二的个性，而同时他又是社会关系的产物。从他的个性的成长发展的过程中，都可以鲜明地看到时代、社会和阶级的烙印。看到整个社会生活的面影。所以，只要能写出人物和他周围环境间的具体联系，写出他的个性的形成根源，任何一个人都是可以成为典型的。过去的杰出的大师们的艺术实践，充分证明了这个道理。所以我认为，最重要的就是要写出人物的真正个性来；只要写出了个性，也一定写出了他的阶级性，因为在阶级社会里，决不可能有不带阶级性的个性。反过来，你如果不是从具体的个性出发，而是从抽象的阶级性出发，那你就只能写出一些概念化的人物，而决写不出真正的典型来了。屠格涅夫说过这样一句话：“如果被描写的人物在某一个时期来说是最具体的个人，那就是典型。”我认为这是一句非常中肯、非常扼要的名言。可以和恩格斯的“典型环境中的典型性格”的说法互相阐发。

1957 年 10 月 26 日写

关于《论"文学是人学"》
——三点说明

许多同志读了我最近在《文艺研究》1980年第三期上发表的《〈论"文学是人学"〉一文的自我批判提纲》[1]以后，都感到很奇怪：文中明明并没有包含什么"自我批判"的内容，为什么叫做《自我批判提纲》呢？一些三十岁以下的青年同志，根本就不知道曾经有过《论"文学是人学"》这样一篇文章，现在忽然看到跑出一篇《〈论"文学是人学"〉一文的自我批判提纲》来，更弄不清是怎么一回事。特别是据最近有人考证，高尔基不但从来没有说过"文学即人学"这样的话，而且据说他还明白无误地认为"文学"是不同于"人学"的。那么，今天还要来对这样一篇原来就缺乏稳固的基础的、完全是架空的文章作什么"自我批判"，岂非多此一举吗？因此，我觉得很有就这些问题作一些简单说明的必要。我想先简单地回顾一下历史，讲一讲《论"文学是人学"》一文发表的前前后后；其次说明一下为什么在最近发表的《〈论"文学是人学"〉一文的自我批判提纲》中，却不见有"自我批判"的内容；最后再谈一谈"文学"到底是不是"人学"。以及高尔基的意见究竟怎样？

下面就是我的说明。

一、从《论"文学是人学"》到《论〈"文学是人学"〉一文的自我批判提纲》

我的《论"文学是人学"》一文，写成于1957年2月初。那年3月，我所在

[1] 即《我怎样写〈论"文学是人学"〉》。

的学校(华东师大)要举行科学讨论会,要求教师提交论文。我一向只知道教书,很少写文章,在领导上的号召下,也就不得不勉为其难了。当时正是“双百方针”提出不久,学术界思想比较活跃,我那时也不懂得什么顾虑,只求能把自己的一些想法写出来就是了。文章在同年五月号的《文艺月报》上发表以后,不久就受到广泛的批判。起初,批判还并没有超出学术范围。但渐渐的,调子越来越高,最后终于被判定为反党反社会主义的修正主义的大毒草。上海文艺出版社还专门出版了《〈论“文学是人学”〉批判集》(第一集),看样子是准备一集一集地编下去的。但后来却始终没有看到第二集出来,我也不知道是什么缘故。直到“文化大革命”中,才从批判我的大字报中得知,据说是因为周扬同志讲了话的关系。而这,大家很清楚,在当时自然也就成了我的罪证之一了。反右运动中,我虽然没有被划为右派,但此后每有运动,不管规模大小,也不管是社会上的,还是学校里的,我都逃脱不了挨批的命运。

我的文章当然是有许多缺点和错误的,发表出来会受到批评,本来是意料中事。在学术问题上,不可能没有不同意见,何况在学校举行的报告会上,早就有许多同志对我的文章提出过不少批评了。这些批评,包括后来在报刊上发表的一些批评在内,都是出于善意,不管我是否同意,能否接受,对我都是有帮助的,我对批评者也是衷心感谢的。但发展到把我的错误当做政治问题,甚至当做敌我问题来批,却实在是我始料所不及的。当我读到最初发表的一些批评文章时,我本来是想就一些问题进一步申述我的观点,提出答辩的。但后来,反右运动的浪潮愈卷愈猛,对我的批判也愈来愈凶,我也不由得愈来愈感到自己世界观方面所存在的问题的严重了。我真诚地认为我最应该做的工作是自我检查,而不是什么对别人的批判进行答辩。于是就在这一年的 10 月 26 日,写了一篇自我批判的文章——《〈论“文学是人学”〉一文的自我批判提纲》。文章的写法是这样:按照《论“文学是人学”》一文中所涉及的五个问题,先列出“原文要点”,次说明我“当时的想法”,再谈一谈我“今天的认识”。这最后一部分也就是我所作的自我批判。而所谓“今天”,当然是指写这篇《自我批判提纲》的日子,也就是 1957 年 10 月 26 日。

二、没有“自我批判”的《自我批判提纲》

这篇《自我批判提纲》，为了征求群众意见，当时曾由系内打印过，不过我手头早已没有了。直到去年年初发还“文化大革命”中抄去的文稿时，才重又发现了这份东西。匆匆翻阅一过，就很清楚地感觉到，我在自我批判中，是极力在强使自己接受当时一些批判者的观点的，自然难免有违心的地方；有许多提法，在今天看来，更显然是不妥当的。但总的来说，我的态度还是严肃的，的确是想检查自己的错误，并认真探讨一些问题的，决不是一味的苟合取容，一味的随风倒。特别是对我当时的想法的叙述，更是经过思考的，十分真实的。并且我觉得，其中的有些意见，即使在今天，还是很值得讨论的。

因此，去年 3 月间，在《文艺报》召开的文艺理论批评工作座谈会上要我发言时，我就把这篇《自我批判提纲》中的“当时的想法”部分在会上谈了一下，与会者的反应相当强烈。孔罗荪同志曾要我就这个发言整理出一篇文章来交《文艺报》发表。我觉得这已是二十多年前的旧话，虽说其中有些意见仍不无讨论的价值，但毕竟已成了“明日黄花”，把这些残枝败叶重新拾起来，究竟有多少意义呢？想想未免有点乏味，就没有答应他。

后来，《文艺研究》的编者一再索稿，实在催逼得紧，我一时又写不出东西来，在万不得已中，只得拿这篇现成的《自我批判提纲》去搪塞了。我本来是要他们就照原来的样子，连同“自我批判”部分全文发表的。编辑部看后，觉得自我批判部分有些提法相当“左”，当时既难免有“违心”的地方，今天究竟怎么看，应该稍加说明。我觉得这不是三言两语说得清楚的，从我目前的实际情况看，一时也无力来做这个工作。如果让它就照原来的样子去发表，又确乎是不妥当的。因此去信要他们把稿子还给我，不要发表了。他们不允，还是坚持要我改。盛情难却，我就只得采取文艺理论批评工作座谈会上的老办法，去掉原稿中自我批判部分，只把其中“当时的想法”一部分拿来发表。这样，原来的题目——

《〈论“文学是人学”〉一文的自我批判提纲》，当然也就不能用了，就另拟了一个题目寄去。但编辑部认为新拟的题目不能概括全文，就仍用了原来的题目，因为发稿时间紧迫，也来不及再征求我的意见，以致这篇文章竟成了没有“自我批判”的《自我批判提纲》，使读者莫名其妙。这是我深感遗憾的，特借此机会在这里说明一下。

三、高尔基究竟有没有把“文学”当做“人学”的意思？

从《论“文学是人学”》一文的发表并受到批判以来，已经二十多年过去了。在这段漫长的岁月里，特别是在林彪、“四人帮”横行的十多年里，“文学是人学”这句话是绝对不能提的。“四人帮”被粉碎以后，党所一贯倡导的实事求是的优良作风重又得到了发扬，高尔基的这句名言，也被人们重新提了出来。从报刊的文章中和讨论会的发言中，常常可以见到和听到这句话。有的同志并且发出了这样的呼吁：应该恢复文学的“本来面目”，让它“充当活生生的人学”。（见《文学评论》1979 年第二期）

但是，新近从今年第一期的《新文学论丛》上，读到刘保端同志的一篇文章，题目是《高尔基如是说》，是考证高尔基究竟有没有说过“文学即人学”这句话的。考证的结果，可以用他文中的如下三句带结论性的话来概括：一、“‘文学即人学’，这句话并不出自高尔基之口”；二、“高尔基认为‘文学’……不同于‘人学’”；三、“‘高尔基把文学（或艺术）叫人学’这一命题是不存在的”。这就等于是说：几十年来，从苏联到中国广泛流传的“文学是人学”这句话，完全是无稽之谈；不但高尔基并未说过这样的话，而且高尔基压根儿就并无把文学当做“人学”的意思。

事情果真是如此吗？我看不见得。

这里包含两个问题：一是文学到底是不是“人学”？二是高尔基究竟有没有说过这样的话？比较起来，第一个问题比第二个问题是更为重要的。因为它关系到我们对文学的性质、特点的理解。假如我们不能很好地认识、理解文学的性质、特点，在我们的创作和理论批评工作中就会发生一系列的偏差，就会给我们的文艺事业的发展带来极大的危害。所以这确是应该搞清楚的。至于高尔基有没有说过“文学即人学”这样的话，以及他对文学的看法究竟怎样？当然我们也应该尽量搞清楚，但这毕竟是次要的问题。因为，文学的性质、特点是决不会因为高尔基个人的意见而有所改变的。刘保端同志的文章，主要在于就第二个问题作一些考证(这也是很有意义的)，第一个问题并不是他探讨的对象。因此，我们不能在这个问题上向他提出过分的要求。但是，我觉得，他至少应该对这个问题有一个明确的态度；然而，他的态度却是不明确的。他所抱的，似乎是一种既不肯定、也不否定的态度。而整个地说来，人们在读过他的文章以后所得的更为强烈的印象，则是觉得他是否定“文学是人学”这一意见的。

因此，我觉得也有必要就这个问题稍为说几句。

“人学”这一个词，虽然是高尔基所创造，在他以前没有人使用过。但文学作为“人学”的性质，却是客观存在，而且历来一向是为许多文人学士所公认的，今天则更成了一般文艺工作者所普遍接受的常识。文学怎么能不是“人学”呢？它所注意、关心、描写、表现的中心对象，要不是人又是什么呢？即使写的是动物，是自然界吧，也必定是人化了的动物，人化了的自然界；必定是具有人的思想感情的动物，具有人的思想感情的自然界。不错，人也是各种社会科学的研究对象。但是，社会科学所研究的只是人和人的生活的某一方面、某一特定的领域。文学却是把人和人的生活当作一个整体，多方面地、具体地来加以描写、表现的。在社会科学中所出现的人，只是一般的人，只是具有一定的阶级和阶层的共性的人。在文学作品中所出现的，却是具体的、个别的人，具有活生生的、独一无二的个性的人。文学作品中的生活，是由具体的人的具体的活动构成的，是以生活本身的形式——即是以它的综合性、整体性、流动性，以充满着生命的活力的形式出现的。我们说文学是反映现实的，但是文学作品中的现实，却决不是抽象一般的现实，它必须转化为人的具体活动，转化为人和人的具体关系；必须结晶为人的生动的思想感情，结晶为人的独特的、活生生的个性。一个作家，即使对某一时期、某一地区的现实生活非常熟悉，他心目中要是没有一个或几个使他十分激动、一刻也不能忘怀的人物，他还是不能进行创作的。一部世界文学的历史，也就是一部生动的、各种各样的人物的生活史、成长史。在历代文学家所合力建造的文学的巍峨殿堂里，陈列着的主要就是他们所塑造的许许多多各具特色的、栩栩如生的人物形象；在这些形象身上，都各各打着他们自己所生活的那个时代和社会的印记。一提起哈姆雷特、堂吉诃德、贾宝玉、阿Q等等，我们也就仿佛看到了他们所生活的那个时代，看到了他们当时的现实。如果把这些人物形象从作品中抽去了，当时的现实生活，还剩下什么呢？剩下的只是谁都不感兴趣的，什么印象也不能给人留下的一堆杂乱。要是忘记了文学是“人学”，不把人作为表现描写的中心，不通过塑造鲜明生动的人物形象的方法来影响人们的思想感情，美化人们的灵魂，那么文学也就不能起到它为人民服务、为社会主义服务的作用。

我想，刘保端同志的本意，大概也不一定就是反对把文学当作“人学”的，但他可能是为了要使人们对高尔基并未说过“文学即人学”这句话有更深的印象吧，却竟然连高尔基这一著名意见本身也竭力加以排撇，硬是不肯承认，这就未免走得太远了。

我不懂俄文，我只知道高尔基有过把文学当做“人学”的意见，最初是从季摩菲耶夫的《文学原理》中来的。后来，我曾请教过戈宝权同志，承宝权同志把高尔基表示这一意见的出处译出并写给了我，这就是刘保端同志文中也引到的1928年6月12日当高尔基在苏联地方志学中央局的庆祝会上致答词时所说的那段话。在这段话里，高尔基一面对自己被选为“地方志学大家庭的一员”，对与会者表示感谢。但是，他又说：“我还是想，我的主要工作，我毕生的工作不是地方志学，而是人学。”大家读了这段话以后，都会产生一个共同的印象，都会承认高尔基确是把文学当做“人学”的。但是刘保端同志却不肯承认。他的理由是：高尔基固然是个文学家，但他并不仅仅是个文学家，他同时还是个社会活动家，因此我们就不能把高尔基的主要工作就当做是文学，并把他所说的“人学”，当做是文学的同义语。不错，高尔基的确不但是个文学家，而且还是个社会活动家，但是高尔基在人们的心目中，却毕竟主要是个文学家。正像我们的鲁迅，他不但是伟大的文学家，同时还是伟大的革命家和伟大的思想家，但鲁迅毕竟主要是个文学家，他的作为革命家和思想家的身份，都是统一于他的文学家的身份，并且是通过他的文学活动而表现出来的。同样，高尔基的社会活动家的身份也是统一于他的文学家的身份、而且是通过他的文学家的活动而表现出来的。为什么要把他的社会活动家的身份和他的文学家的身份对立起来，用前者来削弱和贬低后者，以致不承认他所从事的主要工作是文学呢？高尔基可能的确从来没有明白地说过“文学是人学”这样的话，那么指出这一点就行了，何必连众所周知的他的这一十分精辟的意见也要否定掉呢？

刘保端同志另外还引用了高尔基的两段与“人学”有关的话，并一一证明它们所指的都并不是“文学”。一段见于《谈技艺》(人民文学出版社出版的《高尔基选集》中的《文学论文选》作《谈手艺》)一文，它是这样说的：不要以为我把文学贬抑成《地方志学》，其实，《地方志学》也是十分重要的。不，我认为这种文学是《人种志学》的——即人学的——最好的文献。刘保端同志把这段话作了语法上的分析以后指出，按照高尔基的原意，并不是“文学”是“人学”，而是“人种志学”是“人学”。不错，高尔基在这里的确是把“人种志学”当做“人学”，而并不是把“文学”当做“人学”的。(至于他究竟是怎样看待“文学”和“人学”的关系的，且放在以后再说。)但从此刘保端同志就认定，凡是高尔基所说的“人学”，就都是“人种志学”的意思；反过来，凡是高尔基所说的“人种志学”，也就是“人学”的意思。“人种志学”和“人学”，仿佛成了数学上的两个全等符号，彼此可以任意互相替代，这就不对了。他就不想一想，假如高尔基真是把他所说的“人学”，当做“人种志学”的同义语，那么当他说，他的主要工作，毕生的工作是“人学”的时候，按照刘保端同志的逻辑，我们岂不是应该把高尔基当做是个“人种志学”家了吗？

这同一段话，在高尔基《文学论文选》中是这样译的：不要以为我把文学贬低成了《方志学》，(顺便说一句，《方志学》也是非常重要的事情。)不，我认为这种文学是《民学》，即人学的最好的源泉。[1]这两种译文，有两处不同：一处是刘

[1] 见该书165页。书名号《 》，原作“ ”。

保端同志译作《人种志学》的，在《文学论文选》中译作《民学》；另一处是前者译作“最好的文献”，后者则译作“最好的源泉”。两种译文究竟哪一种更准确，应该由懂俄文的同志来评判，我不配插嘴。但刘保端同志在分析高尔基的“这种文学是《人种志学》的——即人学的——最好的文献”一语时，把“这种”这个定语略去了，却是个不应有的疏忽。高尔基说的“这种文学”，指的是《地方志学》式的文学，严格说来，《地方志学》还并不能算是文学，只能作为文学的素材和原料，从这一意义上来说，我觉得下面的“最好的文献”，就似乎不如“最好的源泉”贴切。

另一段见于高尔基在1930年写的《论文学》一文。在这段话里，高尔基说他并不想强使文学担负《地方志学》、人种志学的任务。刘保端同志在这里又是根据他前面所用的逻辑，把“人种志学”看作就是“人学”的同义语，因而得出结论说，可见：

> 高尔基并没有说文学是“人种志学”(也可以理解为“人学”)……高尔基并未企图让文学担负“人种志学”(或者叫它“人学”)的任务。因此，显然，高尔基认为“文学”不同于“人种志学”，当然，也不同于“人学”。

文学当然不同于“人种志学”，这是不消说得的。高尔基也决没有如刘保端同志那样把“人学”完全当做“人种志学”的同义语。这里就有必要再回到上面所引的高尔基在《谈手艺》(刘译《谈技艺》)一文中所说的那段话去。在那段话里，刘保端同志译作“人种志学”的那个词，在《文学论文选》中是译作“民学”的。它的原文是 народоведение，这与《论文学》一文中，刘译也作“人种志学”，而《文学论文选》中译作“人种学”的那个词的原文 этнография 是不同的。这两个词的意义究竟有什么区别？中文以怎样翻译为好？应该留待懂俄文的专家去讨论。我这里不过是想指出，刘保端同志硬把“人学”完全当作“人种志学”的同义语，是未必妥当的。

刘保端同志文中最后还有一段话说：“高尔基所说的‘人学’应当包括作家

观察生活、研究生活、认识生活直到在文字上再现生活的各个环节。所以高尔基所说的‘人学’的范围要比‘文学’广阔得多。”这也是使人感到很奇怪的。“作家观察生活、研究生活、认识生活直到在文字上再现生活的各个环节”，难道不也都是包括在“文学”的范围之内的吗？怎么说包括这些内容的“人学”，其范围要比同样也包括这些内容的“文学”广阔得多呢？刘保端同志该不见得会认为“文学”的范围只限于“在文字上再现生活”吧？当然，假如这最后一个论断并不跟上文所提到的具体内容联系在一起，而只是一般地说“人学”的范围要比“文学”广阔得多，这大家是可以同意的。因为，一切社会科学都是研究人和人的生活的，在一定的意义上也都可以叫做“人学”，这样，“人学”的范围就确乎要比“文学”广阔。但同时，我们也必须指出，一般社会科学的“人学”（假如它们也可以称作“人学”的话），毕竟是与“文学”这种“人学”很不相同的（其间的区别我在上面已经简单地说过了，这里不再重复。）严格说来，只有文学才是真正的名副其实的“人学”。

总起来说，我觉得刘保端同志为了考证“文学即人学”这句话的出处，把高尔基所说过的有关言论原原本本地介绍给我国读者，不但使我们知道了高尔基并未以明确的语言说过“文学即人学”这样的话，也使我们了解到高尔基究竟是怎样提出他的把文学当做人学这一意见的，并且还使我们进一步认识到高尔基关于文学的理解是如何的广阔。这对我们都是很有帮助的，大家是感谢的。但他因为高尔基并未明确说过“文学即人学”这句话，从而就得出了根本否定文学是人学的结论，却未免太轻率了，而且也是并不符合高尔基的本意的。这就不能不使人感到遗憾。

我的意见不一定对，敬请刘保端同志和读者同志们指教。

1980 年 10 月

《论“文学是人学”》发表的前前后后

《书林》编者要我谈谈《论“文学是人学”》一文的写作及其发表前后的有关情况。我一向认为关于自己的事总以不谈或少谈为宜，尤其像这一类事。无非是写了一篇文章，受到了大规模的批判，如此而已。这样的事，过去多的是，有什么值得谈的？但却之不恭，就只好随便谈一些自己知道的和记得的情况了。

那已经是将近二十六年以前的事了。我一向在华东师范大学教书。1957年3月，学校要举行一次较大规模的学术讨论会，邀请全国各地的兄弟院校代表参加。校、系各级领导早就郑重地向教师们发出了号召，要求他们提交论文。《论“文学是人学”》一文就是我响应号召，为参加这次学术讨论会而写的，时间是那年的2月初。当然，如果不是在刚宣布不久的“双百方针”的精神的鼓舞下，如果没有当时那种活泼的学术空气的推动，我也不一定会写。即使写，文章的面貌恐怕也将大大的不同了。后来，许多批判我的人都在这个写作的时机问题上大做文章，尽管他们不免有用政治批判来代替学术争论的偏向，但在当时那种形势下，也是很自然的事。

在那次讨论会上，许多发言的同志都对我的文章提出了不少批评意见，几乎没有一个人表示同意我的观点，只有一个毕业班的学生(他就是陈伯海同志)最后站出来为我辩护了几句。在学术问题上，总免不了会有不同的意见。受批评，遭反对，也是常有的事。但看到自己的观点，竟如此地得不到支持，却也不免有点懊丧。

讨论会后不久，《文艺月报》的一位编辑，由校内一同事陪同来访，我不知道他访问的目的是否与这篇文章有关。在谈话中,我这位同事向他提起我有这样一篇论文,我随即告诉他们,我这篇论文已在讨论会上受到了许多人的批评。也许是出于通常的礼貌关系吧,他要我把文章给他看看,我就给了他一份打印稿。没过几天,这个杂志的另一位编辑跑来找我,说那篇文章编辑部理论组的同志看过了,并且经过讨论,认为它"既不是教条主义的,也不是修正主义的"(这是他的原话。我不知道这话究竟是否真是编辑部的意见,或者仅仅是他个人的一种随口而出的说法?),编辑部准备发表,要我再仔细校阅一遍后尽快给他们寄去。我也就依言照办了。本来,一个稍有点自知之明的人,或者一个处世比较谨慎的人,在讨论会上听了那么多批评意见以后,是不会轻率地同意把文章公开发表的。个别同志知道《文艺月报》将要发表这篇文章后,就警告我说:"别是钓鱼呵!"但我既缺少自知之明,又一向不甚懂得处世要谨慎的道理。何况,我还满以为自己的意见并不错,正希望能有更多的人来评断。能够公开发表,当然是很欢迎的。至于"钓鱼"之说,我是不相信的,甚至还有些反感。

后来,《文艺月报》正式刊出了这篇文章,出版日期是 1957 年的 5 月 5 日。就在这同一天,《文汇报》在《学术动态》栏里特地发了一则消息介绍了这篇文章,并冠以"一篇见解新鲜的文学论文"的标题。校内同事见了,有的为我高兴,有的则认为这是为了引起人们的注意,号召大家起来批判。实际上,5 月 5 日这一天,《文艺月报》还没有送到读者手中,书店里也并无出售,《文汇报》这则消息的来源以及作此报道的背景究竟如何,是难免要引起人们猜测的。但我自己对此也一无所知。因此,对周围的人的种种不同反应,只能一概抱着将信将疑,姑妄听之的态度。我也知道,文章发表后免不了会受到很多的批评、指责的,但根据"双百方针",我也完全可以进一步申述观点,为自己辩护,并提出反批评。真理总是愈辩愈明,最后服从真理就是了。本着这样的认识,所以我对《文汇报》的报道(说我在文中"否定了文学反映现实的理论",这与我原意不符的)也不想急于更正,认为尽可留到以后的答辩文章中再加以说明。谁知事情的发展,完全出于意料之外。反右运动扩大化的偏向愈演愈烈,对我的批判也逐渐从学术转向政治，我已没有机会进行申辩了。

对于《文艺月报》竟会发表我这篇文章，当时也有种种传说。有的说发表的目的就是为了批判；有的说是因为想展开一些讨论。在此文受到公开批判以后，一位同事告诉我，他在一个会上亲自听姚文元说，是他竭力主张发表这篇文章的。因为他认为这是一篇典型的修正主义文章，公开发表出来，就是为了便于让大家来批判。这一说法，在“四人帮”粉碎以前一直是广泛流传着，并为人们所普遍接受的。但“四人帮”粉碎以后，我却又听到了另外一种说法，说是姚文元当时是真心赞成发表这篇文章的，但后来政治形势变了，他就又转过来，以批判我的急先锋的姿态出现了。我不知道这两种说法究竟哪一种更可靠。尽管前一种说法是当时就有的，而且是有人亲自听到姚文元本人说的，似乎不容怀疑。但后一种说法，却也并非全然不可信。因为像姚文元那样的人，一会儿这样，一会儿那样，是完全可能的。尤其是在当时那种政治形势下，翻手为云，覆手为雨之类的事情；真是司空见惯，毫不足怪的。就像《文汇报》那则消息，当初有些人就认定那是为了要对我进行批判而预先发出的信号。等到《文汇报》被指责是代表资产阶级方向以后，这些人又把这则消息说成是对我的吹捧，并以此作为我的文章思想反动的一项证据了。

大约是在那年的八九月间，即文章发表的三四个月之后吧，上海文艺界曾由叶以群同志主持召开过一个小型座谈会，针对我这篇文章作了初步批判。那时《文艺月报》大概已经接连发表过好几篇批判文章了。记得那天上海文艺出版社（当时也许还叫新文艺出版社）的代表曾在会上说，他们准备把有关文章汇编成集公开出版，这就是后来大家看到的《〈论“文学是人学”〉批判集》（第一集）了。以群同志虽然不赞成我文章的观点，但他是坚持把它作为学术问题来处理的。当会上有同志在发言中说到我的某些观点与胡风很相类似这样的话时，以群同志连忙叮嘱各报记者在报道中不要提这句话，说这太可怕了。第二天《解放日报》在头版右上角以醒目地位报道这次座谈会的情况时，措词也是极平允的，事情虽然已过去了二十五年，我对以群同志这句话和《解放日报》记者（黎家健同志）的实事求是的报道，却始终记得。

顺便还要在这里提到一位我一向尊敬的比我年长的同志。这位同志在那次学术讨论会上也对我的某些观点作了批评。后来《文艺月报》向他组稿时，他就把这些意见整理成文，在这个刊物上发表了。他对我的批评，都没有超出学术论争的范围，有许多意见是很值得我去作进一步思考的。态度和措词，也许从今天看来，也可能会有某些略嫌过火的地方吧，但在当时真是平常得很，一点也不觉得有什么突出。“四人帮”粉碎以后，常同这位同志一起开会，每当在会上谈起这段往事时，他曾屡次当众对我表示他的歉意，这是很使我惶愧而感动的。我一向拙于言辞，不知道该怎样向他表达我的复杂的心情，愿借此机会，在这里向这位同志郑重致意。在那一段时期以及以后相当长的年月里，全国各地报纸杂志经常有批判我的文章发表，这些文章对我都是程度不同地有所启发，有所帮助的。虽然在态度上不免有点剑拔弩张，个别措词也或失之尖刻，但在当时那种气氛下，这些都是很自然而正常的，不这样倒觉得奇怪了。在华东师范大学内部的批判中，过火的现象当然要突出一些，但批判者大都是一些青年学生，他们年轻，对当时“左”倾路线下所宣扬的一套东西，深信不疑。他们是抱着满腔热情来进行反对资产阶级右派、反对修正主义的。回顾这一段历史，对我们今后继续前进也未始没有好处。今天，绝大多数人总算已经认识到决不能让这种违反人民意愿的形势再出现了。还有一些情况，我在《论“文学是人学”》一书的后记中、在《关于〈论“文学是人学”〉》(载《新文学论丛》1981 年第一期)一文中，已经提到过了，这里就不再重复。

最后，关于那篇文章的题目，再稍为说几句。我原来在题目上是既未加引号，也没有“论”字的，就叫做：文学是人学。我虽然知道高尔基有把文学叫做“人学”的意思，却未见他曾说过“文学是人学”这样的话。所以在我三万多字的文章中，也通篇看不到曾经出现过高尔基说“文学是人学”这样的说法。引号也只打在“人学”上，从来没有打在“文学是人学”上过。那么，后来题目怎么会变成《论“文学是人学”》的呢？那是因为接受了许杰先生的意见而改的。许杰先生是当时华东师范大学中文系主任，我的文章写成后第一个就是给他看的。他看后很鼓励了我一番，并建议我为了使标题更能吸引人，不如索性改为《论“文学是人学"》。我虽然并没有看到高尔基曾明确说过"文学是人学"这样的话，但认为他显然是有这样的意思的；而且我的文章主要就是为他的这一意见作一些阐释和发挥，把题目写成《论"文学是人学"》，不但更醒目，立论的根据也更明确了。因此，就接受许先生的意见照改了。

前年，在《新文学论丛》第一期上，读到刘保端同志一篇文章，他认为高尔基并没有说过"文学是人学"这样的话，甚至也没有把文学当做"人学"的意思。我想，高尔基可能没有说过"文学是人学"这样的话，但要说他连把文学当做"人学"的意思也没有，这却恐怕未必。我已在《关于〈论"文学是人学"〉》一文中谈了我的意见。刘保端同志又在今年《文学评论》第三期上写了《关于"文学是人学"》一文，主要意见同我并无分歧，只是认为高尔基既然并未明确说过"文学是人学"这样的话，那么，在引用高尔基的意见时，引号只应该打在"人学"上，而不应该打在"文学是人学"上，他的这一意见当然是对的。尽管在我自己的文章里从来没有出现过高尔基说"文学是人学"这种说法，但这几年来报刊上却把这作为高尔基的原话来引用，这很可能是受了我的文章的题目的影响，我是不能辞其咎的。我曾想写文章说明，并准备在《论"文学是人学"》重印时，把题目改成《论文学是"人学"》。但继而一想，文学是人学这一观点已经流传开了，并已为文艺界的许多同志所接受；而且，正像我在《论"文学是人学"》一文中所说，这一意见"也并不是高尔基一个人的新发明，过去许许多多的哲人，许许多多的文学大师，都曾表示过类似的意见。"那么，只要不把这句话当作高尔基的原话，而只作为对过去许多哲人、许多文学大师们(其中也包括高尔基)的意见的概括，我想也并无不可。因此，我决定不去修改这个题目了。原想写一篇文章讲讲此事，又觉得意义不大，终于没有写。现在乘这个机会顺便说明一下。

时间过得也真快，一转眼间那已是二十五六年以前的事了。一个人的一生能够有几个二十五六年呢？回首往事，真不胜"感慨系之"了！

【附记】"文学是人学"这句话的始创权，其实应该是泰纳(傅雷译作丹纳)，他是法国人，著有《艺术哲学》、《英国文学史》等书。在其为《英国文学史》一书所写的序言中，有“Literature, it is the study of man.”这样的话，这是我所知道的“文学是人学”这句话的最早出处。上个世纪 90 年代末，我曾在《以简代文——致李岭同志的一封信》中说起过，此信曾在《文艺理论研究》上刊发过，已忘记了是哪一期，故未找到。

2008 年 4 月 28 日

曹禺戏剧语言艺术的成就

“你忘了你自己是怎样一个人啦！”
——谈周朴园

周朴园出身于封建家庭而又到德国去留过学，是一个当时所谓“有教养”的人。但他从青年时代起，就干了不少伤天害理的事。他为了迎娶一位有钱有门第的小姐，就逼着和他刚生了孩子才三天的女人冒着大风雪去跳河；为了自己发财，就故意让承包的江堤出险，淹死了两千二百名小工；为了镇压工人运动，他就叫警察开枪打死了几十名工人……而他个人的“事业”、“地位”，就在这伤天害理的过程中蒸蒸日上。他如今是一家煤矿公司的董事长，受到社会上一般人的尊敬，是一个非常“有体面”的人物。他虽受着资产阶级的教养，却同封建地主阶级的思想感情有着深厚的血缘关系。他不但冷酷、自私，具有专横的统治心理，而且还十分虚伪，深谙假道德。这样一个人，和他周围的人之间自然要发生着尖锐的矛盾。而他，也终于在这些重重的矛盾中，陷入了难以自拔的境地。

周朴园第一次出场，恰好蘩漪、周萍、周冲三个人正在一起，在自己妻儿面前，他的威严、专横就更能给人一个深刻的印象。剧作者安排他在这时与读者、观众见面，是很具匠心的。在介绍他入场时，作者对他作了这样的描绘：

> ……他约莫有五六十上下，鬓发已经斑白，带着椭圆形的金边眼镜。一对沉鸷的眼在底下闪烁着。像一切起家立业的人物，他的威严在儿孙面前格外显得峻厉。……他有些胖，背微微地伛偻，腮肉松弛地垂下来。

眼眶下陷，眸子却闪闪地放着光彩。他的脸带着多年的世故和劳碌，一种冷峭的目光和偶然在嘴角上逼出的冷笑，看出他平日的专横，自是和倔强。……[1]

这寥寥的几笔，就把周朴园的形象非常鲜明地勾勒出来了。专横、自是和倔强，确是周朴园性格中的一个非常突出的方面。

蘩漪和周萍本来正在客厅里进行着一番微妙的口角，周冲虽然不懂得他们话中的含意，但也感觉到了他们之间的不协调，表示很不愿意听他们这样说话。所以，在这三个人之间，空气是很不平静的。特别是蘩漪和周萍之间，更在进行着一场激烈的心对心的战斗。然而，就在这个时候，书房门打开了，周朴园出现在门口。客厅里的这三个人就立刻变得肃静。周朴园缓缓地踱进来，弟兄两个异口同声地喊着"爸"，周冲并且问了一句："客走了？"做父亲的对这些热情而恭敬的招呼，只稍微点了一下头，却转过来用如下的问话招呼了他回来后才第一次见面的妻子——蘩漪："你怎么今天下楼来了，完全好了吗？"这虽然显示出他对蘩漪的关切，但口吻远不是很热情的。接着，在他用同样缺乏热情的"还好"二字回答了蘩漪对他的问候以后，就要蘩漪回到楼上去。他是这样说的："你应当再到楼上去休息。"我们听得出他这句话的意思，他并不是怕蘩漪在楼下待久了累，才劝她上去休息一会，而是认为她根本应当在楼上休息，不应该下来。他的逼人的威严，他的专横、冷酷，在他初出场的这一刹那间，就充分表现出来了。而紧接着来的他对周冲的斥责，对蘩漪的威逼（逼她喝药），更把他这种性格刻画得形完神足，淋漓尽致。他就用这种冷酷、专横，维持着他的威严，建立起他引以自豪的家庭的"平静"而"圆满"的秩序。

当然，周朴园也并不是一味的冷酷、专横，他对待妻儿是恩威并施的。他甚至还给他的妻儿以这样一种印象：仿佛他的冷酷、专横，只是对他们的"关心"和"爱护"的一种富有个性色彩的独特的表现形式。因此，他们对他是不能有过多

[1] 《雷雨》，中国戏剧出版社 1957 年版，第 38 页。本书所有的《雷雨》引文，如不注明出处，皆引自《曹禺选集》，人民文学出版社 1961 年。

的不满的,而他的冷酷和专横,在他们看来也只应该是威严,而不应该把它当做残暴。这里就显示出了周朴园性格中的另一个突出的方面——伪善。

他对待侍萍的态度,最深刻地暴露了他的伪善的一面。

据他自己向侍萍表白,他三十年来一直没有忘记过她。每年四月十八日,都不忘记为她做生日,一切都照着她是正式嫁过周家的人看待。我们也的确看到他屋子里的家具都还是从前侍萍所喜欢的旧物,他到东到西总都带着,而且陈设布置仍按照三十年前侍萍动用时的样子。甚至因为侍萍在生周萍时受了病,总要关窗户,因此他到现在,即使在夏天,这个房间的窗户还是不许人打开。他穿衣服,不管是雨衣还是衬衫,都爱穿旧的而不爱穿新的。他一听到侍萍的无锡口音,便很有深情地急着打听起所谓"梅小姐"的事来,并说想把她的坟墓修一修。……这些,似乎的确都证明他三十年来一直没有忘记侍萍,而且还是深情缱绻,朝夕怀念着她的。然而,很奇怪,当他知道他所怀念的这个人并没有死,而且现在就站立在他面前,就在跟他面对面地晤谈着时,他却忽然严厉地喝问对方:"你来干什么?"这样极端矛盾的态度,这样前后判若两人的声气,实在令人吃惊。不过,只待稍稍惊定,我们也就恍然大悟了。这"你来干什么?"的一声,含义是无比丰富的,它说明了许多问题。它虽然并没有把周朴园三十多年来对侍萍的种种怀念一笔勾销,却也赋予了这些怀念以一种新的含义。或者,更确切些说,是揭示了这些怀念的一种不易为人察觉的、甚至连周朴园自己也不一定意识到的隐秘的意义(他之所以不一定意识到这一点,乃是因为他不愿意承认这一点,因为不愿意承认它,久而久之,他自己就真以为它并不存在了)。这层意义一揭露,我们对周朴园的灵魂、周朴园的本质,也就看得更清楚,有了更深的理解了。

周朴园三十年来对侍萍的种种怀念,是不是全是假的、虚伪的呢?从他居然能严厉地喝问侍萍"你来干什么?"里,从他前后一贯的为人处世的态度里,以及从他作为一个资产阶级的阶级本性里,我们都可以毫无疑问地作出肯定的回答,说他是假的,虚伪的。但是,我们却不能因此就认为周朴园对侍萍真的一点感情也没有。认为他对侍萍的种种怀念的表示都是故意装出来的,都是有意识地做给别人看的。这样想就把一个人的复杂的心理面貌简单化了,就将阻碍我们对周朴园的资产阶级本质作更深入一步的了解。阶级本质是渗透在具体的个性中,而且只有通过具体的个性才能表现出来的东西。而个性,则总是比较复杂的,总是充满着各种各样的矛盾,而且还常常是带有各种各样的涂饰物的。吝啬汉可以慷慨于一时,杀人不眨眼的人有时也会大发善心。因为吝啬汉的一时的慷慨,就不承认他是吝啬汉;因为残暴的人的偶发的善心,就说他并不残暴:当然是不对的。但如果以为吝啬汉有的只是吝啬,残暴的人任何时候都是残暴的,也是一种简单化的看法。在一个人的身上,可能有某一种品质是比较突出的,但这一种品质并不能够完全决定这个人的性格。处在复杂的阶级斗争环境中的人,特别是处在社会关系高度复杂化了的现实社会中的人,他们的个性总是比较复杂的。个性的复杂性并不否定或削弱个性的阶级性,而恰恰是更生动、更丰富地体现了他的阶级性,更充分、更深刻地揭示了他的阶级性。如果我们不估计到个性的这种复杂性,不去具体地观察研究这种复杂性,那么,我们对他的阶级本质即使也可能有正确的了解,但这种了解必然是抽象的而不是具体的,是肤浅的而不是深刻的。因为这种了解,只是搬用了一个无可争辩的现成结论的结果,而并非自己实地观察的结果。我们说周朴园是虚伪的,乃是因为整个地来看他时,归根到底地来说时,他只能是虚伪的。但这并不等于完全否认周朴园具有任何真正的感情,也决不排斥周朴园对侍萍可以有某种程度的真正的怀念。周朴园对侍萍的某种程度的怀念,不但丝毫不能动摇我们认为周朴园是极端虚伪的看法,而恰恰是——从他的怀念的性质及其具体表现中——只有更其加深了我们的这一看法。我们说周朴园对侍萍是可以有某种程度的真正的怀念的,这也很容易理解:侍萍年轻时是很美的。他确曾喜欢过她,何况她又是周萍的母亲,怎能不常常想起她呢?一个人对于已经失去的东西,总是特别觉得可贵,特别感到恋念的。尤其是他做了那样一件伤天害理的事(我们记得,他是为了赶娶一位有钱有门第的小姐,逼着刚生下孩子才三天的侍萍,在年三十夜冒着大风雪去跳河的),总不能毫无内疚。现在,侍萍既已死去(他一直以为她已经死了),对他就不再有什么威胁、不利,他就更容易想到她的种种可爱处而不胜怀念起来。这种怀念,又因他的灵魂的内疚,又因他的补过赎罪之心而愈益增加了它的重量,以至他自己都为这种“真诚的”怀念所感动了。他觉得自己虽然“荒唐”于前,却能“补过”于后,就仿佛也是个“道德高尚”的人了。这样,他对侍萍的怀念就做得愈益认真起来,并且还以此自豪,以此来教育周萍,来树立家庭的榜样。这样做,在他主观上可能的确是很“真诚”的,并无故意骗人的存心。但是,作为剥削阶级中的一员,他是不可能有什么真正高尚的感情的。他首先考虑的,总是自己的名誉、地位,自己的实际利益。在并不损害他的利益时,他是可以有一点感情的,但当他一发觉这种感情与他的利益相抵触,将要危及他的名誉、地位时,他就会立刻翻脸不认人,把这种感情一脚踢开。“你来干什么?”这一声就充分说明了这一点。在紧接着这一声以后的一长串的对话中,剧作者更进一步地揭露了周朴园的这种丑恶的阶级本质。我们不妨在这里稍停片刻,听一听他们的对话:

周朴园　(忽然严厉地)你来干什么?

鲁侍萍　不是我要来的。

周朴园　谁指使你来的?

鲁侍萍　(悲愤)命,不公平的命指使我来的!

周朴园　(冷冷地)三十年的工夫你还是找到这儿来了。

我们听得出,周朴园在说前两句话时,一定是声色俱厉的,而后一句话又是多么的冷酷无情。

“你来干什么?”他的内心的语言(潜台词)其实是说:“你想来敲诈我吗?”侍萍说“不是我要来的”。他一定想:不是你自己要来敲诈我,那么准是有人指使你来敲诈我的了,所以他接着问:“谁指使你来的?”这一问一答不过是三二秒钟的时间,但是,我们可以想象得到,周朴园的内心变化却是异常剧烈的,他的思想却是经历了很长的路程的。他一定会想到这个人多半是鲁贵,而鲁贵又是那样的狡猾难对付,他就更感到事态的严重。等到听侍萍说了是“不公平的命指使我来的”后，他才觉得还好，还只是她自个儿找来的，总算并没有别人夹在里头，因而他就不像原先那么紧张了。但他还是认定侍萍是有意找上门来的，要摆脱她，解除这个麻烦，他想是总得费些周折，花些钱财的了。但不知她此来的意图究竟如何，且先听听她的口风再说吧。因而他才冷冷地说了一句“三十年的工夫你还是找到这儿来了”。他的潜台词，他的内心的真正意思，其实是：“那么你究竟想怎样呢？”但是，侍萍的思想、心情，却完全走着另一条路，并不是沿着他的内心线索前进的。她这一次到四凤的东家来，想不到竟遇到了三十年前那样毫无心肝地抛弃了自己的那个人。在与这个人的短短的接触中，她发现这个人似乎并不像他过去那样的无情，从他房间里的陈设布置，从他依旧保留着的夏天关窗的习惯，从他对旧衣物的偏爱，特别是从他对“梅小姐”事件所流露出的兴趣与关心里，她知道这个人还是一直在怀念着自己的。本来，她从这个人那里所受到的凌辱、迫害，是说不尽、诉不完，无论如何也忘不了的。但毕竟事情已过去了三十年了，何况这个人还是她的大海和她另一个儿子的爸爸，而他如今又显得这样的多情。像侍萍这样一个心地纯洁而善良的女子，又受着封建伦理观念的严重影响，自然不免又一时“犯糊涂”，心软起来。因而，她刹那间几乎已经忘记了这个人过去对自己的种种不情不义、种种灭绝人性的行径，开始想用另外一种眼光来看他了。[1]而忽然，这个人重又露出了他的本相，而且把自己看得那样卑鄙、下贱，以为是有意来敲诈他的。这才使她重又清醒过来，她三十年来的悲愤、郁积，三十年来的血泪痛苦，一下子就像开了闸门的洪水一样奔涌出来了。她的这种感情的爆发，使得周朴园有些害怕，怕张扬开去，有损自己的体面。因此，自此以下，他的语调就变了。起先是竭力地想稳住她，想使她的感情平静下来，所以他一则曰：“你可以冷静点。现在你我都是有子女的人。如果你觉得心里有委屈，这么大年纪，我们先可以不必哭哭啼啼的。”再则曰：“从前的旧恩怨，过了几十年，又何必再提呢？”三则曰：“我看过去的事不必

[1] 譬如，她在周朴园的面前，有意透露了一些她自己的消息，目的当然是在于试探——良心的试探，一种多少带有谴责意味的试探——周朴园。但这种试探本身，就是一种软弱、动摇的表示，就是她对周朴园的仇恨已有所冲淡的表示。更明显的是，当周朴园对她说了“好，你先下去吧”以后，她竟有些不忍就走。她这时，不但不像先前的急于想避开周朴园，反而问周朴园：“老爷，没有事了？”而且“望着周朴园，泪要涌出”。

再提了吧。”但是,侍萍并没有平静下来,她还是要提,她闷了三十年了,非提不可。于是周朴园又采取了另一种办法,想用感情来软化她。这样,我们就听到了他的如下的话:

> 你静一静。把脑子放清醒点。你不要以为我的心是死了,你以为一个人做了一件于心不忍的事就会忘了么?你看这些家具都是你从前顶喜欢的东西,多少年我总是留着,为着纪念你。

果然,他这番话立刻生了效。侍萍听到这里,低下了头,开始有些平静了。于是他就以更加恳挚而悔罪的声调接下去说:

> 你的生日——四月十八日——每年我总记得。一切都照着你是正式嫁过周家的人看,甚至于你因为生萍儿,受了病,总要关窗户,这些习惯我都保留着,为的是不忘你,弥补我的罪过。

这一下他的目的完全达到了,现在是侍萍反过来请他不必再提这些了。把侍萍的感情稳住以后,他想这就可以谈到正题了。因而他说:“那更好了。那么我们可以明明白白地谈一谈。”意思是说:既然你也认为过去的事可以无需再提,那么你就把你此来的目的、意图、要求直截了当地提出来吧。但是,侍萍完全不理解他话中的意思,因为她从来就不曾有过这一类的心思、打算。因而她说:“不过我觉得没有什么可谈的。”从她的这句话里,周朴园才想起了过去侍萍的高傲倔强的性格。再联系到刚才一连串的对话,他就发现侍萍的性情原来并没有什么大改变。这发现叫他安心。但他又想到,她现在是鲁贵的妻子,而鲁贵却是个很不老实的人,假使他夹在中间,事情就麻烦了。所以他就说出了“话很多。我看你的性情好像没有大改,——鲁贵像是个很不老实的人”这样几句看来似乎不大连贯的话来。这一次,侍萍懂了他的意思了,叫他不用怕,满怀轻蔑地告诉他,她决不会让鲁贵知道这件事的。这下,他就完全放心了。在打听过被侍萍带走的他的另一个儿子的消息以后，他要问的都问了，要知道的都知道了，他已解除了一切的恐惧与顾虑。于是他就剥去了一切的伪装，赤裸裸地露出了他的本相。所以他又忽然说：“好！痛痛快快的！你现在要多少钱吧！”在这句话里，充满着令人恶心的铜臭气息，而这个资产阶级的卑鄙丑恶的灵魂，通过这句话也就被揭露无遗了。

不能不令人感到惊异的是，作者曹禺这时才不过二十三岁，他竟能把周朴园这样一个老奸巨猾、深藏不露的伪善者的灵魂，如此清晰、如此细致入微地勾勒出来。这样深刻的观察力，这样高超的艺术才能，真叫人叹赏不止。不过，最后一场中对周朴园的描写、处理，却不能说是同样成功的。在这一场里(其实，前面也或多或少地存在着这种情况)，作者思想上的不成熟以及他世界观中的严重弱点，和他的作为一个天才艺术家所特有的感受与表现的能力，同样清晰地呈现在我们眼前。

在周萍与四凤已经取得侍萍的同意，即将一同出走的当儿，周朴园被繁漪叫了下来。他一下来，忽然又看到了已经说过再也不上周家的门的侍萍、四凤，而且她们还与繁漪、周萍、周冲在一起，他当时的惊骇是可想而知的。作者这样写：

周朴园　(见鲁侍萍，鲁四凤在一起，惊)啊，你，你们这是做什么？

头上那个“你”字，可能是对着侍萍说的。他可能是一看到侍萍，在万分吃惊的当儿，就几乎脱口而出地说出“你怎么又来了？”这句话来。但他究竟是个老练而深沉的人，所以他终于竭力压住了惊慌，并且强作镇定地、不失他的威严本色地改问了一句：“你们这是做什么？”这时，繁漪就拉着四凤告诉他：“这是你的媳妇，你见见。”又叫四凤“叫他爸爸”。并且指着侍萍，叫周朴园“也认识认识这位老太太”。接着，她又转过来向周萍说：“萍，过来！当着你的父亲，过来，给这个妈叩头。”周朴园看见侍萍重又回来，本来就已经是说不出的慌乱，如今繁漪又不怀好意地一会儿叫他认这个，一会儿叫他认那个，而他又完全不知道周萍与四凤之间的事,所以蘩漪一上来说四凤是他的媳妇,他可能没有听清楚;即使听清楚了,在极度的慌乱中,在一心只想着他跟侍萍的关系时,也可能完全不理解“媳妇”两个字的意义。而蘩漪叫周萍给侍萍叩头,——“给这个妈叩头”这句话,在他的耳中却特别响亮清晰。他既然并不知道周萍跟四凤的恋爱关系,当然也就不会想到蘩漪嘴里的这个“妈”字,并不是他心里所想的那个“妈”字的意思。于是,他就一心以为他跟侍萍的关系已被大家知道了(后来蘩漪的:“什么,她是侍萍?”这样由衷的惊奇,不是也被他认为是故意的嘲弄吗?),他当然也就无法再隐瞒了。所以,他之承认侍萍,起先原是被迫的,并非出于自动。这些描写,都是十分真实而深刻的,是符合周朴园这样一个人的性格特色的。然而就在这里,作者却给了周朴园以过多的悔恨沉痛的感情,仿佛他真像所谓“天良发现”似的忽然真正忏悔起过去的罪恶来了。作者写他始而悔恨地对侍萍说:“侍萍,我想你也会回来的。”在这句话里,我们听得出,有的不仅是对自己的行为的悔恨,而且还含有对侍萍终于还是回来了的一种欣慰的感情。继而又沉痛地唤着周萍:“萍儿,你过来。你的生母并没有死,她还在世上。”(着重号为引者所加)这样的口吻,也不像是因为隐瞒不了而只得假意敷衍的人的口吻了。紧接在这句话的后面是:

周　萍　(半狂地)不是她!爸,不是她!

周朴园　(严厉地)混账!不许胡说!她没有什么好身世,也是你的母亲。

周　萍　(痛苦万分)哦,爸!

周朴园　(尊重地)不要以为你跟四凤同母,觉得脸上不好看,你就忘了人伦天性。

鲁四凤　(痛苦地)哦,妈!

周朴园　(沉重地)萍儿,你原谅我。我一生就做错了这一件事。我万没有想到她今天还在,今天找到这儿。我想这只能说是天命。(向鲁侍萍叹口气)我老了,刚才我叫你走,我很后悔,我预备寄给你两万块钱。现在

> 你既然来了，我想萍儿是个孝顺孩子，他会好好地侍奉你。我对不起你的地方，他会补上的。[1]

这样的一番话，不但很能迷惑侍萍以及所有其他在场的人，而且也会冲淡读者和观众对周朴园的憎恨，而使整个作品的思想意义受到损害。当然，我们并不是说，周朴园决不会说这样的话，也并不是说，这样一番话就与周朴园的性格存在着怎样的抵牾。像周朴园这样一个人，在眼看真相已万难再行掩盖时，为了维持他的伪善面貌，维持他一向极力装扮的假道德，为了给他的儿子以“良好”榜样，为了维护他的家庭的“平静”而“圆满”的秩序，是完全有可能说出类似的话来的。问题是在于他说这些话时的态度与口吻。像上面这样的态度与口吻，恐怕是很难使人不受到迷惑的。作者应该使这些话成为对周朴园的伪善本质的更深一层的揭露，而这里却似乎是在肯定周朴园的忏悔心情了。这应该说是作者的一些弱笔。而这些弱笔的出现，并不是由于作者艺术表现能力方面的欠缺，而是与作者当时思想上的弱点直接联系着的。

在作者当时的世界观中，占主导地位的是民主主义与人道主义的思想。这种思想有它的进步性，也有它的局限性。在这种思想指导之下，他对当时那种人压迫人、人剥削人的现象，感到极大的愤怒和不平，所以他在作品里能够对充满这种现象的当时的社会，作出深刻的揭露与尖锐的抨击。但是，停留在这样的一个思想水平上，对造成这种现象的原因，是不可能有深刻而明确的认识的。因而，他虽然对社会的真实情况，有敏锐的感觉和强烈的爱憎，但究竟应该怎样正确地对待、批判这种现实，就有些茫然了。因为，正确地对待和批判的能力，是只有在正确的思想指导下才能具备的。他对周朴园这个人物，应该说是了解得相当深的，他洞察他的肺腑，在他的笔下，这一人物的精神面貌可以说是展示得非常清晰了。但究竟应该怎样来评价这个人物呢？这个人当然决不是什么值得同情的好人，而是一个应该被批判、被否定的人物，这一点对曹禺来说，也

[1] 《雷雨》，中国戏剧出版社1957年版，第165、166页。

是不成问题的。但批判应该掌握什么样的分寸?否定应该达到什么样的程度?这在曹禺,恐怕就不是很明确的了。而且,在他当时的世界观中,或多或少还存在有资产阶级的人性论思想,他就自然更加不能彻底否定周朴园这样一个人物了。在鞭打他的时候,他就免不了有一些手软,甚至给他以某种程度的“曲宥”,像他在《日出》的跋文(初版本)中提到潘月亭、李石清时所说过的那样。而周朴园这种“天良发现”式的悔罪的声调,正是作者的手软的表现,正是作者对他作了某种程度的“曲宥”的表现。

1959 年 9 月写

1961 年 9 月改

“最残酷的爱和最不忍的恨”
——谈蘩漪

在《日出》的跋文中，曹禺说，他在写《雷雨》时，把剧中的一个最主要的人物，就是那被称为“雷雨”的好汉，漏掉了，其实，我认为他并没有漏掉，还是写进去了。那个人就是蘩漪。在《雷雨》初版本的序言中，曹禺曾说蘩漪是一个最“雷雨的”性格。其实，照我看来，蘩漪不但有“雷雨的”性格，她本人简直就是“雷雨”的化身，她操纵着全剧，她是整个剧本的动力。不是吗？死命地拖住周萍不让他离去的是她，把侍萍（她好比是个定时炸弹）招到周公馆来的是她，关住四凤的窗户使周萍被鲁大海与侍萍发现的也是她，最后在周萍与四凤将要一同出走时，又是她叫来了周朴园，打乱了原来的局面，完成了这出悲剧。这样重要的一个人物，在她出场时，自然是应该特别郑重地介绍一番的。而作者的这段介绍，也真是光彩夺目，奇妙绝伦，实在舍不得不加引录：

……她一望就知道是个果敢阴鸷的女人。她的脸色苍白，只有嘴唇微红，她的大而灰暗的眼睛同高高的鼻梁令人觉得很美，但是有些可怕。在眉目间，在那静静的长的睫毛下面，看出来她是忧郁的。有时为心中的郁积的火燃烧着，她的眼光会充满了一个年轻妇人失望后的痛苦与怨望。她的嘴角向后略弯，显出一个受抑制的女人在管制着自己。她那雪白细长的手，时常在她轻轻咳嗽的时候，按着自己瘦弱的胸。直等自己喘出一口气来，她才摸摸自己胀得红红的面颊。她是一个中国旧式女人，有她的文弱，她的哀静，她的明慧，——她对诗文的爱好，但她也有更原始的一点野性：在她的心里，她的胆量里，她的狂热的思想里，在她莫名其妙的决断时忽然来的力量里。整个地来看她，她似乎是一个水晶，只能给男人精神的安慰，她的明亮的前额表现出深沉的理解；但是当她陷于情感的冥想中，忽然愉快地笑着；当她见着她所爱的，快乐的红晕散布在脸上，两颊的笑涡也显露出来的时节，你才觉得出她是能被人爱的，应当被人爱的，你才知道她到底是一个女人，跟一切年轻的女人一样。她爱起你来像一团火，那样热烈，恨起你来也会像一团火，把你烧毁的。然而她的外形是沉静的，忧烦的，她像秋天傍晚的树叶轻轻落在你的身旁，她觉得自己的夏天已经过去，生命的晚霞早暗下来了。[1]

就是这样一个女人，落进了周朴园的魔掌，被他软禁在这个仿佛是与世隔绝的周公馆里，已经一十八年了。寂寞枯淡的生活，沉重窒息的空气，把她闷得气都透不过来，本来她已经不存什么希望，只安安静静地等待着死亡的到来了。忽然，三年前，周萍从乡间跑来了。他对她表示了爱慕。这虽是一株苍白无力、弱不禁风的小草，但因为他如今是出现在荒凉而阴冷的周公馆里，又是刚从乡间来，身上多少总还保留着一些年轻人应有的纯朴清新之气；而且，这个人他有时也会燃烧、发光，正如作者在他的出场介绍中所写的，当他冲动起来的时候，他的热情，他的欲望，也会像潮水般地涌上来。就是在他这种热情奔涌的时候，他赢得了蘩漪的心。而蘩漪犹如一株行将枯死的奇花，得到了点滴雨露的滋润，又逐渐有了些生气。她就按照她自己的性格把她的生命、名誉，整个地交给了周萍。然而周萍毕竟是周朴园的儿子，他犹疑怯弱，胆小怕事，决不是值得蘩漪爱，值得蘩漪为他牺牲的人。后来，他又爱上了四凤，尽量回避着蘩漪，并且想离开周公馆，撇下蘩漪，一走了事。这样，蘩漪的“雷雨”般的性格，就爆发出来了。而《雷雨》这出悲剧，也就在她的性格力量的爆发下，在她的一手导演下

[1]《雷雨》，中国戏剧出版社 1957 年版，第 23、24 页。

完成了。

蘩漪在剧中的贯串动作,她的种种作为的直接目的,虽然是在于想留住周萍,但其结果,却往往是对周朴园的一种揭露。而且,她的揭露是那样的辛辣锋利,那样的痛快彻底。请看下面这一段对话:

周蘩漪 你最对不起的是我,是你曾经引诱过的后母!

周　萍 (有些怕她)你疯了。

周蘩漪 你欠了我一笔债,你对我负着责任,你不能丢下我,就一个人跑。

周　萍 我认为你用的这些字眼,简直可怕。这种话不是在父亲这样——这样体面的家庭里说的。

周蘩漪 (气极)父亲,父亲,你撇开你的父亲吧!体面?你也说体面?(冷笑)我在你们这样体面的家庭已经十八年啦。周家的罪恶,我听过,我见过,我做过。我始终不是你们周家的人。我做的事,我自己负责任。不像你们的祖父,叔祖,同你们的好父亲,背地做出许多可怕的事情,外表还是一副道德面孔,是慈善家,是社会上的好人物。

周　萍 大家庭里自然不能个个都是好人。不过我们这一房……

周蘩漪 都一样,你父亲是第一个伪君子……

在《雷雨》中,周朴园是个罪魁祸首,许多条生命的疯狂和死亡,都是种因在他身上。那么,在这个剧本里,是谁最无情地揭露了他,给他以最有力的打击,让他当众出丑的呢?显然这个人就是蘩漪。蘩漪之所以要那样死命地拖住周萍,与其说是出于对周萍的爱,还不如说是出于对她自己的地位、处境的一种反抗,出于对周朴园所加给她的种种束缚限制,对周朴园的专横统治的一种反抗(这就是《雷雨》这一剧作的冲突的基础,也就是它的思想主题的基础。从这里,我们就可以清楚地看到蘩漪这个人物的积极意义和局限性。同时,这里也显示出作者当时的世界观的实际水平)。在这个作品里,作为周朴园的一个主要的对立形象的,并不是鲁大海,也不是鲁侍萍,而是蘩漪。蘩漪是周家悲剧的导演者,是使得埋藏在周公馆下面的火药爆炸起来的引火人。为什么作者不以鲁大海或者侍萍作为周朴园的主要对立形象呢?鲁大海当然要比蘩漪站的高得多,他和周朴园之间的矛盾,也更能反映当时社会的本质的矛盾。就是侍萍,她所受的迫害也远较蘩漪为重,她的身世也更易得到人们的同情。而曹禺却偏偏选择了蘩漪作为向周朴园进攻的主将。这究竟是什么道理呢?我想,这应该是与他所要表达的思想,与他为作品所确立的思想主题有关的。

我们知道,矛盾冲突是剧情发展的基础,没有冲突,也就不会有戏剧。而一个剧作的艺术深度,也往往要看作者所选择的冲突和他通过作品所要表达的思想之间符合到什么程度而定。曹禺在这个剧本里,主要只是想揭露周家这样一个带着很浓厚的封建色彩的资产阶级家庭,以及这个家庭所赖以存在的社会的罪恶,并表达他的一种被压抑的、无法排解的愤懑。其所以是无法排解的,乃是因为他并未认真追究过这罪恶的最后的根源究竟来自哪里。他从他当时的认识水平出发,把批判的重点特别放在对周朴园的冷酷、专横和伪善的本质的揭露上。剧作的主要冲突的设立,人物关系的配置,都是以此为基准的。我们看,如果以侍萍作为周朴园的主要对立形象,能不能很完满地表达这种思想呢?显然这是不很合适的。因为侍萍所受的迫害,主要是地主阶级对在他奴役下的使女的迫害。而作者在这作品中所要表现的,如我们上面所说,已经不单纯是、而且主要并不是这样一种意义上的反封建思想了。假如以侍萍与周朴园的矛盾作为主要矛盾,那就应该把它放在另外一种背景下来处理;而作品的主题思想,也要与现在有所不同了。那么鲁大海怎样呢?鲁大海与周朴园之间的矛盾,完全是另外一种性质的矛盾,这种矛盾是不可调和的你死我活的矛盾,它最终必然要以周朴园这一阶级的彻底败亡作结束。作者在这个剧本里,显然主要也并不是要来表现这样一种矛盾的。所以他也决不会以鲁大海作为周朴园的主要对立形象。只有蘩漪,才能够全面地揭露周家的罪恶,才能够把周朴园的冷酷、自私、专横和伪善的本质充分地揭示出来。我们觉得,《雷雨》的内容和形式之间是很和谐的,艺术上是很完整、很有深度的,这在很大的程度上应该说就是取决于其思想与冲突的一致(当然,如果就这个剧本的思想深度来说,就它对社会矛盾的反映与批判的深刻性来说,那是有很大的局限性的。而这种局限性,又是与作者当时世界观的水平相适应的。作为一个民主主义者和人道主义者,曹禺还只能够把他的注意力首先集中在上面这样一种性质的问题上,而还不能够站得更高,还不能够着眼于一些更重大、更根本的问题)。

从作品的具体表现来看,情况也确是如此。鲁大海与周朴园的冲突,侍萍与周朴园的冲突,都只在第二幕中稍稍接触了一下,侍萍甚至很少有要与周朴园斗争的意思。蘩漪与周朴园的冲突则不然。它是贯串全剧,始终存在的。单是面对面的正面冲突,在四幕之中就有四次之多。而且每一次的冲突的结果,都使他们的关系发生了变化,都加速了剧情的发展。我们看到他们两方面的力量对比关系,在不断地消长转化。蘩漪对周朴园的反抗,由消极逐渐转到积极,而且愈来愈激烈,愈来愈不可遏制,最后终于完全撕毁了周朴园的"尊严",彻底破坏了周家的"平静"而"圆满"的秩序。这四次正面冲突就是:一、周朴园逼蘩漪吃药(第一幕);二、周朴园催蘩漪去看病(第二幕);三、蘩漪从鲁家回来后遇到周朴园(第四幕初);四、蘩漪在周萍与四凤将要一同出走的当儿把周朴园叫来(第四幕末)。在第一次冲突中,蘩漪的反抗性虽然也表现出来了,但那多半是抵御招架,属于消极的防守性质的。这从她所说的一些话里完全可以看出来。如:"我不愿意喝这种苦东西。""我不想喝。""留着我晚上喝不成么?"等等。而最后,她终于还是屈从了,虽然是带着极大的愤怒,而且主要并不是为了周朴园。第二次,蘩漪的态度就不同了,她就已经是以一种挑战的姿态出现了。周朴园早就两次派人催过蘩漪去看病了,蘩漪都没去。于是周朴园亲自跑来了:

周朴园　你怎么还不去?

周蘩漪　(故意地)上哪儿?

周朴园　克大夫还在等着,你不知道么?

周蘩漪　克大夫?谁是克大夫?

你看，她岂但不知道克大夫在等着，她甚至连克大夫这名字仿佛还是第一次听到呢！然而事实上，我们知道，克大夫过去曾经给她看过病，几分钟前鲁贵又两次告诉过她克大夫已经来了，她自己也说过周冲也已向她提过要请克大夫来替她看病的事了。周朴园没有办法，只得再向她说明，克大夫就是“从前给你看病的克大夫”，她却说她根本没有病，就是有病，也不是医生治得好的。说着，她就自管向饭厅门走去。周朴园还想用他那家长的威严来喝住她，但是完全没有用。

周朴园 （大声喊）站住！你上哪儿去？

周蘩漪 （不在意地）到楼上去。

周朴园 （命令地）你应当听话。

周蘩漪 你！（不经意地打量他）你忘了你自己是怎样一个人啦！（径自由饭厅门下）

在这最后的“你！”的一声里，该是包含着多少的轻蔑和嘲弄之意！她的态度与上一次已经很不相同了。但是，在这一次冲突中，周朴园仍还保持着他的优势，尽管蘩漪回到了楼上，他还是让周萍陪着克大夫去替她看了病。到了第三次，优势就转到了蘩漪一方面，蘩漪已经从防御者的地位转变成一个进攻者了。

这是一个凄凉的雨夜，已经是半夜两点钟左右了。周朴园在寂寞地拿起了侍萍的相片，注目遐想，悄然出神。这时，蘩漪一声不响地从中门走了进来(她刚从鲁家回来)，雨衣上的水还在往下滴，颜色惨白，鬓发也是湿漉漉的。她在这样的时候，突然以这样的姿态出现在周朴园的面前，周朴园的惊愕骇异之状是不难想象的。然而蘩漪却满不在乎。我们甚至可以想象得到，周朴园愈是惊愕，她就会愈显得镇定，愈加感到一种满足的快意。我们看：

周蘩漪 （看见周朴园惊愕地望着她，冷漠地）还没有睡？（立在门前。）

周朴园 你？（走近她）你上哪儿去了？冲儿找你一晚上。

周蘩漪 （平常地）我出去走走。

周朴园 这样大的雨，你出去走？

周蘩漪 嗯，——（忽然报复地）我有神经病。

周朴园 我问你，你刚才在哪儿？

周蘩漪 （厌恶地）你不用管。

周朴园 （打量她）你的衣服都湿了，还不脱了它？

周蘩漪 我心里发热，我要到外面冰一冰。

周朴园 （不耐烦地）不要胡言乱语的，你刚才究竟上哪儿去了？

周蘩漪 （望着他，一字一字地）在你的家里！

周朴园 （烦恶地）在我的家里？

周蘩漪 （微笑）嗯，在花园里赏雨。

周朴园 一夜晚？

周蘩漪 （快意地）嗯，淋了一夜晚。

这真够使周朴园狼狈的了。所以他惊疑地望着她，半晌说不出一句话来。而蘩漪则如一座石像般地矗立在他面前，一动不动。接着她又从周朴园的手里把侍萍的照片拿了过来，并且像逗小孩似地逗弄着周朴园。周朴园实在拿她没有办法，只好摆出家主的威严，命令她走开。然而，立刻就被蘩漪挡了回去。

周朴园 （愠怒）好，你上楼去吧，我要一个人在这儿歇一歇。

周蘩漪 不，我要一个人在这儿歇一歇，你给我出去。

周朴园 （严肃）蘩漪，我叫你上楼去！

周蘩漪 （轻蔑）我不愿意，告诉你，我不愿意。

可见这时两个人的力量对比关系，两个人的优劣地位，已经翻了一个身了。到了最后一场，蘩漪更以一个审判者的姿态，把周朴园叫了出来，当着众人的面，不但是当着剧中人物，而且也是当着广大观众的面，无情地撕毁了周朴园的庄严的外衣，剥落了他的道德的面具，而周朴园此时则已完全处于一个消极的，被动的地位了。

（值得注意的是，蘩漪的力量的不断增强，并不是由于她的斗争更有把握，更有获胜的希望，恰恰相反，倒是由于她愈来愈意识到自己的前途的无望，愈来愈感觉到自己的命运的黯淡。她的斗争一开始就带有一种悲剧的性质，因为，在那样的时代，单纯从个性解放的要求出发，而不把自己的斗争与整个人民大众的解放斗争结合起来，是决不可能有成功的希望的。她自己后来也渐渐地认识到她所作的种种努力，不过是一种徒劳的挣扎。但是，像她这样的性格，是决不能忍受别人的欺侮玩弄，决不能安于失败的命运的。她一定要反抗，要报复。她曾几次三番地对周萍下过警告：“一个女子，你记着，不能受两代的欺侮，你可以想一想。”“小心，小心！你不要把一个失望的女人逼得太狠了，她是什么事都做得出来的。”“小心，现在风暴就要起来了。”这些就像暴风雨来临前的轰雷闪电，一声紧似一声，一声更比一声震撼人心。但是，我们也听得出，其中固然包藏着咄咄逼人的威势，同时却也蕴含有深沉的绝望的悲哀。）

这四次冲突，不但每一次都深刻地揭示了周朴园和蘩漪两个人的性格，而且也进一步影响了两个人此后的行动，更加推动了事件的发展，把情节一步步地引向高潮。这是真正的戏剧性的冲突。正因为周朴园在威逼蘩漪喝药中，露出了那么狰狞的面目，所以才激起了她后来的更大的反抗。而且使她觉得这种生活实在无法忍受，更非死命地拖住周萍不可。她愈是要拖住周萍，又愈使周萍恐惧、厌恶，愈要迅速摆脱她。而在周朴园一面呢，看到她居然当着儿子的面也露出了反抗的意思，就觉得只有用更大的压力来对待她，只有更加防范着她点。而不知道他的压力、防范的每一次的加强，都只是促使她的反抗和“越轨”的行为愈益变本加厉，都只是促使她更要千方百计地甚至是不择手段地拖住周萍。这样，结果就反而只有使他的家庭更失平静，使他自己更失尊严。最后终于在众人面前完全暴露了自己丑恶的原形。

在这个作品里，周朴园是一个带着浓厚的封建色彩的资本家，他这种身份、地位,最足以代表半封建半殖民地社会里的统治势力,而他在剧中的贯串动作,他所一心追求的目标——维护家庭的秩序,保持自己的尊严——也正是那个社会里的统治势力所最关心,最要竭力撑持的。蘩漪的一言一动,所作所为,则无不在破坏这种秩序,撕毁这种尊严,因而蘩漪就是那个家庭和那个社会里的叛逆,是值得我们寄予同情,给以支持的。

当然,蘩漪毕竟还只是地主资产阶级队伍中的一员,譬如她对四凤就有着许多"上等人"的偏见。她所反对的,也只是周朴园的家长式的统治,只是对她个人的种种束缚限制,种种她所感到的个人的不自由,而并没有比这更高一些的要求,更进一步的内容;而且,只要周萍能陪伴她,这"闷死人"的屋子也会使她留恋,她也会安于虚伪和欺骗的不自然的关系而不起来反抗。同时,不消说,她当然是个个人主义者,她为达到她的目的可以不择手段,最后甚至把自己的儿子拉出来借以破坏周萍和四凤的结合。这许多地方都是我们所不能不看到,因而不能给她以过高的评价、过多的赞扬的。不过,话又得说回来,在《雷雨》这一作品中,蘩漪的斗争性总算是很强的了,她对周朴园的揭露,也总算是很辛辣、很无情的了。如果我们因为在她身上存在着以上所说的一些缺点和局限性,因而就鄙弃她,否定她,那也是很不对的。

1959 年 9 月写

1961 年 9 月改

“哦，你是你的父亲的儿子”
——谈周萍

在周朴园的三个儿子中，周萍是唯一有可能传他的衣钵的一个。这位周公馆的大少爷，第一步就跨得很有父风。当我们初次和他见面的时候，他不但早已和他的后母发生了乱伦关系，而且还和他家里的使女(其实是他的异父妹)有了暧昧行为。并且正要撇下她们，独自一个到矿上去，进一步学习他父亲的“英雄榜样”。不过，为了对他公平，我们愿意对上面的话作一些修正。他要撇下蘩漪到矿上去是确实的；想独自一个去，也是确实的。但是否存心连四凤也要撇下——假如这撇下就是意味着永久的丢弃，我们认为是应该作一些保留的。

作为周朴园的儿子，周萍自然是很难博得人们的好感或者同情的。而他所做的一些事情，譬如上面所提到的同蘩漪乃至四凤的关系，譬如在自己家里恶狠狠地仗势打了鲁大海两个嘴巴，以及他的纵酒放荡、精神颓丧等等，也确乎只能引起人们的憎恶。然而，他又不是那种滥恶而浅薄的、一眼就能看煞的坏人，在他身上甚至还并不缺少足以令人迷惑的地方。要不然，不但四凤居然会倾心于他，有些不大近情；就是蘩漪竟要那样苦苦纠缠，死不放手，也觉得不易使人信服；除非这两个人的性格并不像作品中所表现的那样。在这个剧本里，周萍的性格恐怕是最复杂的一个了。作者在序文中，曾把《雷雨》中人物的性格分做三类：一类是一切都走向极端，中间不容易有一条折中的路；一类是与此相反，遇事希望着妥协、缓冲与敷衍；再有一类则是介乎这两者之间，仿佛是两者间的阶梯。在过去的版本里，作者一直把周萍归入第一类的，但在 1959 年出的版本里，却把他归入第二类了。可见这个人物的性格，原是可此可彼，不是那么容易固定的。因而作者认为，这个人物是最难演的，演他的人需要能够化开他性格上的一层云翳，使他轮廓分明，虽复杂而仍简单。他并且提示演他的人要设法替他找同情，不然到后来就会搁了浅，演不下去。要替周萍找同情，这说法也许容易引起误解，所以在新本中，作者就删去了这两句话。其实，大家是不难体会作者的用意的。他无非是要演员不要简单地对待这一个人物，不要把他的性格脸谱化了，把他演成一个传统戏曲中的花花公子式的人物。假如这样，剧中人物间的关系，就会显得牵强而不合情理，就会破坏了剧作的完整性。作者没有把周萍写成这样的人物，正是作者的高明处。这样，就使得这一剧作更加耐人寻味，使得大家不是把憎恨仅仅停留在周萍个人身上，而是要去作进一步的思考与探索。换句话说，也就是更加深化了剧作的主题思想。

对待像周萍这样的人物，常常容易出现两种简单化的态度。一种是眼光只停留在一些表面的现象上，对他的所谓“真诚”，所谓“不得已的苦衷”，表现出过分的轻信，因而不适当地原谅他，同情他。还有一种是从他的思想本质出发，对他深恶而痛绝之，认为他的所言所行，无一不是可鄙而可恨的，因此把他臭骂一顿了事，而不去进一步探索这个人物的性格形成的社会根源，发掘这一形象的深刻的典型意义。这当然都不是正确的态度。但要使抱这两种态度的人改变他们的看法，却并不是很容易的事。因为，他们之所以会采取这种或那种看法，并不是毫无根据，在他们看来，似乎还是满有理由的。

就拿前一种看法来说吧，粗粗一看，周萍这个人物，确也好像是大可同情的。他年轻时因为一时的冲动，和自己的后母发生了乱伦关系，铸下了大错。这使他时时追悔，懊恨莫名(作品中关于他的悔恨的描写，给人的印象是很深的。特别是他初出场时，同蘩漪重又在人前晤面时的那种坐立不安，正眼都不敢觑她一觑的神情，更表现出他的苦痛之深，悔恨之切，更为他赚取着人们的同情)。因而他竭力回避着蘩漪，并且想离开周公馆，到远处的矿上去，以便把这“最后悔的事情”永远埋葬掉。他和蘩漪的关系，当然不能认为是种正当的关系。他如今厌恶这种关系，要想摆脱这种关系，总该是可以得到人们的谅解的。

他之又爱上四凤，正是当他沉溺在这种悔恨的深渊而不能自拔的时候。他是把四凤当做自己的救星，当做能拯救他跳出这深渊的力量而爱上她的。他既然并不知道四凤就是他的妹妹，这也很难对他有所指责。何况他又是真心地爱着四凤，并不是存心玩弄。就是在他和蘩漪的冲突中，起初他也是一再忍让，竭力抱着息事宁人、委曲求全的态度的。后来之所以会说出一些恶狠狠的绝情弃义的话来，乃是被蘩漪逼出来的。这又怎能过多地责备他呢？何况，想一想吧，他又是有着怎样一个父亲啊！这个父亲说一是一，必须绝对服从。在这个家庭里，周萍同样是处在他父亲的威压之下的。他不但受着他父亲的威压，同时还受着蘩漪的胁逼，受着命运的播弄（四凤竟会是他的同胞妹妹！）。最后他终于只能走上自杀之一途，不是大可悲悯，弥足同情的吗？在持第二种看法的人看来，则会以为上面所说种种，都只是些细枝末节，表面现象。看人论事，应该从大处着眼，应该抓住关键问题。评价周萍，首先要看他对待周朴园的态度怎样，看他对待鲁大海的态度怎样。只有在这种地方，他的基本立场，他的思想本质，才被鲜明地揭示了出来。周萍是周朴园的肖子，他对周朴园是奉命唯谨，无限恭顺的。周朴园的一言一动，他几乎都无条件地赞成。周朴园的意志，他从不违抗；周朴园的命令，他一定执行。这如果把他和比他年轻得多的弟弟周冲的态度对照，就格外分明。譬如，当周冲听到周朴园说已经把鲁大海开除了时，他就提出了抗议，认为“代表罢工的工人并不见得就该开除”；对于矿上不给受伤的工人以抚恤金，他也表示了很大的不满。而这时也在一旁的周萍，对于这些却一声不作。譬如，在周朴园逼蘩漪喝药时，周冲就抗议说：“爸，妈不愿意，您何必这样强迫呢？”周朴园命令他端着碗去劝他母亲喝，他也表示了反抗。周萍则非但不支持周冲，反而劝令周冲服从。后来，周朴园要周萍自己跪在蘩漪面前劝她喝，他虽然很觉难堪，但要不是这时蘩漪一口气把药喝完了，他真会跪下去的。又譬如，周朴园要辞掉鲁贵和四凤，这对于周萍来说，该是怎样的一个晴天霹雳，怎样的关系重大的事，可他也只是说了一句：“爸爸，不过四凤同鲁贵在家里都很好，很忠诚的。”算是为他们求情，就再也没有别的举动了。他甚至连第二句求情的话都不敢说。周冲知道了这个消息，则表现了极大的气愤，认为他父亲

“太不讲理”了，就立刻要去找父亲评理去。最突出的当然是在对待作为工人代表的鲁大海的态度上。在周朴园和鲁大海谈判的一场里，周萍的态度甚至比周朴园的都更为狰狞可怕。他在旁听了鲁大海对周朴园的理直气壮的指责以后，就冲出来盛气凌人地责问鲁大海：“你是谁？敢在这儿胡说？”后来，当鲁大海揭周朴园的老底，数说他罪恶的发家史的时候，他竟恶狠狠地冲向鲁大海打了他两个嘴巴，并且还喝令仆人们一起打他。这就充分表明他是个十足的工人阶级的敌人，他的资本家的儿子的立场是站得很稳的。对于这样一个人，我们怎么能给他以任何的同情呢？我们也决不能指望这样的人会有什么纯真的感情。他对蘩漪既说不上有什么爱情，对四凤也只是存心玩弄。一个资本家的儿子，是决不会爱上一个“底下人的女儿”的。他们真像鲁大海所说：“……都是吃饭太容易，有劲儿不知道怎样使，就拿着穷人家的女儿开开心，完了事可以不负一点儿责任。”他们的一些貌似真诚的话，都是骗人的玩意儿，如果信以为真，那就未免太天真了。只要看他当初对蘩漪不也曾经是海誓山盟过来的吗？如今又怎样！所以，无论从哪一方面说，周萍都是个卑鄙的、丑恶的人，是应该被狠狠鞭打，彻底否定的。

应该承认，这两种看法，的确都各有他们所见到的一面，都可以说是言之成理，持之有故的。但是，如果各执一端，自以为是就不免有失偏颇了。就大体而论，后面这种看法能从大处着眼，是比较正确的。但前一种看法指出，在周萍和周朴园之间也有矛盾，并不完全协调，这是应受重视的。此外，在体会人物的心情、处境方面，也有它比较细致，比较近情的地方，也值得我们加以考虑。譬如，周萍之于四凤，无论是直接从他和四凤相处时的言行举止，或者间接从他在蘩漪和鲁大海面前所说的一些话看来，都应该承认确是诚恳的，真心相爱的。不看到这一点，而笼统地根据周萍的思想本质推断出他对四凤决不会有真正的爱情，这是一种脱离作品实际的主观主义的态度，是不能令人信服的。有的同志看到了这一点，却同样从周萍的思想本质出发，不承认这种描写是真实的，而把它归之于作者写作上的缺点，认为这正是有损于作品的思想性和艺术性的地方。这，我觉得，也并非确论，殊有待于作进一步的探讨。

评价周萍,当然首先要看他的思想立场,看他在阶级对立形势中所持的态度如何。从他的某些言论和行动看来,他确也是竭力想做周朴园所代表的那个社会和阶级的忠臣孝子的,我们基本上也只能把他当做那样的人。这样的人,决不值得我们的同情。这一点是没有问题的。问题在于:这样的人是不是就不能与那个社会、那个阶级有一点不协调的地方,是不是就不能对四凤这样的姑娘有一点真正的爱情?如果作者这样写了,是不是就有损于作品的思想性和艺术性?我认为并不是这样。如果结合具体作品来看,结论毋宁倒是相反的。

我们试想:假如周萍也像周朴园那样的虚伪卑鄙,极端的自私自利,假使他在那个社会里,也像周朴园那样的心安理得,圆融自在,那么,不但如我们前面所已经指出过的,四凤和蘩漪等人的行为逻辑就失去了真实的依据,作品中人物的关系就会显得牵强而不合情理,而且,这种形象上的重复,不将是意味着作者艺术创造能力的贫乏吗?它除了使我们也像痛恨周朴园一样地痛恨着周萍以外,能给我们什么更多的东西呢?一个典型形象,必须具有丰富的社会内容,必须能揭示出一定社会力量的本质(当然,同时它还必须是具有独特的、不可重复的个人特色的)。譬如在周朴园身上,就体现出了那个社会里的统治势力的某些本质的方面。周朴园可以被认为是那个社会里的统治势力的某一方面的代表人物,对于周朴园的揭露和鞭打,可以说就是对于那个社会里的统治势力的揭露和鞭打。作者通过周萍这一形象的塑造,目的当然也是在于揭露那个社会,鞭打那个社会里的统治势力。但作者显然并不是把周萍直接作为统治势力的代表人物而加以揭露和鞭打的。他是从另一个角度,以另一种方式来实现这一目的的。这一方面显示出作者的艺术表现能力的生动多样和对社会生活的多方面的理解,同时也就使得这一作品的内容更加丰富、更加充实,使得这一作品的思想意义更加广阔、更加深刻了。

在作者笔下,周萍是被作为一个由于屈从于当时的统治势力,由于竭力想效忠于这个统治势力,因而变得精神卑下,意志薄弱,无法解开他面对的重重矛盾,终于只能既损害了别人,也葬送了自己这样一个形象来处理的。在周萍身上,我们看到并不缺少一般人的所谓善良、聪明,而且,从他的某些言论和行动看来,他还可能是多少受过一些五四时期的民主思想的洗礼的。譬如,他曾经对蘩漪说过,他恨他的父亲,他愿他父亲死,就是犯了灭伦的罪也干。这虽是他在追求蘩漪时的一时的热情冲动之言,但也可见他对他父亲的专横、不尊重女性等,确也是很不满意的。譬如,当他听到蘩漪把四凤称作“一个下等女人”时,他就怒不可遏地爆发说:“你胡说!你不配说她下等,你不配!”此外,我们还曾听到有人说过“他待人顶好”的话,这话虽说是出自四凤之口,但恐怕也不能认为四凤只是从个人出发,仅仅因为周萍待自己不错就这么说的。譬如周冲在说到他时,就也称过他是一个很重感情的人。我们知道,这句话从周冲的嘴里说出来,是应该被看做一种很大的赞扬的。而从许多地方看来,周萍也的确并不缺少追求新的、更充实的生活的愿望;尽管他所谓的新的更充实的生活,不见得就会是值得我们加以肯定的生活。但至少可以看出,他对自己目前所过的这种空虚而丑恶的生活,是很不满的,他还是极想振作起来的。所以,他和那个社会,和他所出身的阶级,还是并不完全协调的。我们也实在想不通,为什么像这样的人就一定不能对四凤有真正的爱情(他能否永远忠实于这一爱情那是另一问题),假使作者写了他有这样的爱情,为什么这种描写就一定得是不真实的?周萍这个人,就他的思想的起点来说,是和周冲、蘩漪等人颇为接近的;在他身上,也或多或少地反映出一些五四时期的时代特色来(从这里也可看出作品的现实主义的成就,作者笔下的人物是和他们的时代环境相融合的)。如果他能沿着他最初的方向发展下去的话,他是可以成为一个像周冲或蘩漪那样的值得我们同情的人的。然而,他却终于只能使我们用别样的态度来对待他,因为他离开了原来的方向,而走到另外一面去了。

那么,是什么力量使得他从这一个方向转到另一个方向去的呢?促使他发生这种变化的原因何在呢?

我认为这都是一个“怕”字在作祟:对他父亲的怕,对社会舆论的怕,对整个统治阶级的怕!

也许有人要提醒我说:“还有对蘩漪的怕。”但我并不认为需要作这样的补充。如果说周萍的确也怕蘩漪的话,那么,这种怕也是由于对周朴园的怕,对社会舆论的怕,对整个统治势力的怕而来的。离开了这些,他其实是并不怕蘩漪的。他假如真怕蘩漪,假如他怕的真是蘩漪本身,真是蘩漪所代表的社会力量的话,他就会以另一种态度来对待他面前的矛盾冲突,他就不会离开我们上面所说的他的思想起点这么远,而我们也要以另一种态度来对待他了。

从表面看来,周萍似乎的确是很怕蘩漪的。他对蘩漪的怕,甚至还似乎超过了对周朴园的怕。譬如,在第二幕开头的地方,当四凤对他说,她怕有一天周朴园会知道他们间的事,他听了却摇着头深沉地说:“可怕的事不在这儿。”他虽然并没有明白说出可怕的事究竟在哪儿,但大家知道,他是指着蘩漪说的。他每次和四凤幽会,总是提心吊胆,连四凤都忍不住要叹着气说:“总是这样偷偷摸摸的”,“你连叫我都不敢叫”。这当然主要也是为了怕被蘩漪知道。在蘩漪面前,他更总是低声下气,赔尽小心,这都表明他是如何地惧怕着蘩漪。但如果我们进一步思索一下,他究竟怕蘩漪什么呢?那么就会明白,他所怕的其实是在彼而不在此的。他难道是怕蘩漪责他背盟负心,责他不帮助她跳出周朴园的牢笼吗?难道是怕蘩漪吵闹开去,他将被社会当做一个负心汉而加以唾弃吗?显然不是的。他并不是因为自己对蘩漪有所亏负而惧怕她的[1],他所担心的,他所顾虑的,并不是他和蘩漪之间的是非曲直问题,而是他和蘩漪之间的关系本身。他是怕这种关系张扬开去,他将不容于他父亲,不容于社会舆论,不容于整个统治势力。他怕的是这些,而并不是怕蘩漪。他之所以会对蘩漪变心,所以要想中断他和蘩漪之间的关系,正是这种惧怕的心理——首先是对他父亲的惧怕在起作用的缘故。

周萍和蘩漪之间的不正当的关系,已经存在了两年以上了,这种关系虽说终是难于长久维持的,但为什么恰恰是在这个时候宣告破裂?这难道能说全是出于偶然吗?显然这是和周朴园的回家直接关联着的。我们想,同一个周萍,在两年多以前,可以当着蘩漪的面说他恨他的父亲,说他愿他父亲死,就是犯了

---

[1] 事实上,他根本很少想到他是亏负了蘩漪的,这只要听听他在蘩漪面前所说过的这样一番话:“……我后悔,我认为我生平做错一件大事。我对不起自己,对不起弟弟,更对不起父亲。”就可以明白了。他恰如蘩漪所说的,把他所最对不起的人,“反而轻轻地忘了”。

灭伦的罪也干。而现在，当蘩漪向他表明，她已经把她整个的性命、名誉交给他了，她不再是周朴园的妻子了时，他却冷冷地说："如果你以为你不是父亲的妻子，我自己还承认我是我父亲的儿子。"这中间的变化该是多么惊人！蘩漪听到他说这样的话，也不禁一呆："哦，你是你的父亲的儿子。"她也是想不到他居然会说出这样的话来的。那么，使周萍发生这样的变化的原因何在呢？难道真是像周萍自己所说，以前是他年轻，一时冲动，才说出这样糊涂的话，而如今因为长了两岁，就明白过来了吗？倒像是一个人必须满了二十八岁才懂得乱伦关系的不正当，如果他只有二十六岁，那就还不能领会这样高深的道理似的。这谁能相信呢？所以，蘩漪立刻也就明白了，他原来是怕他父亲："——这些日子，你特别不来看我，是怕你的父亲？"我们也只能同意蘩漪的说法，此外的确是很难有别的解释的。周萍之那样急于要离开周公馆到矿上去，也更加证明着这一解释的正确。周朴园三天以前才从六百里外的矿上回来，照情理上说，父子们已分别了两年多，正该多团聚团聚，怎么父亲一到家，就急着要请求他调自己到矿上去工作，而一得他的同意，甚至还来不及等他考虑好究竟让自己干什么工作，就忙着要动身了呢？这不明明是怕在一起待久了，他和蘩漪之间的不自然的关系，就会引起他父亲的怀疑而有被识破的危险吗？[1]

那么，周萍为什么这样怕父亲呢？恐怕谁都会回答说：这自然是因为他欺骗了父亲，因为他觉得自己对不起父亲。但是，难道我们真能相信周萍仅仅是从所谓"良心"上去考虑的吗？"良心"又是什么呢？在周萍身上，真用得着王尔德这句警语了："良心与怯懦是同一回事。"周萍实质上不过是怯懦罢了。为什么他只想到自己对不起周朴园，就想不到自己其实是更对不起蘩漪呢？既有今日，何必当初？能这样的随便，这样的不负责任吗？譬如蘩漪她就毫不后悔，她自己做的事她自己负责任。所以拆穿了说，周萍不过是从自私自利的动机出发，从个人的利害关系上着想，因为不敢与周朴园及其所代表的社会力量决裂，

[1] 自然，他有意和蘩漪疏远，他和蘩漪之间的关系之转趋冷淡，并不是最近几天来的事，一开头我们就听四凤说过："……这半年多，他跟太太不常说话。"但我们是不是有理由设想，也许那时已经有过周朴园要从矿上回来的消息呢？至少从周朴园离家的日子推算起来，那时他要回来的可能性是愈来愈大了，对周萍来说，将与父亲会面的恐惧，就逐渐成为他面临的现实问题了。

就不顾自己对蘩漪所负的责任,而卑怯地背弃了自己的诺言罢了。从这一点上来说,他不愧是周朴园的儿子。而他的种种悔恨的表现,也像周朴园对侍萍的怀念一样,既是为了骗别人(对周萍来说,特别是在于骗蘩漪),也是为了骗自己(安慰他们自己的"良心")。父子二人,真有异曲同工之妙!他对四凤,就目前来看,当然不能否认他确是真心爱她的,但从他的自私自利的卑怯的性格看来,谁能担保他不会像周朴园对侍萍那样的始乱终弃呢?只要周朴园稍一干预,恐怕他就会立即屈服,而置四凤于不顾了。所以,尽管今天的周萍还不像周朴园那样的卑鄙无耻,甚至还有一些足以迷惑人的地方,但归根到底他和周朴园是同一流的人物,假如不死,发展下去,是不见得会比周朴园好到哪里去的。这样的人,当然决不值得我们同情,而只能受到我们的唾弃。

不过,从另一面来看,生长在那样的环境里,受着那样的教养的周萍,他也只能是那样的人。统治阶级总是通过各种各样的(经济的、政治的、伦理的、教育的……)手段,来把自己的子弟纳入他们所设定的轨道,把他们培育成和自己一样的人。一切与他们的利害相抵触的、或是不合于他们的阶级口味的东西,他们是都要加以排斥和摧毁的。周冲的一再受到周朴园的斥责,就是一个明证。在地主资产阶级家庭里成长起来的周萍,不管他最初曾有过怎样善良的愿望,不管他到后来还是怎样地渴望着能过一种新的、较有意义的生活,但是长期以来的地主资产阶级的腐朽的生活方式,早把他的一点青年人的朝气和雄心消磨尽了。假如说过去他对他父亲、对那个社会还曾有过某种程度的仇恨和不满的话,如今也早已化为乌有了,他有的就只是尊敬、只是恭顺了。他就从来也没有作过离开他的父亲、背叛那个家庭和社会,去过一种独立的新的生活的打算。因为这在他是不堪设想的。将近三十年来的寄生生活,已经完全把他培养成了一个徒具空形的废物了。统治阶级即使不能把自己的子弟培养成和自己一样的穷凶极恶、无所不为的人,至少也要使他们成为一个便于驾驭、听任自己摆布的人物。所以,周萍之终于离开他原来的方向而成为现在这样的人,从这一意义上来说,正是周朴园和他所代表的社会一手造成的。而这多少也是符合于他们自己的愿望的。可见,作者这样来塑造周萍的形象,正是更深一层地来揭露周朴园，揭露那个社会，表明周朴园与他所代表的社会是怎样在摧毁着一切与他们的利益相抵触的东西。怎样在虐杀着一切多少有些生气的、不和他们同流合污的东西。不过，尽管如此，也丝毫不意味着可以因此减轻周萍的责任而对他有所宽贷，他的行为最后仍是要由他自己负责的。

周萍最后是自杀了。对于他的这样的结局，也有许多同志对作者有微辞。认为这不是周萍性格发展的必然结果；认为这样的死对观众没有教育意义，而只能损害了作品的思想性。我想，说周萍的自杀不符合他的性格发展，恐怕是很难令人折服的。从作品中的周萍的为人看来，他既然暂时还并不完全是周朴园式的人物，既然他还不能像周朴园那样心安理得地做坏事，而同时又没有勇气、没有力量选择另外的道路，过别样的生活，那么他除了自杀，还能做什么呢？我们很难设想此外能有什么别的结局，会比让他自杀显得更合理的。至于说这样的死对观众没有教育意义，只能损害作品的思想性，恐怕也是未曾深思的说法。诚然，作者让周萍以自杀来了结他的一生，似乎显得周萍还不是个十恶不赦的人，对他还有些手下留情似的。但其实，如我们前面所说，像周萍这样性格的人，既然除了自杀不会有什么别的路好走，那么作者以自杀作为他的结局，就没有什么留情不留情的问题。即使他真是有所留情的吧，那么，他之所以对周萍留情，正是为了更无情地揭露周朴园和周朴园所代表的社会，揭露他们的丑恶和腐朽，预示他们的必然没落的命运：周萍是周朴园的恭顺的儿子，是竭力想为周朴园及其所代表的社会势力效忠的，但在他们自己的培养控驭下，却使他失去了一切的意志和能力，只能把他送上死亡之一途；毁了周萍的一生，就无异是毁了他们自己的未来。这怎能说是损害了作品的思想性呢？除非大家不从这方面看，却去同情起周萍来，那当然是要损害作品的思想性的，但这恐怕也不能说是真正体会了作者的用心的。

无可讳言，作者对周萍是具有某种同情的成分的。对他的总的态度，也显得过于温和了些。在这个形象的塑造上，的确也反映出了作者当时思想上的某些局限。但从客观意义上来说，这种局限是不同于反映在周朴园形象塑造上的类似的局限的，我们不应该把它们相提并论，给它们以同样的指责。因为，周萍这一形象的性质和意义是不同于周朴园这一形象的性质和意义的,他们不仅有互相补充的一面(都是腐朽的剥削阶级队伍中的一员),也还有互相对立的一面(在周萍身上还有某些与腐朽的剥削阶级不相协调的东西)。从他们的互相补充这一面来说,对周萍的手下留情,曲予原谅,是不适当的,是作者思想上的局限的表现。从他们的互相对立的一面来说,对周萍的手下留情、曲予原谅,却又有利于更无情地、更彻底地揭露和鞭打周朴园,使得这一剧作的思想意义更加丰富,更加深刻。我们既要看到前者,也要看到后者。对于一个评论家来说,我以为,指出后一方面的意义,引导读者和观众多从后一方面去考虑是尤其重要的。

周萍这一形象的确是很复杂的,在这样复杂的一个形象面前,人们是难免要感到困惑的。究竟应该怎样来对待周萍这个人物呢?这确是个很费人踌躇的问题。我虽然已经尽量说出了我的看法,但这些看法是否妥当,殊不敢必,只有期待着大家的指正了。

1961 年 7 月

“夏天里一个春梦”

——谈周冲

在《雷雨》里，周冲是一个奇异的存在，一个“不调和的谐音”。然而这一个奇异的、不调和的音符的出现，却使得整个乐曲更加起伏跌宕，更加惊心动魄了。

就他在矛盾冲突中、在剧情发展中的作用来说，周冲似乎是所有人物中最无足轻重的一个了。如果单纯从结构的观点来看，即使把这个人物精简了，也不至于对事件的进程有多大的影响，不至于会使剧本的基本面貌有所改变。然而，这个人物却又是断乎少不得的。少了他，不但蘩漪和周朴园两个人物的性格，将因缺少了必要的烘托而大为逊色；就是整个剧作的气氛，也必因得不到应有的渲染而顿减其凄厉阴惨之致。这样，给予观众心头的冲击力，也不会有现在这样的强烈，现在这样的深沉了。

作者说：“周冲是这烦躁多事的夏天里一个春梦”，“他是在美的梦里活着的”。像我们这些从旧社会生活过来的人，在孩子时代，谁没有做过周冲式的美梦呢？谁没有尝受过梦境破灭后的悲哀呢？然而，我们的睡眠并不怎样酣甜，入梦也并不太深沉，只要一点略大的声响，一丝意外的惊扰，就会使我们觉醒过来。因而梦醒后的失望、悲哀，也就并不是怎样的不能忍受的了。周冲却是整个地生活在美丽的梦想中的人，一般的声响，普通的惊扰，轻易不能使他觉醒。他像作者所说，需要现实的铁锤来一次一次敲醒他的梦。而且，暂时的觉醒虽给了他以刺心的痛楚，却仍不妨碍他继续入梦。可见他的睡意之浓，入梦之深！

可见他对现实是如何的隔膜！像这样一个对现实彻底隔膜的人，在现实生活里是不存在的。周冲完全是曹禺的充满诗意的幻想的创造。在这个人物身上，寄寓着青年曹禺的最纯真的理想，最深挚的憧憬；寄寓着他对真善美的乌托邦世界的无限的渴望和对丑恶的现实社会的极端憎恶；寄寓着他的欢喜和失望；寄寓着他稚弱多感的灵魂所尝味到的一切愤懑和痛苦。作者正是通过这一人物的创造来表达他对当时社会的最沉痛的控诉和最严正的抗议的。所以这一人物的性格，看来尽管是那么简单，似乎是一目了然，极易理解的。其实，在他的心头却有着非一般人所能忍受的负荷。他的灵魂的深度，也不是一般人所能充分地感知和把握的。

在《雷雨》的序文中，作者说起他看过一次《雷雨》的公演，对扮演周冲的演员很感失望。他以为这位演员有些轻视他的角色。但我觉得，在《雷雨》的所有八个人物中，周冲本来就是最难演好的一个，本来就是最难为这一人物找到合适的扮演者的。试看下面这一段对话：

周　冲　妈，我要告诉您一件事——不，我要跟您商量商量。

周蘩漪　你先说给我听听。

周　冲　妈，（神秘地）您不说我么？

周蘩漪　不说，你讲吧。

周　冲　（高兴地）哦，妈……（迟疑着）不，我不说了。

周蘩漪　（笑了）为什么？

周　冲　我，我怕您生气。说了以后，你还是一样地喜欢我么？

周蘩漪　傻孩子，妈永远是喜欢你的。

周　冲　真的？

周蘩漪　真的！

周　冲　妈，我现在喜欢一个人。

周蘩漪　（证实了她的疑惧）哦！

周　冲　（望着蘩漪的凝视的眼睛）妈，您看，您的神气又好像说我不应该似的。

周蘩漪 （摇头）没有啊，没有，你讲吧。（提起兴会）这个女孩子是谁？

周　冲 （拦不住的热情）她是世界上最，最——（看一看蘩漪）反正她是我认为最满意的女孩子。

周冲这里所说的一些话，在任何一个十七岁的演员嘴里说出来，都将显得是不自然的，矫揉造作的。在现实生活中，你到何处去找寻这样一个稚气满满的十七岁的大孩子呢？说他痴憨，他可又是非常的敏感。虽然敏感，却仍不脱他的痴憨。这就是周冲的难以模仿的纯真的本色。这还只是一些无关宏旨的琐屑处所。到后面，当他对周朴园的行为表示不满和抗争时，当他向四凤诉说他的如梦的爱情，描画他的碧海晴空、白云孤帆的美丽的幻想时，以及当他忍受着鲁大海的侮慢和凌辱时，乃至最后当他的破碎的春梦被彻底轰毁时，在这许多显示出他的灵魂的最底层，展现他的性格的全部深度的地方，他的语言却仍是那样的直率单纯，尽管内心翻滚着惊涛骇浪，经受着难堪的打击，而外表却绝无超越常规的举动：既没有大喊大叫，也没有捶胸顿足。要一个年轻的演员，能把周冲灵魂上所承担的深重的负载，所尝受到的钻心刺骨的痛苦，完满地、恰如其分地表现出来，委实是很困难的。

也许演员可以借助于作者为人物所写的出场介绍吧？也许可以靠作者在出场介绍中所作的提示而把握到理解周冲的心灵的钥匙吧？然而，对于周冲的性格，作者在他的出场介绍中却只说了："他有着一切孩子的空想。"这样短短的，而且是极其笼统的一句。一切还有待于自己的钻研和探索！

周冲虽是周朴园的儿子，却并不是在周朴园的监护和教育下成长的。在他身上，我们完全看不到周朴园的影子。从作品一开始，我们就看到周朴园的言行举止，所作所为，常常引起他的极大的反感。只要他一跟他的父亲在一起，我们就往往可以听到他的不满和抗议的声音。例如，当他听到周朴园说因为鲁大海是罢工代表，已经把他开除了时，他就说："代表罢工的工人并不见得就该开除。"当周朴园逼着蘩漪喝药时，他就很不以为然地抗议道："妈不愿意，您何必这样强迫呢?”在周朴园跟鲁大海谈判时,尽管周朴园摆出凛不可犯的神气,空气十分紧张,他还是挺身而出,当面指责周朴园说:“这是不公平的。”在第四幕开头,当周朴园的心头正荡漾着一种驱不散的寂寞,遣不开的凄凉,很想和周冲亲近,表示他对儿子的爱抚时,周冲回答他的却是一种使他非常失望、甚至有些难堪的冷淡。一个是竭力的屈就,加意的垂爱,另一个却完全抱着敬鬼神而远之的态度,特别是周冲最后说出:“那是我一时糊涂,以后我不会这样说话了。”我们听得出,他对周朴园已经抛弃了幻想,用的是一种近于决绝的口吻了。

在作品中,我们看到,周冲对周朴园确是常常抱着不满的、反对的态度的。那么,他是从什么立场出发来反对周朴园的呢?他又是根据什么思想原则来对周朴园表示不满的呢?无所肯定,也就不能有所否定,一个人总是根据他的正面的理想来否定、排斥他所认为的反面的东西的。那么周冲所信奉的原则究竟是什么呢?他所标榜的理想究竟是什么呢?

在《雷雨》这一作品里,再没有第二个人把他的理想表达得像周冲那样的清楚、那样的完整的了,他差不多随时随地都在向人诉说着他的理想和愿望(他原是在美梦里活着的!)。一开始他就向蘩漪吐露,他之所以爱四凤,是因为:

> 她心地单纯,她懂得活着的快乐,她知道同情,她明白劳动有意义。最好的是,她不是小姐堆里娇生惯养出来的人。

他反对周朴园开除鲁大海,他认为“代表罢工的工人并不见得就该开除”。他说:

> 我以为这些人替自己的一群人努力,我们应当同情的。并且我们这样享福,同他们争饭吃,是不对的。……

他并屡次表示愿意和鲁大海做朋友。在第三幕里,他对四凤说:

四凤，你不要为这一点小事来忧愁。世界大得很，你应当读书，你就知道世界上有过许多人跟我们一样地忍受着痛苦，慢慢地苦干，以后又得到快乐。

不，你不是个平常的女人，你有力量，你能吃苦，我们都还年轻，我们将来一定在这世界为着人类谋幸福。我恨这不平等的社会，我恨只讲强权的人，我讨厌我的父亲，我们都是被压迫的，我们是一样。

你不要这样说话，现在的世界是不该存在的。我从来没有把你当作我的底下人，你是我的姐姐，我的引路的人，我们的世界不在这儿。

对了，我同你，我们可以飞，飞到一个真真干净、快乐的地方。那里没有争执，没有虚伪，没有不平等……没有……（仰着头，好像眼前就是那么一个所在，忽然）你说好么？

从这些话里，我们可以很清楚地看出，他所信奉的思想准则，他的正面的理想，不是别的，正是资产阶级上升时期所标榜的“自由、平等、博爱”之类的东西。而且，周冲还是在它们的最抽象的意义上来接受它们的。特别是，再经过了一个十七岁的孩子的诗意的夸张，就使它们染上更多的空想社会主义的色彩。不论是对周朴园的否定，对鲁大海的同情，乃至对四凤的爱慕，他都是从这样一个思想准则出发，都是以这样一种理想作他的指针的。他的言论、行动，没有超越这些准则的地方，要想从他的身上找到比这样的理想更高一些的东西是找不到的。

在周冲所生活的年代，处在中国这样一个半封建半殖民地的社会里，像这样的理想，该是多么的空虚、无力，多么的不顶事呵！所以，不但周朴园要嗤笑他，鲁大海要奚落他，就是四凤也并不相信他的话，知道这不过是他的一些美丽的梦想罢了。

那么,作者曹禺的态度又是怎样呢?从理智一方面来说,当然他是知道这种思想是完全不中用的。在作品中,如我们上面所提到的,他也通过人物相互间的关系,对这种思想作了批判,指出这种思想的不切实际。但是,从感情上来说,我觉得作者对这种思想还不是完全抛弃,甚至还是十分的依恋。这原也不足为奇。因为,只有新的才能挤走旧的,只有树立起了新思想,旧思想才不得不离开你。曹禺当时既还并没有树立起比这更高的新的理想,既还没有掌握住先进的、科学的思想准则,当然也就不能完全抛弃这种思想了。所以,在《雷雨》里,曹禺大体上是持着和周冲相类似的思想观点的,大体上是从与周冲相类似的思想观点出发来表达他的爱和恨、肯定与否定,来对当时的黑暗现实进行批判和抨击的。

当然,我们决不能认为周冲的思想,就是曹禺当时的思想,决不能认为周冲对现实的看法,能够完全代表曹禺当时对现实的看法。但周冲却是曹禺的宠儿,曹禺是以他整个的心灵来哺育这一人物的。在这一人物身上,他施予了无限的爱抚,灌注了最大的同情。周冲所向往着和追求着的一些东西,他当然知道不过是一个孩子的天真的梦想罢了。但毕竟,在他看来,这又是多么美丽的一种梦想,多么值得艳羡的一种梦想!他并不因为这种梦想万无实现之望就舍弃了它,倒正是因为它的不能实现而更加倾向于它,更加执着于它了。至于应该怎样从现实出发来制定他的理想,特别是应该怎样为他的理想的实现,而作一些切实有效的斗争,他就很少考虑到;或者说,这还不在他当时的能力范围之内。

有一位批评家(他本人同时也是一位戏剧家),对曹禺笔下的周冲曾发表过如下的意见:

……作者写他爱一个女孩子,决不透出他爱的只是自己那点儿憧憬,直到最后要紧关头,才叫他硬生生改口,未免突兀。他和他哥哥爱一个女孩子,我们一直希望他们冲突,结局却用他轻轻一改口,抹掉他在戏里的位置,毫无纠纷发生,未免令人失望。那么,要他干什么,仅仅就为做一个陪

衬吗？……[1]

这是一个很值得讨论的意见，周冲后来的“我好像并不是真爱四凤”的宣告，究竟是一种硬生生的突然的改口呢，还是一种符合他的性格发展的必然的结果？在我看来，是属于后者而非前者的。周冲的这一宣告，骤然听来，自然不免有些出人意外；然而仔细一想，却又是仍在人意中的。他是不是真爱四凤呢？当然是爱的，而且爱得很深。但他是一个耽于梦想的人，他所追求的是彻底的完美。在他心灵里容不得一星不洁，半点残缺。他敏锐地感觉到，当时丑恶的现实氛围，决不是他的爱情成长的理想园地；他的爱情应该是属于别一个世界的。所以，他梦想着在一个冬天的早晨，和四凤俩乘着一只轻得像海燕似的小帆船，在明亮的天空下，在无边的海面上，扬帆疾驶。驶向天边，驶向他理想中的那个没有争执、没有虚伪、没有不平等的天国净土，那个极乐世界。两性之爱，本来是有独占性、排他性的，他却对四凤说就是带着她的意中人一同去也可以的。这是一种多么不同寻常的爱！虽然蘩漪在哀求周萍带她离开周公馆时，也说过“日后，甚至于你要把四凤接来——一块儿住，我都可以”的话，但两个人的心情是完全不同的。在蘩漪是出于不得已，是无可奈何之中的一种委曲求全的打算。而周冲的，却是一种由衷的热情的表示，他是并不认为这会破坏他的梦的完满性的。周冲所爱的四凤，是个多少被抽象化了的四凤。他所爱的并不是四凤的血肉之躯，而是四凤所代表的一种美的境界，或者，其实还是爱那寄托在四凤身上的他自己的美的憧憬。所以，在他看来，四凤是尽善尽美，莫可名状的；当他要向蘩漪描画她时，简直找不出适当的字眼来形容她，最后他只能说：“反正她是我认为最满意的女孩子。”而他心目中的四凤的意中人，同样也是一个抽象化了的人；同样也是一个爱的化身，美的存在。他不是对四凤这样说吗：“那个人他一定也像你，他一定是个可爱的人。”及至后来，当他发现四凤的意中人，并不是一个抽象的美的化身，而是活生生的具体的人，而且就是周萍时，他

[1] 《咀华集》，文化生活出版社1936年版，第121页。

的完美的梦想就已变得残缺不全了。而何况，四凤所愿意跟随的，还正是周萍而并不是他，他这个梦就再也做不下去了。“我好像并不是真爱四凤”，正是他好梦初醒时，还处在疑信参半、真幻莫辨状态中的朦胧恍惚之言。这时的四凤，已经不再是他想象中的被抽象化了的四凤了，而是一个具体的现实的存在。他的神圣的幻象破灭了。我们难道能希望他为了一个已经破灭了的幻象而与周萍冲突吗？这是不可能的。即使他还爱着四凤吧（而他的确是仍旧爱着四凤的），那么，当他亲眼看到四凤的心已另有所属，而且正准备跟着她的意中人一同出走时，他会起来阻拦他们吗？他会和她的意中人发生冲突吗？即使这个人不是他的哥哥，不是周萍？爱情是不能强迫、不可力夺的，何况强迫、力夺，又是多么违反周冲的做人的原则，多么违反他的一贯的理想！所以，如果我们竟希望他为了争夺四凤的爱而与周萍相冲突，那么，这希望是必然要落空的。这决不是作者突然硬生生地叫周冲改了口，而是周冲本身性格的合乎逻辑的发展。我们之所以会有失望之感，也并不是由于受了作者的欺骗，而是由于我们自己还太不了解周冲。

既然按照周冲的性格，他本来就是不会与周萍冲突的，那么，“要他干什么，仅仅就为做一个陪衬吗？”从戏剧冲突的观点来看，周冲在戏里的地位的确是不顶重要的。周冲在这个戏里的作用，的确主要是属于陪衬、烘托和渲染的方面的。然而，对于艺术来说，难道能够轻视陪衬、烘托和渲染的作用吗？艺术离不开突出刻画，离不开夸张与强调，没有陪衬，不作烘托，不加渲染，怎样取得突出与夸张的效果呢？试想，《雷雨》中要是缺少了周冲这一人物，周朴园的专横与冷酷，蘩漪的火样的激情，怎么能得到充分的表现呢？何况，周冲在《雷雨》中，还不仅是作为一种陪衬，还不仅是起烘托、渲染的作用。他并且还是显示作品的思想性的关键人物，还是《雷雨》这一作品的灵魂的窗眼。通过他，我们可以清楚地看到作品的思想深度，可以看到作者反对什么，拥护什么以及他的力量来自哪里。通过他，我们也更能把握作品中其他人物的性格，更能理解其他人物在作品中的意义和作用。所以，这一人物在作品中的地位，是不应轻视的。不过，我们也得指出，由于这一人物不是处在矛盾纠葛的中心，而只是在冲突的边缘轻轻擦过，尽管作者用他的整个心灵哺育了他，他的血肉还是不顶丰满的。

关于周冲，我们的话已经说得够多了，该是与他告别的时候了。但在离开他以前，让我们把我们对曹禺所塑造的这一人物的看法，简单地总括一下。

曹禺笔下的周冲，是天真、善良，而富于正义感的。他唯一的缺点，就是他的幼稚，就是他对现实的完全的无知。然而这并不是他的罪过，而正是他的不幸，对于这样一位天真未凿的孩子，对于这样一位有着许多虽然是荒谬的，却也是好心的空想的青年，谁能不给予同情，加以爱抚呢？然而，周冲的遭遇又何其悲惨！他从社会所受到的报施又何其残酷！一个幼稚的青年，一个对社会完全隔膜的青年，本来是必然要处处碰壁，必然要受到现实的无情的打击的。而也只有在一次次的碰壁，一次次的打击下，才能使他对社会的认识逐渐加深，才能使他慢慢地清醒起来，聪明起来。但曹禺通过这一形象所要告诉我们的，并不是一个有着 Quixotic 病的青年，怎样在现实的教训下，逐渐地觉醒起来，成长起来，并不是要告诉我们一个青年应该怎样认清现实，怎样正确地选择他的道路。在《雷雨》中，现实并不是作为周冲的教科书，并不是作为周冲的严酷的导师而出现的，而是作为周冲的对立物、而且是不能两立的对立物而出现的。周冲是生活在梦想中的，他的梦想是这样的美好，真是纯洁无瑕、纤尘不染。而现实却是这样的丑恶，到处布满着污秽，遍地散发出腥臭。这二者是万难并存的。结果是，丑恶的现实不但摧毁了周冲的美好的梦想，并且还吞噬了周冲的年轻的生命。人们所喜爱的在受虐杀，人们所憎恶的在逞威；无辜遭难，罪人逍遥；美丽永逝，丑恶长存：这是个什么世界呵！曹禺正是通过周冲这一形象来表达他对丑恶的现实的沉痛控诉和严正抗议的。周冲这一形象的意义和力量就在这里。而且也仅仅在这里。如果我们不以此为满足而要向他提出一些更高的要求，那么，我们就只能看到他的弱点，只能看到他的局限性了。

1962 年 5 月 25 日

“不公平的命指使我来的！”
——谈侍萍

在《雷雨》这出悲剧里，身世最悲惨，所受的打击、迫害最深重的，要算侍萍了。因此，她一向也是全剧最惹人同情的一个人物。

人们怎么能不格外同情她呢？

三十年前，当她还只有四凤那么大的年纪时，她就被人残忍地遗弃了，无法忍受的屈辱和伤心，逼得她不得不抱着自己刚生下三天的孩子投河自尽。这遭际真可说是惨绝人寰的。想死可又没死成，她被人救活了。但活下去，在那样一个社会里，又真是谈何容易？更何况她还得拖着一个孩子！这三十年来的生活，真不知她是怎样度过的。其中的辛酸，其中的血泪痛苦，局外人实在是很难想象的，恐怕也是每一个稍有同情心的人所不忍设想的呵！然而，谁又料得到，如今，她已到了垂老之年，前面却还有更其残酷的打击在等着她呢？

这次，她在离家两年以后回来度假，又可以看到她两个心爱的孩子了，心情本来是很愉快的。但一下火车，却就听说她最疼爱的女儿四凤，竟也到公馆去帮人了。这是她一向所不愿意的，而且公馆女主人还传下话来要她去见见，这就不能不在她心头投下一层阴影和引起一点疑虑。但这些不确定的阴影和疑虑，毕竟敌不过现实的和孩子们重逢的喜悦。所以当我们初次见到她时，当她和四凤一同上场时，她的神情还是愉快的。但是忽然，她看到了那些熟识的旧家具，觉察到了那不寻常的夏天关窗的习惯，她的心头就不由得像触电一样地产生了剧烈的震动。原来不确定的阴影和疑虑，这时突然以加倍浓重的气势，朝着起先完全没有想到的方向迅速在心头扩展。等到她发现了那只她自己用了多年的旧衣柜,特别是亲眼看到了她自己三十年前的那张旧相片以后,她就再也支持不住了,她的精神几乎要崩溃了。隔了好一会,她才能呻吟着向苍天喊出了她的冤愤:“哦,天底下地方大得很,怎么熬过这几十年,偏偏又把我这个可怜的孩子,放回到他——他的家里?哦,天哪!”

但侍萍毕竟是个坚强的,有着巨大的精神力量的女子,等她稍稍镇定下来以后,就立刻决定要四凤马上跟她回家,她也不准备见那位太太了。然而,就在这个当口,那位太太——蘩漪,却自己出现了,她当然也就不能走了。蘩漪在同侍萍的谈话中,虽然是很有礼貌、很客气的,话也说得很婉转,很有分寸,但谈话的内容,却决不是侍萍所愿意听的。从蘩漪的口中,她知道蘩漪自己的儿子——周公馆的二少爷,很喜欢四凤,甚至表示要娶四凤。至于四凤的态度怎样,蘩漪虽没有明说,但她那有意暧昧的口气和故作曲折的措词,却分明在向侍萍暗示,四凤在这件事情上似乎是很有心计的。这对于四凤,即使不是恶意的诬蔑,至少也是极不公平的。侍萍听了当然很不舒服。为了保卫自己的孩子,也为了维护一个母亲的被刺痛的自尊心,她用很自信的口气回答蘩漪说:“我的女儿,我总相信是个懂事,明白大体的孩子。……我信得过,她不会做出什么糊涂事的。”但不管怎么样,通过这次谈话,她更加坚定了立刻要把四凤带走的决心,而且不但是要她离开周公馆,还要把她带到自己的工作地——济南去。她并向蘩漪保证,四凤不会再见着周家的人。这当然正是蘩漪所希望的,正是蘩漪要找侍萍来的目的。因此,尽管她们各有各的用心,但在要带走四凤这一点上,她们的意见是完全一致的。这样,她们要谈的事一下子也就谈妥了。

从侍萍来说,她既经发现她所来到的正是周朴园的公馆时,她是多么想能够就此走开,避免与周朴园见面呵!然而蘩漪的话音刚落,她还没有来得及站起来,周朴园却已经从书房走了进来。接着就出现了周朴园同侍萍见面相认的一场戏。

要让周朴园同侍萍有单独晤对的机会,是很不容易的。而作者不愧是编剧的能手,他高明的技巧实在叫人叹服。他不但把这两个人拉到一块来了,还让他们面对面地交谈起来。而调度安排都极自然,人物的上场下场,情节的穿插发展,都是合情合理,一环扣一环。尽管头绪纷繁,气氛紧张,但写来却是十分从容舒徐,有条不紊,决无匆促忙迫之感。有时,两个人物的谈话正紧张之际,忽然插进一个第三者来,说上一些仿佛是不相干的闲事。而实际上,这个闲事却正为以后剧情的发展埋下了伏笔。例如,蘩漪正在同侍萍谈着四凤的事,说的人是吞吞吐吐,仿佛要说的话很难出口;听的人则是心惊胆颤,不知将要听到什么可怕的消息。正在这万分紧张之际,忽然鲁贵跑来了,通知蘩漪说是“老爷催着太太去看病”。他说完了可又并不走开。他当然是想探听一下蘩漪究竟要跟侍萍说些什么,是不是真要辞退四凤。当蘩漪问他还站着干什么时,他只好推说“等太太还有什么事要吩咐”。这样,蘩漪就忽然想起了花园里藤萝架上的电线落到了地上的事,要他叫个电灯匠来收拾一下。不但因鲁贵来而提到的两件事——即老爷在催太太去看病和花园里的电线需要收拾一下——在后面的剧情发展中都要发生作用,就是鲁贵插进来的本身,表面看来似乎是冲淡了当时的紧张气氛,其实它非但丝毫没有缓和这种紧张,反而只是延长了侍萍内心的焦虑,增加了对她的重压,使得她在经过这一跌宕顿挫以后,心情更加紧张了。而文笔也显得张弛相间,错落有致。曹禺自己在《日出》的跋文中,曾不无过谦地说《雷雨》有些“太像戏”了,不免显出斧凿的痕迹。然而我们看到,他的一斧一凿下的却都是地方,都能恰到好处。这里正可见出大匠的手段,正是艺术的成功之处。

侍萍本想竭力避免与周朴园见面,但种种凑巧的机缘,一连串由剧作家精心安排的合情合理的偶然性,却使得她最不愿意见到的场面,终于不可避免地出现了。那个三十年前那样残忍地伤害过自己的人,现在就站在自己的面前了,她又亲眼看到了他。本来,在蘩漪走后,她也完全可以随之走开。就是此后也还不缺少可以脱身的机会。但是她却终于并没有走开。这显然是她后来改变了主意。她想,既然已经见面了,那就索性留下来观察一下吧——看看这个人究竟长着怎样的心肝?何况,她也想看一看,至少是探听一下那个被留在周家的儿子的消息呵!

在与周朴园的谈话中间,周朴园忽然一下子就提到了那所谓“梅小姐”的事。他不但称当年的丫头侍萍为小姐,而且说她“很贤惠,也很规矩”。这显然是与事实的客观真相不相符合的,尤其同周朴园自己三十年前的行径更是对不上头。他为什么要这样说呢?他如今心里究竟是怎样想的,是怎样看待当年那件事的?这是侍萍很想知道的。于是她决定把事实的真相摊出来,摊在周朴园的面前,使他在事实的真相面前无法再玩弄自欺欺人的把戏。她告诉周朴园:“我倒认识一个年轻的姑娘姓梅的”,“可是她不是小姐,她也不贤惠,并且听说是不大规矩的”。说自己“不贤惠”,说自己“不大规矩”,这决不是很轻松的事,也并不是一般的自谦之辞,她是带着痛切的悔恨心情说这番话的。她悔恨自己受了欺骗,走错了路。接下去,她索性把三十年前那最残酷的一幕和盘托了出来。她告诉周朴园,你所说的很贤惠、很规矩的梅小姐,其实“她是个下等人,不很守本分的。听说她跟那时周公馆的少爷有点不清白,生了两个儿子。生了第二个,才过三天,忽然周少爷不要她了。大孩子就放在周公馆,刚生的孩子她抱在怀里,在年三十夜里投河死的”。她亲身遭受的这样一件惨绝人寰的事,她却能用那样平静的口气说出来,仿佛完全是旁人的事似的,这要有何等坚强的精神力量才做得到呵!在这一番谈话过程中,周朴园一直是在很专注、很紧张地倾听着,而且显得很痛苦。特别还非常关心地打听着这个“梅小姐”的坟墓在哪里,说是自己跟她有亲戚关系,想把她的坟墓修一修。这都使侍萍感觉到周朴园似乎并不像过去那样的冷酷无情,而且还明显地流露出了一些悔恨的感情。这就不免使得像侍萍这样一个善良的、有着浓厚的封建伦理观念的女子又一时犯糊涂,心软起来了。此后她的有意暴露自己的身份,虽然包含着对周朴园的进一步地试探和谴责的意思,但毋庸讳言,这样做的本身,同时也是一种软弱的表现,而并不是要向这个仇人进行清算和报复的意思。

直到周朴园忽然又露出了残忍狠毒的本相,立刻翻转脸来严厉地喝问她“你来干什么?”时,她才重新清醒过来,重新激发起了对周朴园的仇恨心理。她三十年来所受的血泪痛苦,这时一下子就像决了堤坝的激流般奔涌出来了。但即使是在这时,侍萍也不过只是喊出她个人的悲愤,不过只是对周朴园卑鄙凶残的行径进行控诉和斥责而已，并没有想到要对周朴园进行惩罚和报复。至于要想从周朴园那里得到什么好处，要想让周朴园对她三十年来所受的苦难给予补偿等等，那在她头脑里更是连一丁点儿的影子也不曾有过。她在三十年前被赶出周家以后，不管境遇如何悲惨，也从来没有起过要重新找到周家来的念头。当周朴园问她，那位“梅小姐”既然生活那样艰难，“为什么不再找到周家”时，她不是曾用第三者的口吻明白地说出了她自己的意思吗？——“大概她是不愿意吧。”后来，当周朴园重又露出狰狞的面目，责问她是谁指使她来的时，她悲愤地回答说，是“命”，是“不公平的命指使我来的！”在侍萍看来，命运对她真是太不公平了。三十年前自己受了那样的伤害不算，如今自己的女儿却又落到了过去仇人的家里，又做起过去自己所做过的事来；而那个干了如此伤天害理的勾当的仇人，今天却依然是社会上的体面人物，依然过着颐指气使、安富尊荣的生活。这真是什么世道呵?！在侍萍的这种悲愤的感情的爆发下，周朴园恐怖起来了，他怕侍萍这一闹，会撕破他的道德的面具，会破坏他的家庭的平静的秩序，会危及他的名誉和地位。于是他用十分虔诚的声调诉说自己三十年来对侍萍的深情怀念，而这些倒也并不全是临时编造的，确有一些实际的根据，确有许多具体行动的表示。有一些侍萍也是亲眼看到了的。这就不免又使她受了迷惑，立刻被软化下来了。

在这一场戏里，剧作家通过周朴园和侍萍的一系列的对话，通过他们一连串紧张的内心冲突，把这两个人的性格，这两个人的思想品质，作了最深刻的揭示，最充分的展现。周朴园忽软忽硬，一会儿显得情意缠绵，无限悔恨；一会儿又面目狰狞，凶相毕露。一面立刻慷慨地签署了一张五千块钱的支票给侍萍，一面却又断然宣布要辞退鲁贵和四凤，并且此后永远不许鲁家的人再到周家来。他的虚伪，他的冷酷、专横和残暴，真是刻画得入木三分；这个人一心只想保住家庭的体面，维护自己的尊严，至于别人的死活痛苦，全不在他的心上。在侍萍这一面呢，她一下子忽然又见到了三十年前那样灭绝人性地对待过自己的那个人，要是别人处在这样的场合，很可能会呼天抢地，大吵大闹，把这次见面变成一出闹剧的。但侍萍却不是这样。尽管她的内心激荡着汹涌的波澜，但外表仍能保持平静，即使在提到过去的最揪心的痛楚时，也能不失她沉稳的体态，这该要有多大的精神力量！周朴园居然会怕她是有意找上门来进行敲诈的，甚至会怕她利用鲁贵的关系来进行敲诈，这不过是进一步暴露了周朴园自己的丑恶的灵魂罢了。至于侍萍，是丝毫也没有这样的想法的。当周朴园把一张五千块钱的支票给她时，她立即把它撕毁了。这是何等高贵的骨气，显示了中国劳动妇女的可敬的尊严。她所唯一有求于周朴园的，不过是想看一看自己的被强行拆开的亲生儿子而已。然而，这次的母子见面，非但没有给她丝毫安慰，反而只有增加了她的更大的痛苦。她看到了什么呢？她看到的却是这个她那样想见到的儿子，竟亲自恶狠狠地打了她另一个儿子两个嘴巴。“这真是一群强盗！”而自己的亲生儿子，竟也成了个无恶不作的强盗。这给予侍萍的心灵上的打击该是多么深重？而所有的观众和读者，面对这一场戏又该是怎样的惊心动魄！这四个人，是嫡嫡亲亲的夫妻、父子、兄弟，是一家子的亲骨肉，却完全变成了两种决不相同的人，分隔成了互相敌对的两个阶级，两个阵营。侍萍和大海是那么的正直高洁，周朴园和周萍却是那么的卑鄙和丑恶。明明是一家人，而他们的思想品质竟是如此的天差地别。这是怎么造成的呢？这是阶级对立的社会造成的，是罪恶的剥削制度造成的。作者在这里把这个社会的阶级关系，表现得多么真实、生动，把这个社会制度所造成的罪恶揭露得多么深刻，多么淋漓尽致！这决不是什么宣扬宿命论思想的家庭乱伦悲剧，而是一出有着极其严肃的主题的深刻的社会悲剧。许多人责怪作者过分纠缠在人物的血缘关系上，好像因比而使得作品的思想性有所削弱似的。我觉得这并非确论。相反，我认为，这只有更增加了剧作对人们心灵的冲击力量，更引起人们的深思，对造成这一出如此残酷的悲剧的那个社会，更增加了无法遏抑的痛恨。而且这一系列看似离奇的矛盾纠葛，这一连串异常复杂的血缘关系，又有哪一点是出于情理之外，违反了生活的逻辑，令人无法置信的呢？几十年来，人们对《雷雨》之所以一直保持着热烈的爱好，它在国内外舞台上之所以始终享有崇高的声誉，最主要的原因，当然是由于它的生活反映的真实和社会批判的深刻，但同时，显然也是与这个剧作的矛盾冲突的高度集中，人物关系的错综复杂和尖锐紧张有关的。

这一点,我觉得是很值得我们的剧作家借鉴的。

同周朴园见面,再一次看到了他的丑恶的灵魂,已经够使侍萍痛苦的了,更使她痛苦的是,她那么渴望一见的别离了将近三十年的亲生儿子,竟当着她的面恶狠狠地动手打起她的另一个儿子来。一个母亲的早已破碎了的心,这时更是在被血淋淋地、一片片地撕裂着,侍萍所遭受的精神上的打击该是多么惨重呵! 然而,她哪里知道,还有比这更残酷百倍的打击正在前面等着她哩!

在和蘩漪谈过话以后,她就下定决心要把四凤带走了。再同周朴园见过面,又亲眼看到周萍打了鲁大海以后,她就更加坚定了要四凤跟自己一同去济南的意思。这时,有两桩事情在不断地揪扯着她的心,使她万分恐惧,使她一刻也不得安宁。一是怕四凤真跟周家的孩子之间有点什么,一是怕大海为了报仇要对周朴园或周萍动刀动枪的。当她听到大海说,他跟周家“这本账是要算清楚的”时,她是多么惊慌,禁不住严厉地高声对大海说:“你听着,我从来没这样对你说过话。你要是伤害了周家的人,不管是那里的老爷或者少爷,你只要伤害了他们,我是一辈子也不认你的。”她并且立即逼着大海把手枪交给了她。她会采取这样的态度,而且如此严厉,如此不容争辩,这在大海当然是不能理解的。四凤为着她自己的理由,当然是赞成妈妈的态度的,而且竭力劝说大海听妈妈的话。但妈妈究竟为什么要这样说,却显然也是并不理解的。后来,还有更惊险的一幕。当周萍正在四凤房里,被忽然回来的大海撞着时,大海正举起了板凳,奔向周萍,就要向周萍打去时,这时,侍萍就用力紧紧地拉着大海的衣襟,并且不顾一切地喊着:“大海,你别动,你动,妈就死在你的面前。”这当然也是使大海万分懊恨而又莫名其妙的,只好顿着脚说:“妈! 您好糊涂!”意思是:对这种人,你的心肠怎么能这样软呵?! 而这也只有侍萍自己心里明白,她有苦也只能往自己肚里吞!

在四凤的问题上,她精神上所经历、尝受的焦虑、恐惧和折磨,更是决非一般人所能负载得起的。四凤是她唯一的女儿,也是她最小的孩子,由于自己年轻时候的惨痛的教训,她是不愿让自己的女儿到公馆去帮人的,她曾再三叮咛过鲁贵。而鲁贵却瞒着她把四凤塞进了周公馆。四凤还以为妈所以不愿让自己去帮人是出于爱面子，出于怕人家笑话她们穷。她哪里知道妈的苦衷，哪里知道妈心头的隐痛呵！蘩漪同她的谈话，使她知道了周冲对四凤的感情，知道四凤的确是处在一个危险的境地。后来，周冲的来访，加深了她的疑虑。但她所担心的还只是四凤同周冲的关系，还根本没有想到周萍身上去。而且，起先她也只以为那是周冲单方面的事，四凤对他不一定真有什么的。但后来发现四凤并不真是很愿意跟自己到外地去，至少并不愿意立刻就走，她对这儿似乎还有留恋，似乎还有什么事情瞒着自己。这就使她产生了极大的恐慌与不安，要四凤发誓一辈子不见周家的人。像侍萍这样一个温厚慈祥的母亲，竟要用这样严厉的态度一再逼问自己心爱的女儿，在她，这该是多么痛苦的一件事！她对四凤说的下面这番话，真是铁石人听了也要心碎的：

鲁侍萍　（落眼泪）可怜的孩子，不是我不相信你，（沉痛地）我是太不相信这个世道上的人了。傻孩子，你不懂，妈的苦多少年是说不出来的，你妈就是在年轻的时候没有人来提醒，——可怜，妈就是一步走错，就步步走错了。孩子，我就生了你这么一个女儿，我的女儿不能再像她妈似的。孩子，你疼我！你要是再骗我，那就是杀了我了，我的苦命的孩子！

“我是太不相信这个世道上的人了。”这句话里包含着侍萍三十年来的多少的辛酸，多少的悲愤和多少的血泪痛苦呵！这个世道上的人为什么会那样的靠不住，那样的奸诈狠毒、无恶不作呢？根本原因在哪里？这侍萍是并不顶清楚，当然也是说不明白的。她以为她和她的孩子的遭遇竟会这样的悲惨，这样的不幸，多半是由于她们的命不好，都是不公平的命造成的。而我们，每一个读者和观众，通过她的一连串的无法忍受的遭遇，亲眼看到她尽管受着锥心刺骨的悲痛的煎熬，可又欲诉无门，欲哭无泪，有苦只能往肚里吞的惨象，心头怎么能不感到像是在被撕裂着的痛苦呢？怎么能不万分痛恨那个纵容周朴园之类的人恣意逞凶，听任这样不公平的现象到处存在的万恶的社会呢？（我们当然看得很清楚，侍萍所遭受的一切都是由那个罪恶的社会制度造成的。）一个作品能够具有这样巨大的感染力,能够这样地激动人心,这是艺术上的最大的成功。而这些都是通过社会生活的真实反映,通过生动的艺术形象的力量,而不是通过抽象的说教,通过外加的“思想性”而取得的。

截至侍萍要四凤发誓今后一辈子不再见周家的人之时,侍萍还一直只是怀疑到四凤跟周冲之间可能有一点什么,而根本没有想到真正跟四凤有关系的,竟是周萍,竟是她自己的亲生儿子,事情竟是发生在两个同胞兄妹之间!当她在深更半夜突然被鲁大海叫到四凤的房里,亲眼看到四凤竟跟周萍在一起时,她声音都喑哑了,几乎连一个“天”字都叫不出了。紧紧地扶着门闩,她才能勉强支撑住没有晕倒。她怎么能料得到,在遭受了一连串无法忍受的打击以后,居然还会有这样的灾难降落到她的头上!在她装满了许多迷信思想的头脑想来,“天道”真也实在是太残酷了。但四凤和周萍是一点也不知道他们之间的血缘关系的,他们恳求侍萍让他们一同离开。然而不管他们怎样的苦苦哀求,侍萍总是坚决不答应,甚至斩钉截铁地说出了这样的话:“凤儿,你听着,我情愿没有你,我不能叫你跟他在一块儿。”听到这样的话,四凤晕过去了。即使如此,要是四凤不把她和周萍之间已经有了三个月的身孕的事说出来,她还是不会答应的。但现在事已如此,她除了答应他们一同走之外,还有什么办法呢?不然就只能眼看着四凤带着她腹中的孩子活活地死在她面前。她在无可奈何之中,只好答应他们走了。但又郑重地叮咛他们:“你们这次走,最好越走越远,不要回头。今天离开,你们无论生死,就永远不要见我了。”四凤听到妈竟然说出这样的话来,她心里当然是怎么也忍受不了的。但她哪里知道她的妈在说这番话的时候,心里更是一字一滴血呵!

侍萍虽然同意让四凤跟周萍走了,但是他们终于还是没有走成。因为这时周朴园被蘩漪叫了下来,他亲眼看到已经答应过决不再到周家的侍萍母女居然又跟周萍他们在一起,而蘩漪又指着侍萍口口声声要周萍当着他父亲的面“给这个妈叩头”。他以为他跟侍萍的关系已经为大家所知道了。他自然也就只有采取承认这一条路了。但是侍萍却连忙加以否认:“不,不,您弄错了。”她之不愿承认这种关系,固然也是她本来的一贯态度,但这时之所以要那样地竭力加以否认，却主要是为着两个孩子，为着四凤与周萍。她是在拼她的全力保护住他们呵！然而，她已经无能为力了。周朴园公开承认了他跟侍萍的关系，三十年前的一段隐情全揭开了。周萍与四凤原来是同胞兄妹，于是一家人死的死，疯的疯，这出悲剧至此也就完成了。

罗马尼亚有位评论家亚·格拉普里乌同志称赞侍萍是个“有着异常的道德力量”的女子。这的确不是过誉。看过《雷雨》的演出或者读过这个剧本的人，谁能不为侍萍的善良、纯洁，谁能不为她所葆有的中国劳动妇女的可敬的自尊心所深深感动呢？她的纯朴、高贵的心灵有一种稀有的十分动人的美。人们的精神境界在她的感染下也不禁高扬起来了。对于这样一个可爱可敬的女子，这个社会却用一连串如此残酷、如此惨无人道的暴行来加以凌辱、摧残和折磨，这是个什么社会呵？这样的社会我们难道能够容许它长久存在下去吗？难道能够听任它继续这样残酷地去迫害、摧残善良的人们吗？这当然是不行的。这是每一个人都会情不自禁地得出的共同的结论。这就是《雷雨》这一剧作的强大的思想艺术力量。当然，侍萍这个女子，尽管非常值得同情，却决不是可供仿效的对象。在她头脑里存在着许多迷信落后的东西，她既相信天命、报应之类的宿命论思想，又有浓重的封建伦理观念。即使在和自己有着血海深仇的仇人面前，她也甚至一点不想报复。这些地方都是不值得我们肯定的。特别是今天的一些青年同志，恐怕更会责怪她为什么竟会那样缺乏斗争性。有人可能还会提出这样的责难：我们的劳动人民难道是这样的吗？作者这种写法岂不是歪曲了劳动妇女的形象吗？不错，一般地说，劳动人民都是有较强的斗争性的。哪里有压迫，哪里就有反抗。既然劳动人民在旧社会里是受着反动统治阶级的残酷的压迫剥削，他们当然是要进行反抗，当然是有较强的斗争性的。但生活是复杂的，各人所处的条件也是各种各样的，而反抗斗争的形式当然也不会是千篇一律的，不会都是采取直来直往，甚至挥拳动刀的形式。侍萍并不想对周朴园进行报复，这是确实的。但她还是进行了斗争的。不过她的斗争的方式是克制的，并没有大喊大叫，大吵大闹。她斗争的目的，也仅限于维护自己的尊严和揭露周朴园的残忍和虚伪，而并没有要对周朴园进行惩罚，甚至也并不想当众揭露周朴园的丑恶嘴脸,宣布他过去的罪行。她之所以采取这样的态度,又是与她的性格,与她一贯的为人处世的态度,与她多年来养成的封建伦理观念和宿命论思想分不开的。而所有这些,又都是由她所从小生长的环境,由她所处的那个社会的制度、习俗所造成的。作者这样来写侍萍,不但把侍萍的性格写得合情合理、栩栩如生,十分符合生活的逻辑,十分令人信服,而且也是为了通过侍萍这一形象的塑造,从另一个角度来深刻地揭露那个社会的罪恶、腐朽的本质。因为侍萍的性格之所以会是这样,正是那个社会造成的呵!《雷雨》一共写了八个人物,每一个人物都写得非常深刻、生动,每一个人物都从一个特定的角度,揭露了那个社会的某些方面的本质。尽管由于当时作者的思想水平的限制,他对这个社会的本质认识得还不够全面、深刻;因而这个剧作的思想深度是有局限的,甚至还包含某些消极的因素。但是,由于作者对生活的忠实,由于他的感受的真切和艺术表现能力的高超,这个剧作却为我们提供了当时社会的异常丰富生动的生活内容。对于这些生活内容,作者当时虽然还不一定能作出深刻的理解和正确的分析,但我们今天在有了马克思列宁主义的思想指导以后,却应该可以从里面看到比作者当年所能看到的更多的东西,得出比作者当年所能得出的更接近于生活的本质真实的结论。这一事实也进一步雄辩地向我们证明:严格遵循现实主义的方法,从自己的真切感受出发,真实地反映生活,始终是文艺创作的一个重要原则。

1979年5月26日

“那——那天上的雷劈了我”
——谈四凤

在《雷雨》初版本的序言中，曹禺曾说，他在《雷雨》中所显示的，只有他所觉得的天地间的“残忍”。他并且说，这种自然的“冷酷”，四凤与周冲的遭际最足以代表。的确，从整个剧情看来，“天地”真大有如老子所说的“以万物为刍狗”的味道。所有的剧中人，都不过是这个“残忍”、“冷酷”（即老子所谓“不仁”）的“天地”的牺牲品罢了。被播弄得最厉害的自然是侍萍。三十年前自己所遭受过的一切，三十年后竟又在自己女儿身上重演。更其残酷的是，女儿所爱的竟会是她自己的亲生儿子，女儿的异父哥哥！蘩漪的遭遇又何尝不惨，这样一个“心比天高”的女人，竟落入了周朴园的魔掌，受到周家两代人的欺侮。她为了要报复，要作“困兽之斗”，最后竟把自己仅有的一个儿子的年轻的生命也活活地葬送了。

这几个人中，侍萍的身世最令人悲愤、不平；蘩漪的遭际，也很惹人同情、伤叹；而四凤与周冲的死亡，则尤其使人无限地惋惜与哀痛。所有这些人，尽管我们对待他们的态度会有许多的不同，他们在我们身上所激起的感情也会是各种各样的，但他们的命运，却都深深地打动了我们，都不能不引起我们的深思。事情为什么竟会这样的悲惨？难道这真是所谓天地间的“残忍”和“冷酷”吗？然而天地何知！或者这仅仅是出于作者的编造，是他故意利用许多偶然的巧合，凑成这样一出离奇的乱伦悲剧来耸人听闻的吗？然而，作品中所出现的种种复杂曲折的情节，尽管有很多巧合的成分，有很大的偶然性，但又有哪一点是不合乎生活的逻辑、是缺乏必然的基础的呢？它们虽然常常出于我们的意料之外，却又无一不在生活的情理之中。在整个事件的背后，都隐伏着社会的、阶级的根源。从剧中人的错综复杂的关系之中，从一连串的惊心动魄的矛盾冲突之中，都暴露出那个不合理的社会的罪恶。这一出惨绝人寰的悲剧，完全是那个人压迫人、人剥削人的社会制度造成的。在看过这出悲剧以后，人们的愤怒，人们的火样的憎恨之情，决不会冲着无知的苍天或者并不存在的命运去发泄，而是强烈地集中在周朴园以及周朴园所代表的那个社会身上的。

事情难道不是这样的吗？

就拿四凤来说吧。她年轻、美丽，而又是那么的善良、纯洁。她非常爱她的妈妈，真心诚意地愿意听妈妈的话，做妈妈的好女儿。但她究竟年轻，渴望着过美好的生活，又一点不懂得社会的险恶。尽管妈妈不愿意自己帮人，但既然周公馆能使她吃得好、穿得好，比家里舒服得多，她也就不惜违背妈妈的意愿，乐意让爸爸把自己送到周公馆来了。结果却在这里碰上了周萍，铸成了这样一个无可挽回的大错。周萍既然并不是个一眼就可看穿的坏人，在他身上不但多少总还应该有一些年轻人所应有的活泼的朝气，而且如我们在评析周萍时所说，他还显然是受过一些五四精神的熏陶的，那么，四凤之竟会爱上周萍（说得恰切些是竟会接受周萍的爱），是并不奇怪，也是无可责备的。她当然知道，由于地位的悬殊，她跟周萍的关系是充满着风险的。但在这类事情上，一点风险又算得什么？它是决阻挡不了两颗年轻的热情的心的接近的。但现在摆在她面前的问题是妈妈就要回来了。这是既使她高兴，又使她感到恐惧的事。她与妈妈已经分别两年多了，她是多么渴望着能早一点见到妈妈呵？但她又实在有点怕同妈妈见面。她简直不能想象，她将怎样面对妈妈那充满爱抚的注视的眼光。——要知道，她已经有了三个月的身孕了！何况她爸爸鲁贵又忽然告诉她说，周公馆的太太——她的女主人蘩漪，带信要她妈妈到周公馆来有事面谈。还说，说不定有辞退她的意思。这真是多叫人烦扰和恐惧的事！

同妈妈终于见面了，短暂的久别重逢的喜悦，立即被一连串的不幸事件所粉碎。到这一幕终了时，她连同她的爸爸鲁贵已被周家宣布辞退了。辞退的原因，她只知道是由她的哥哥而起，但实际原因要比这复杂得多。在这之前，蘩漪早已把同样的意思通知了她的妈妈，原因也完全与她哥哥无关。而倒是如她爸爸早先所告诉她的那样，纯然是由她自己而起。不管事情的真相究竟怎样，总之她被辞退了，而周萍也在明天一早就要动身到六百里外的矿上去。他们两人的关系看来将就此完结，万难再行继续下去了。周萍要求让他当夜再来见一次面，四凤虽然因为怕被母亲察觉，坚决叫他不要来，最后却还是同意了。因为她还没有放弃要周萍把她带走的希望，她还想作一次最后的恳求。

在周萍到来之前，中间忽然又插进了周冲的来访。侍萍在和蘩漪谈过话以后，本来就对四凤有点不大放心。周冲的到来，更引起了她的极大的疑虑与不安。她刚从张大婶家回来，就看到了家门口停着周冲的洋车，接着又看到四凤送周冲出去。鲁大海又告诉她，他回来时看到四凤在跟那个二少爷谈天。她内心真是紧张恐慌极了。在四凤回到屋里后，两人间的一段对话是写得十分扣人心弦的：

鲁四凤　妈，（不安地）您回来了。

鲁侍萍　你忙着送周家的少爷，没有顾到看见我。

鲁四凤　（解释地）二少爷是他母亲叫他来的。

鲁侍萍　我听见你哥哥说，你们谈了半天了。

鲁四凤　您说我跟周家二少爷？

鲁侍萍　嗯，他说了些什么？

鲁四凤　没有什么！——平平常常的话。

鲁侍萍　真的？

鲁四凤　您听哥哥说了些什么话？

鲁侍萍　（严肃地）凤儿。（盯着四凤。）

鲁四凤　妈，您怎么啦？

鲁侍萍　妈是不是顶疼你？

鲁四凤　您为什么说这些话？

鲁侍萍 那我求你一件事。

鲁四凤 妈，您说。

鲁侍萍 你得告诉我，你跟周家的孩子是怎么回事？

鲁四凤 哥总是瞎说八道的——他跟您说了什么？

鲁侍萍 不是，他没说什么，妈要问你！

（远处的雷声。）

鲁四凤 妈，您为什么问这个？我不跟您说过么？一点也没什么。妈，没什么！

四凤送走周冲回来，没想到妈已经在屋里了，不免有一点不安。但她不愿让妈妈看出她的不安，装着很平常似的招呼了一声：“妈，您回来了。”侍萍早就在怀着激动焦虑的心情等着四凤回来，四凤的不安当然逃不过妈妈的眼睛。她冷冷地回了一句：“你忙着送周家的少爷，没有顾到看见我。”意思是：你一心在周家少爷身上，哪里想得到我这个妈！四凤当然听得出妈话中的刺，觉察到妈对自己的怀疑和不满，连忙解释说：“二少爷是他母亲叫他来的。”意思说：他跟我没关系，你不要瞎猜疑。这样的解释当然不能使侍萍放心。她想：这孩子为什么这样急于为自己撇清呢？这反而只有更增加了她的不安。就更逼进一步地说：“我听见你哥哥说，你们谈了半天了。”前面鲁大海只是告诉侍萍，他回来时看到四凤在跟周冲谈天。这里她却有意说：已经“谈了半天”。潜台词是：孩子，你不用瞒我了，你跟周家少爷之间究竟是怎么回事，快告诉我吧。在四凤呢，她跟周冲之间的确并没有什么，她本来完全可以泰然处之。但她心里压着周萍的事，生怕妈妈已经知道了，何况妈妈又跟蘩漪谈过话，更叫她恐慌，于是不由得问了一句：“您说我跟周家二少爷？”这本来是无需问得的，刚才来的是周冲，她们一直在谈的也是周冲，就连侍萍所转述的鲁大海的话，说的也是周冲。但因为她自己心里有疙瘩，就不禁发出了这样一个毫无必要的怪问题。要不是作者深入人物的灵魂，洞悉她内心的奥秘，是决写不出这样的台词来的。曹禺的剧作之所以那样耐人寻味，经得起反复的推敲、咀嚼，就在这些地方。而迄至现在为止,侍萍也一直只是猜想四凤跟周冲之间可能有一点什么,而毫未怀疑到她跟周萍之间的关系。因此,四凤的这句奇怪的问话,并未引起她的特别注意,只是进一步追问她周冲究竟跟她说了些什么。而四凤则只是一再重复着说:“没有什么”,“他没说什么”,“一点也没什么”。要说她跟周冲之间的关系,那的确是没有什么,一点也没有什么。但现在问的是周冲究竟跟她说了些什么?那就决不是“一点也没什么”,也决不是只是说了一些“平平常常的话”。因为周冲的那些话,实在太不平常了,不平常得甚至四凤都不大能够理解。什么“……在一个冬天的早晨……在无边的海上……有一只轻得像海燕似的小帆船。……斜贴在海面上面飞,飞,向着天边飞。……我们坐在船头,望着前面,前面就是我们的世界。”等等,等等。四凤为什么不把这些告诉妈妈呢?而且周冲还曾明白地向她求过爱,表示愿意帮她上学,要同她结婚。这些侍萍早已从蘩漪口中听到过了。而她现在却一句也不提,这不是明明在对妈妈撒谎吗?叫侍萍怎么能不愈听愈起疑,愈听愈着急呢?而四凤也奇怪,就她跟周冲的关系而论,这些完全可以照实讲出来,讲清楚了,真是一点也没有什么。可她就是咬紧牙关,一个字也不提。这又是为什么呢?无非又是为了她跟周萍的事。侍萍现在一再追问的尽管是她跟周冲的事,而她脑子里所想的,所十分恐惧的,却尽是她跟周萍的事。所以她一面回答妈妈说,自己跟周家的孩子一点也没有什么,而一面说着说着,忽然又要向妈妈表白:“我不是跟你说过,这两年,我天天晚上——回家的?”要说清楚她跟周冲之间的关系,根本不必牵扯到什么晚上不晚上的问题。这些地方都表明,四凤毕竟是个天真、善良的姑娘,她觉得自己做错了事,不敢对妈妈讲。但这件事又偏偏老是在心里压迫着她,使她的舌尖不由自主地要把它泄漏出去。她既不善于说谎,更不愿意向妈妈说谎。但她又最怕伤妈妈的心。她跟周萍的关系如果让妈妈知道了,妈妈不知道会多么伤心,所以她死也不敢向妈妈承认,就只好用一些谎话来搪塞了。她不知道这些谎话非但不能掩盖她想要掩盖的东西,反倒不自觉地自动把它们透露出来了。因为侍萍跟她谈的明明是周冲的事,而她的这些谎话,却并不是因周冲而发,并不是为了掩饰她跟周冲的关系而说,而都是为着周萍。尽管侍萍当时还完全不知道四凤跟周萍的关系,但四凤并没有向自己说真话这一点是决瞒不过像侍萍这样一个十分疼爱和了解自己的女儿的妈妈的。因此,通过这一段对话,非但没有能使她放心,反而只有更增加了她的不安。紧接着,就出现了逼四凤起誓那个场面:

鲁侍萍 凤儿,我要你一辈子不见周家的人!

鲁四凤 好,妈!

鲁侍萍 (沉重地)不,要起誓。

(四凤畏怯地望着侍萍的严厉的脸。)

鲁四凤 这何必呢?

鲁侍萍 (依然严肃地)不,你要说。

鲁四凤 (跪下)妈,(扑在侍萍身上)我——我说不了。

鲁侍萍 (眼泪流下来)你是要伤妈的心么?你忘记妈这一生为着你——(回头哭泣。)

鲁四凤 妈,我说,我说。

鲁侍萍 (立起)你就这样跪下说。

鲁四凤 妈,我答应您,以后我永远不见周家的人。

(雷声滚过去。)

鲁侍萍 天上在打着雷。你要是以后忘了妈的话,见了周家的人呢?

鲁四凤 (畏怯地)妈,我不会的,我不会的。

鲁侍萍 孩子,你要说,你要说。你要是忘了妈的话——

(外面的雷声。)

鲁四凤 (不顾一切地)那——那天上的雷劈了我。(扑在侍萍怀里)哦!(雷声轰轰)

鲁侍萍 (抱着女儿)孩子,我的孩子!

妈妈要她一辈子不见周家的人,这在她当然是难堪的,做不到的。但为了让妈妈放心,她也就随口答应了。但想不到妈妈竟还要她起誓。起誓,在当时,特别在像侍萍和四凤这样的人头脑里,是件十分严重的事。这她就不能随随便便地答应了。因此她只得说:“这何必呢?”(我不是已经答应过了吗,何必还要起誓呢?)可侍萍一点不让步,非要她起誓不可。她急得只有向妈妈跪下了,难过得扑在妈妈的身上,老老实实地向妈承认:“我——我说不了。”侍萍这下完全明白了。她的疑惧证实了:这孩子跟周家的少爷之间确是有事!侍萍是个过来人,她当然懂得四凤的痛苦,要她发这样的誓,是很有点残忍的,但三十年来的惨痛教训,又使她不能不狠一狠心,不管怎样也要把孩子从危险的道路上拉回来。对四凤来说,她跟周萍的关系已经是这样的深,要她把他永远丢开,实在是难以做到的。但她又是那样爱她的妈妈,使妈妈伤心又是她怎么也受不了的。所以她一直在这个两难的境地中挣扎着,希望能够既不伤妈妈的心,也不必发那个可怕的誓。但是侍萍出于对女儿的爱,出于一个母亲的严肃的责任心,却一点也不肯放松,非逼着四凤起誓不可。于是四凤就只得不顾一切地发下了那个可怕的誓言:“那——那天上的雷劈了我。”说完了就扑在妈妈的怀里哭了起来。而侍萍也难过得只有抱着四凤呻吟着:“孩子,我的孩子!”观众们这时坐在剧场里,也不由得紧张得气都喘不过来。台上的两颗心在被撕裂着,台下的千百颗观众的心也同时在被撕裂着。19世纪英国作家托马斯·德·昆西(Thomas De Quincey)把文学分做知识的文学和力量的文学两大类[1]。像《雷雨》这样的作品,无疑是属于力量的文学一类的。面对这样的作品,谁还能漠然无动于衷呢?侍萍与四凤是那样的善良,可又是这样的无知。四凤渴望着爱情,渴望着能过幸福的生活,可她还是个涉世未深的孩子,她还一点不懂得社会,不了解人生。侍萍虽是历尽艰辛,饱经沧桑,深知社会和人生的险恶,但她也一点不懂得这社会和人生为什么会这样的险恶。为什么周朴园他们做尽了坏事,却仍能这样体面显赫;自己一生受尽了凌辱折磨,今天却还得眼看自己的女儿又面临一个危险的深渊?这一切究竟是为了什么?她无法回答。只能怨天“残忍”,怪命“不

[1] 他最早是在1823年写的《给一个青年的信》中提出这一意见的,后来在1848年写的关于蒲伯(Pope)的论文中又进一步申述了这一观点。

公平”了。她以为叫女儿发了誓，就可以把女儿从深渊边拉回来，不让她跌下去。她和四凤竟会这样的愚昧无知，真使我们万分痛惜，无限懊恨。但这并没有减少我们对她们的同情，而是只有更增加了我们对那个社会和那个社会的代表人物如周朴园之流的痛恨。侍萍和四凤的不幸，是他们造成的；侍萍和四凤的无知，也是他们造成的。要结束侍萍和四凤的不幸生活，要改变她们的无知状态，就只有推翻那个社会，打倒周朴园所代表的剥削阶级才能做到。这就是我们从《雷雨》这一剧作所得出的结论，也就是《雷雨》的作者所要传达给我们的他的强烈的愤懑之情。

四凤后来果然是触电而死，似乎是应验了她所发下的誓言。假如有人因此就责怪作者在宣扬宿命论，宣扬迷信思想，那么我们只能表示遗憾。四凤明明是有意触电自杀，而并不是如誓言所说被雷劈死的。尽管所谓雷劈，实际也是一种触电现象，但作品表现得很清楚，她却确确实实是有意的自杀，而并非偶然的触电。试看下面这段在她从家里逃出来又见到周萍时对周萍所说的一番话：

> 我糊里糊涂又跑到这儿，走到花园那电线杆底下，我想死了算了。我知道一碰那根电线，就可以什么都忘了。可是，我忽然看见你窗户的灯，我想到你在屋子里。我突然觉得，我不能这样就死，我不能一个人死，我丢不了你。我想我们还是可以走，只要一块儿离开这儿。

这说明，本来她还不愿这样就死。她丢不下周萍，她想她还可以跟周萍走，跟周萍一块儿离开这儿。而现在忽然发现周萍竟是她自己的哥哥，不但原来所想的一切都成了不可能的了，就是已经发生的关系，对她来说，也成了无法忍受的了。她怎么还能活下去呢？她就自然只能决心去踏早就想过要踏的那条电线了。所以她的死，明明是有意的自杀，而且还并不是出于一时的冲动，而是早已有过这种打算了。那么，我们怎么能认为她真的是被雷劈死的，怎么能认为作者这样写就是在宣扬宿命论、宣扬迷信思想呢？

作者虽然说过，四凤和周冲的遭际，最能显示天地间的冷酷，但他这样说，自然也并不是真的在责怪天地,而不过是强调他的一种愤懑之情罢了。对这两个年轻的生命的无辜死亡,谁又能不特别感到愤慨呢?譬如四凤,她是那样的善良、纯洁。她对生活充满着热情,她总是用好意的眼光来看待她周围的一切。她对她父亲鲁贵的所作所为,尽管很看不惯,甚至禁不住要产生一种厌恶的心情,但她还是竭力尽她女儿的本分,尽量尊重他。当她哥哥大海对鲁贵有了一些过火的言论或行动时,她总是以责怪的眼色或口吻来加以阻止。虽然蘩漪因为出于妒忌,对她总不免怀有敌意和偏见,但她还是很尊敬蘩漪,并真心地同情蘩漪。她对周萍的爱也是很真挚的,当鲁大海在她面前说周萍的坏话时,她就立刻热烈地为他辩护,起先,她甚至还不肯相信他真会做出鲁贵所说的"闹鬼"那样的事,后来虽然不能不有几分相信了,但她仍旧对周萍说:"你做了什么,我也不怨你的。""我相信你以后永远不会骗我。这我就够了。"对那个天真的大孩子——二少爷周冲,不管他是怎样热烈地爱着她,她还是坦率地拒绝了他的爱,决不肯欺骗他或是假意敷衍他。对她妈妈,她更是爱得那样深,为了妈妈,她甚至愿意割舍她最难以割舍的东西。总之,四凤的确是一个可爱的、十分值得人同情的姑娘。唯其是这样可爱,这样值得同情,她的无辜死亡,才更使人悲痛,更使人憎恨逼死她的那个社会。不过,当然,她毕竟是生长在过去那个时代和社会里的,她虽然出身于劳动人民的家庭,但她并不能够逃出那个时代的风尚习俗和摆脱那个社会的统治阶级所灌输给她的一套思想准则。特别是在周公馆生活的两年多里,耳濡目染,更使她沾染了一些地主阶级、资产阶级的腐朽东西。她对周公馆的奢华生活的欣羡与留恋,她对周家的主人们的过分的尊敬和轻信,就是明显的例子。所以当她和她分别了两年的哥哥鲁大海重新见面时,两个人都有点失望地感到对方变了。两个人的这种感觉,应该说都是既真切而又正确的。两个人的确都变了,而且是朝着两个不同的方向在变。而从这种不同的变化中,我们也都可以看到环境的作用,看到社会的阶级的影响。鲁大海当了煤矿工人,生活在工人阶级的队伍里,对资本家对他们的压迫剥削,对当时那个社会的丑恶本质,感受和理解就比较深切。四凤长期生活在地主资本家的公馆里,经常照拂和指引她的又是鲁贵那样的父亲,那个十分爱护自己并具有劳动人民的高贵品质的妈妈，又远在八百里之外。她身上所起的变化，就自然只能叫鲁大海感到失望和不满了。这许多地方都显示出，《雷雨》的现实主义的成就的确是相当高的，作品的这样高的思想艺术成就，不仅要求它的作者必须忠实于生活，并且必须有一个相当进步的立场，否则的话，是决不可能取得的。

我觉得，国内学术界过去也许是受了曹禺自己的一些不很恰切的说法(部分地也是由于曹禺的自我谦虚)的影响，对他当时世界观中的消极的东西看得多了些，而对他所站的进步立场，对他的强烈的民主主义和人道主义的思想感情(从揭露旧社会的角度来说，这种思想感情同当时人民革命的方向在总的倾向上是一致的)，对他的作品所起的良好作用，则相对地有所忽略甚至有意加以贬低。这种现象的产生，同时也是与许多人都习惯于脱离当时的现实条件，教条主义地用抽象的政治标准来要求一切作家和一切作品的现象相关联的。但大家又无法抹煞《雷雨》长时期来都受到人民群众的广泛欢迎这一事实，因此，在对这一作品的评论上，就常常出现把世界观和创作方法、思想性和艺术性加以割裂的现象。写作《雷雨》时，曹禺当然还不是个马克思列宁主义者，他的立场与无产阶级的立场之间，还存在着很长的距离。但这决不排斥他的思想感情、他的揭露对象，与无产阶级所领导的革命的斗争对象的一致性。这就保证了他能够写出有巨大进步意义的作品来的现实可能性。不承认这一点，就会对他的作品的进步意义估计不足。但从另一面来说，《雷雨》的艺术成就虽然是很高的，但它的高度也决不会超出他当时世界观的水平所能容许的范围，决不会不受他的世界观的制约。因而不看到他世界观的弱点给予他作品的消极影响也是不对的。而过去，在我们的评论界却的确存在着这样两种错误倾向：一种是过分贬低曹禺当时世界观的水平，因而也贬低甚至抹杀他的作品的进步意义；另一种是完全脱离世界观来谈他的作品的艺术成就，仿佛艺术与思想纯然是两回事似的。今天，我觉得应该是到了改变这两种错误倾向的时候了。

1979 年 6 月 12 日

“这本账是要算清楚的”

——谈鲁大海

当周朴园从侍萍口中得知鲁大海竟是他自己的儿子时，不禁又气又恼地冷笑着说：“这么说，我自己的骨肉在矿上鼓动罢工，反对我！”这个冷酷成性，以剥削为业的资本家，好像很重骨肉之情似的。但是他忘了，他的这个骨肉，正是被自己在三十年前残忍地丢弃了的。而就在此刻，当他知道站在他面前的就是几十年来他常常想念的当年那个美丽的丫头、他大儿子的母亲侍萍时，他也并没有因为顾念骨肉之情而把她承认、收留下来。可见所谓骨肉之情，在阶级社会里，正同人类的其他感情一样，都得服从于阶级利益，离开了现实的利害关系来奢谈感情，不过是骗人的空话。侍萍头脑里尽管有着很重的封建伦理观念，可是她也清楚地知道鲁大海跟周朴园“完完全全是两样的人”，他是决不会认周朴园做父亲的。而作为工人阶级一员的鲁大海，对周朴园这个资本家也的确只有憎恨。一上来我们就听到他对四凤说：“周家的人不是好东西。这两年我在矿上看够了他们做的事。我恨他们。”从周家的阔气的房子，鲁大海看到的是矿上一个个被压死的苦工人——他自己的阶级兄弟的血汗与生命。他们父子两个，各自站在两个相互对立的阵营一边，是决谈不到一块去的。

对于鲁大海，作者写得实在太少，因此我们对他的了解也就很有限。只知道他生下才三天就被他妈妈抱着一同跳河了，但并未死成。到他正式出场时，他已经二十七岁了。这二十七年的生活，他是怎么度过的，我们一无所知。只在他继父鲁贵的不满的数落声中，我们才约略地知道他曾经当过大兵，拉过包月车，干过机器匠，也曾念过书上过学，但据鲁贵的意见是，这些他没有一样是好好地干过的。而当他被荐到周家的矿上以后不久，他就又在那里闹起来，把工头都打了，并且带头闹罢工。如今正作为工人代表，来同煤矿公司董事长周朴园谈判办交涉。总之，从那个社会里的一些人——譬如周朴园、鲁贵等人——的眼光看来，他是个很不安分的人。其实呢，那个社会所给予他的既然只有打击和迫害，那么他当然也就只有用反抗和斗争来回报了。要他在这个社会里安分守己，同这个社会友好相处，那只是妄想，是根本不可能的。但鲁大海却也并不是个蛮不讲理、一味胡闹的人。指责他粗暴、不近人情，我觉得未免有点过分。

就拿对待鲁贵的态度来说吧，他也只有到了忍无可忍的时候，才采取一些过火行动的。第三幕一开始，鲁贵就唠叨个没完，一会儿怪这个，一会儿怨那个，鲁大海都没理他。直到鲁贵把他一肚皮的气都向着侍萍来发泄，指责她“回家一次就出一次事”，甚至冲着她恨恨地责问说：“妈的，你不来，我能倒这样的楣?”鲁大海这才放下正在擦着的手枪，正告他说：“你要骂我就骂我，别指东说西，欺侮妈好说话。”可鲁贵还是唠叨个没完，继续他对侍萍、其实主要是对鲁大海的数落。说着说着，他忽然觉得自己的腿没处放，还要侍萍把一张小圆凳端过来给他搁脚。这都是很叫鲁大海看不惯，怒火难忍的。鲁贵搁好了脚，唠叨却并没有就此结束。也许是因为侍萍真的顺从地给他拿凳子搁脚，显得他俨然是一家之主，自觉很有威严的缘故吧，这回他索性正面望着鲁大海直接埋怨起他来了：“你心里想想，我这么大年纪，要跟着你饿死。我要是饿死，你是哪一点对得起我？……”大海实在忍不住了，才站起来搡了他一句：“你死就死了，你算老几?”后来鲁贵还穷讲究，要喝好茶。可四凤说“家里连茶叶末也没有”。鲁大海虽然乘机奚落他说：“听见了没有？你就将就将就喝杯开水吧，别这样穷讲究啦。”可他一面还是倒了一杯白开水，放在鲁贵身旁的桌上。作为一个继子，这些地方，总还算是说得过去的。可鲁贵却大摆起威风，大耍起无赖来，竟要鲁大海滚开，甚至骂他是“杂种”。侍萍忍不住了，对他说：“你别不要脸，你少说话。”鲁贵却居然反唇相讥，说出这样恶毒的话来：“我不要脸？我没有在家养私孩子,还带着个(指大海)嫁人。”气得侍萍只能又痛又恨地从齿缝里迸出了一个“你!”字。鲁大海这时真是怒不可遏,这才举起他正在擦着的手枪向着鲁贵大喝一声:“我——我打死你这老东西!”其实他仍不过是吓唬吓唬鲁贵,只是要他向侍萍赔罪,要他“说自己错了,以后永远不再乱说话,乱骂人”。我看,他的这些行动,也不见得就是怎样该受非议、责怪的吧。

他对周冲的态度,可能容易使人以为有点不近人情。其实他还是有分寸的,并没有到蛮不讲理的地步。他从车厂子找人回来,忽然看到周冲在和四凤谈天。在这样的时候(已是晚上十点左右了),特别是发生了第二幕里的那些事以后,一个周公馆的少爷居然跑到这里来找他的妹妹(他认为周冲自然是来找四凤的),他心上的不快是不难想象的。特别当周冲要提起他下午在周家挨打的事,更使他勃然动怒,喝令周冲“你少提那桩事”。四凤怪哥哥误会了周冲的好意,对他说“人家是好心好意来安慰我们”的。鲁大海就对周冲说:“少爷,我们用不着你们的安慰,我们生成一副穷骨头,用不着你半夜的时候到这儿来安慰我们。”意思是告诉他,我们穷人不需要你们富人的安慰,尤其不需要你在这样半夜的时候来这里对一个年轻姑娘进行“安慰”。接着他就叫四凤出去,让他单独跟周冲说几句话。四凤出去后,他就对周冲说:“我们谈过话,我知道你在你们家里还算是明白点的;不过你记着,以后你要再到这儿来,来——安慰我们,(突然)我就要不客气了。”可见,他对周冲还是有分析的,并不把周家的人一律看待。他对周冲的不满,主要是因为他想同四凤要好而起,他对周冲的态度之所以那样生硬,甚至近于粗暴,主要也是为了保护他的妹妹,也是为了使四凤能免受欺骗。而且,看来他对周冲的天真到有些傻气的特点,也是有所了解的,所以他才不惜耐着性子反复跟周冲说明他不应该到这儿来,不应该来找四凤的道理。即使当他本来想严厉地警告周冲:“如果什么时候我再看见你跑到我家里,再同我的妹妹在一起,我一定——”说到这里,他的态度却也会忽然缓和下来,说:“好,时候不早了,我们要睡觉了。”只有当周冲提到他父亲、提到周朴园时,他一直强压着的性子才突然爆发出来,大声骂道:“你的父亲是个老混蛋!”这些地方都表明他对周冲还是区别对待的。不能认为他的态度就是怎样的不近人情。最后，当他知道周冲是奉母亲之命来送钱的时，他才真的冒起火来，他觉得自己受了侮辱。这才粗暴地、真有点不近人情地呵斥他：“你给我滚，给我滚蛋！”但他的这些话，其实并不是对周冲而发，而是对着资本家的虚伪，对着资本家的假仁假义而发。那么，他的这种态度，对资产阶级来说，固然有点粗暴；但对无产阶级来说，就应该说是一种很有骨气的表现。从资产阶级看来，确乎未免太不近人情，但从无产阶级看来，难道不正是一种很合人情的举动吗？

鲁大海这个形象，写得的确是简单了些，并不成功。但要说他“僵硬，不真实”，是个“可怕的失败”，却也并不切合实际。从上面我们对他在对待鲁贵、对待周冲的态度的分析中，就可以看出作者对这个人物的刻画还是合情合理的，符合生活的逻辑和性格的逻辑的。而且也决不能说他完全不像个工人。就从他对待四凤的态度上，也可以看出他是很有些工人阶级的觉悟的。他在周家的客厅里一见到四凤就对她说：“好。妈也快回来了，我看你把周家的活儿辞了，好好回家。”还说“这不是你待的地方”，并且针对四凤对资产阶级的物质生活不无羡慕的特点，告诉她说：“凤儿，你不要看这样阔气的房子，哼，这都是矿上压死的苦工人给换来的！”他对四凤是很爱护的，总想保护她，使她不致走上危险的邪道。他清醒地知道，在当时那个社会里，四凤作为一个穷人的孩子，将来只能是给一个工人当老婆：洗衣服，做饭，捡煤渣。至于念书、上学，那不过是“小姐的梦”。可四凤有时就不免在做着这样的梦。这是很使鲁大海不满、并且深感着急的事。这一点，四凤自己也知道，早在第二幕里，她就对周萍说过：“我哥哥瞧不起我，说我没有志气。”在第三幕周冲送钱来鲁家的那场戏里，四凤说鲁大海“简直是怪物！”鲁大海则骂四凤是“糊涂虫！”恨她居然会同资本家的少爷搞在一起。当周冲对他说“我想一个人无论怎样，总不会拒绝别人的同情吧”时，他回答说：“同情不是你同我的事，也要看看地位才成。”作为一个工人，鲁大海对资本家的残暴，对他们唯利是图、贪得无厌的本性，是认识得很清楚的。他对周朴园有很深的仇恨，对周萍也充满了敌意，认定他作为周朴园的儿子决不会是好东西。后来，当周萍对他说“我以为我们中间误会太多”时，他回答说：“误会！我对你没有误会，你就是一个没有血性，只顾自己的混蛋。”“你是个少爷,你心地混账!你们都是吃饭太容易,有劲儿不知道怎样使,就拿着穷人家的女儿开开心,完了事可以不负一点儿责任。”周萍一面向鲁大海竭力表白他是真爱四凤,一面又诉说自己的苦衷,说是他的家庭不允许有这样的事。鲁大海就立即尖锐地揭露他说:“所以你就可以一面表示你是真心爱她,跟她做出什么事都可以,一面你还得想着你的家庭,你的爸爸。他们要叫你丢掉她你就能丢掉她,再娶一个门当户对的阔小姐来配你,对不对?”正因为他对资本家的丑恶本质了解深、看得透,所以他的揭露才能这样彻底,语语切中要害。

鲁大海作为罢工代表,同资本家周朴园的谈判很快就失败了,他,连同矿上的广大工人,都给跟他同来的另外三个代表出卖了。矿上已经正式复工,他还一直蒙在鼓里,直到周朴园给他看了矿上来的电报和那三个代表签署的复工合同,他才如梦初醒。接着就以他的痛骂周朴园,大揭周朴园的老底,周萍动手打他结束。他跟周朴园的正面交涉,在场上一共只展开了不到几分钟的时间。作者是不是对劳资纠纷这样的重要场面,写得太少了呢?我觉得并不。因为,劳资纠纷在这出戏里本来就不是主要事件,并不占重要的地位。作者能用寥寥几笔把它勾勒清楚,并且把它在今后剧情发展中的作用充分显示出来,倒应该说是能够抓住要点,用笔十分简洁的。不过,从鲁大海这个形象的塑造来说,当然也就不能不受到限制。不但说不上丰满,留给人的印象也并不是很鲜明的。因为在《雷雨》这出戏里,鲁大海出场的机会并不多,没有多少戏,要把他的性格栩栩如生地充分展现出来,本来也是困难的。也许正因为鲁大海的形象,原来就塑造得并不怎样成功,在人们的头脑里并不怎么站得起来,也就不妨在上面做一些修补改削的工作。不像周朴园、周萍等形象,他们的性格刻画得较清楚,已经站立起来了,已经可以说是一个有生命的活的形象了。你要再在他们身上动刀动斧的,就不免会损伤他们的肢体,甚至危及他们的生命。譬如最后一幕里,周朴园当众承认侍萍一场戏,从原来的版本(1936 年版和 1957 年版)看来,周朴园仿佛真像是“天良发现”似的在忏悔过去的罪恶,他的心情似乎确是很真诚、很沉痛的。特别是他以沉重的声调说的下面这番话:

萍儿，你原谅我。我一生就做错了这一件事。我万没有想到她今天还在，今天找到这儿。我想这只能说是天命。（向鲁侍萍叹口气）我老了，刚才我叫你走，我很后悔，我预备寄给你两万块钱。现在你既然来了，我想萍儿是孝顺孩子，他会好好地侍奉你。我对不起你的地方，他会补上的。

这是很能迷惑侍萍以及其他在场的人的。我在别处曾指出它将会冲淡读者和观众对周朴园的憎恨，而使整个作品的思想意义受到损害。还曾自作聪明地认为作者应该使周朴园的这些话，成为对周朴园的伪善本质的更深一层的揭露。其实作者自己也早已感觉到了这一点，在 1959 年 9 月（我那篇文章的初稿正是在这个时候写的）出的版本中，已删去了这一段话。并且把前面周朴园说“侍萍，我想你也会回来的。”那句话时的舞台指示“悔恨地”，改为“冷冷地”。然而结果怎样呢？结果却并不成功。因为周朴园这个形象通过他在前面几场里的一连串的言论行动，已经站立起来了，他已取得了他自己的独立的生命，他有他自己的性格、自己的思想面貌，即便是他的创造者——作者，也不能随便加以改变。作者后来所作的一些修改，跟周朴园原来的性格并不协调，就总使人感到别扭，破坏了周朴园形象的统一。又譬如周萍，从原来的版本看来，他对四凤确是有真感情的，决不是存心玩弄。在 1959 年 9 月的版本里，作者似乎竭力想冲淡周萍对四凤的感情，使人觉得周萍对四凤并不是真心相爱。他的办法，主要是通过一些舞台指示的修改来改变台词的含意。但是他的这一目的，也并没有能达到。因为周萍对四凤的态度是贯串全剧的，单单改变一些舞台指示，或者重写个别台词，是决不能改变人们已经形成的印象的，反而只有起到破坏原来形象的完整性的作用。从这里更加可以证明，文艺创作有它自己的必须遵守的规律，决不是可以随心所欲地爱怎么写就怎么写的。

但是对鲁大海这一形象所作的修改，却的确是改得好的。修改主要在两个地方：一是突出了鲁大海要为工人阶级的利益斗争到底的决心；一是去掉了他表示同意让四凤跟周萍走的一些台词。这两点修改，大大加强了鲁大海的形象，使得他更像一个工人阶级了。通过第二点修改，删去了不少足以损害鲁大海形象的台词，同时还使得剧作更加精炼了。在作第一点修改时，也几乎并没有费什么笔墨，只在两处稍稍作了些改动。一处是在侍萍跟他谈同周家的纠葛的时候，在侍萍说过："嗯，完了。这一本账算不清楚，报复是完不了的。什么都是天定，妈愿意你多受点苦。"接下去，鲁大海本来是这样说的："那是妈自己，我……"新本改成："不，没完，这本账是要算清楚的。"这就突出了鲁大海要继续斗争的决心。这跟鲁大海的一贯态度也是一致的。就在这些话的前面，当侍萍说："周家的事算完了，我们姓鲁的永远不提他们了。"鲁大海就沉着有力地说："可是刚才我在周家挨的那巴掌呢？我们在矿上流的血呢？这能够完么？"一处是当侍萍从张大婶那里回来，鲁大海告诉她，他回来时看到四凤在跟周冲谈天。这以后，原来的版本是这样写的：

鲁大海　妈，我走了。

鲁侍萍　你上哪儿去？

鲁大海　钱完了，我也许拉一晚上车。

鲁侍萍　干什么？用不着，妈这儿有钱，你在家睡。

鲁大海　您留着自己用吧，我走了。（由右门下。）

新本改成：

鲁大海　妈，万一矿上有人来，叫他们到车厂子找我去。

鲁侍萍　（诧异地）矿上还有谁找你？

鲁大海　一个朋友。妈，今天晚上我不回来了。

鲁侍萍　为什么？

鲁大海　（满怀对母亲深挚的情感，信任地）我也许就要回到矿上去。

鲁侍萍　（忧惧地）大海，你还去闹什么？

鲁大海　（安慰着母亲，低声，温和地）我们要闹出个名堂来。妈，不要看他们这么霸道，周家这种人的江山是坐不稳的。

鲁侍萍 （担心地）孩子啊！你老实点吧，妈的命够苦了。

鲁大海 妈，您别再这样劝我了，我们不能认命！我走了，妈，您跟四凤好好谈谈吧。（走出。）

这就大大改变了鲁大海原来的单纯为了找钱而出去拉车的消极做法，而给了他这一次的外出以鲜明的积极意义，并且还把他的行动与矿上的斗争联系了起来。特别是“这本账是要算清楚的”这一句话，是紧接着侍萍的“这一本账算不清楚”而说的，出口既极自然，而且还用这一句话把鲁大海的前后行动贯串了起来，清楚地显示出鲁大海在剧中的贯串动作，就是要代表工人兄弟们跟周朴园算清他们之间的那本账，就是要为了工人阶级的利益而跟资本家斗争到底。当然，我也并不认为这样修改以后，鲁大海这一形象就能站立起来了，就算成功了。人物性格只有通过实际的冲突，通过人物相互间的对应动作，才能有血有肉地显示出来。鲁大海的这些台词，由于未能同戏剧冲突，同他自己的具体行动相结合，就不免流于概念化，在这一人物性格的塑造上，并不能起什么决定性的作用。但是它们却的确在原有的基础上加强了这一形象，使得这一形象的思想意义有所提高了。

鲁大海这一形象的塑造虽然并不成功，但他在《雷雨》中的出现，却有突出的意义。他使得这一剧作冲破了家庭纠葛的范围，而更具有当时的时代色彩和社会内容了。在30年代初期，在我们的文学作品中，工人阶级的形象并不多见，成功的尤其少。鲁大海的形象摆在同时出现的工人形象的画廊里，也并不怎样寒碜；我甚至要说，还是可以把他放在比较显著的地位的。对曹禺这样一个二十来岁的青年知识分子来说，在当时能够写出这样的工人形象来，应该说是很不容易的了。而且，这也决不是偶然的，决不是毫无因由就能凭空写出来的。曹禺在1957年同《文艺报》记者的谈话中，曾具体地介绍了一些有关的情况[1]。去年9月，在王朝闻同志访问他时，他也这样说过：“在《雷雨》里我写了

[1]《曹禺同志谈剧作》，《文艺报》1957年第2期。

一个鲁大海，这是一个工人，当然写得很不像样子、很不成熟，但我是同情这个人，甚至佩服这个人的。”[1]大家应该承认，作者要不是深深地同情和佩服这个人，他是决不可能把鲁大海写得像现在这样的。而在30年代初期，一个知识分子能够对工人群众怀着这样的感情，的确是非常可贵的。我决不是想从作家的主观意图上去找寻一些根据，来竭力拔高这个人物，把他说成是个成功的工人阶级形象。不是的，作为一个文学形象来说，他是不能算成功的。但是，历史主义地来看这个形象，无论是把他放在整个现代文学史上，或是放在《雷雨》这一具体作品中，我们都应该充分估计他的成就和积极意义，而在我们过去的评论中，我觉得未免有肯定不足的倾向。

在这出戏结束时，周朴园一家人死的死，疯的疯，傻的傻，只有周朴园还健在，但鲁大海却也走出去了。我们相信，他必将继续他的斗争，总有一天会把他和他的工人兄弟们同资本家之间的那本账算清楚的。

1979年7月苏州

[1]《曹禺谈〈雷雨〉》，《人民戏剧》1979年第3期。

“哼，他忘了他还是个人”
——谈鲁贵

人生的有些遇合，有时着实叫人愤慨。每次读《雷雨》，一想到侍萍这样一个善良、纯洁、性气高傲的女子，竟会是鲁贵的妻子，心头就怎么也平静不下来。作者之所以让她跑到八百里外的女子学堂里去当老妈子，我想恐怕也就是因为不愿意看着她同鲁贵这样的男人整天厮守在一起哩。第二幕里，当侍萍由四凤陪着一起在周公馆的客厅里坐下，鲁贵就忙着向她夸耀周家的阔气：“这儿公馆什么没有？一到夏天，柠檬水，果子露，西瓜汤，橘子，香蕉，鲜荔枝，你要什么，就有什么。”还埋怨这母女俩到人家公馆来，只知道一个劲儿地谈家常，却不留心观看人家的阔排场，真是一副穷相。接着就要四凤把她这两年做的衣服，添的首饰，拿给她妈看看。让她开开眼。他的鄙俗下贱，实在叫人厌恶。在四凤设法把他支开后，作者这样写：侍萍和四凤见鲁贵走后，都舒展多了。母女二人相对凄然地笑了一笑。读到这里，我总禁不住为这母女二人感到一阵心酸。她们的凄然的笑容，寂寞地浮现在我眼前，久久不肯消隐。碰到这样的亲人，真是最无可奈何的事。但是鲁大海，那个同他没有血统关系的他名义上的儿子，对他可就不肯那么客气了。当鲁贵在他面前傲慢地摆出阔当差的架势，斥责他“怎么随随便便跑进来啦？”“连一点大公馆的规矩也不懂”，并再三嘱咐他见了老爷要“少说粗话”，然后迈着得意的步伐向书房走去时，鲁大海目送着他的背影，十分鄙夷地摇着头说：“哼，他忘了他还是个人。”

要说他忘了自己还是个人，那倒未必。他可正在为要过人的生活而努力着呢！不过，当然，对于怎样才算个“人”，他有他自己的看法。他认为人活着，无非是为了吃喝玩乐。而要吃喝玩乐，就得有钱。四凤说他“见钱就忘了命”。他自己也说：“这世界上……只有钱是真的。”为了弄钱，他甚至对自己的亲生女儿都可以进行敲诈勒索。他明知道周萍跟四凤的关系，非但不加阻止，反而竭力纵容，甚至怂恿四凤，就为着自己也可以从中得到好处。他对四凤说：“一个当差的女儿，收人家点东西，用人家一点钱，没有什么说不过去的。这不要紧，我都明白。”但当他向四凤讨钱讨不到时，可就变起脸来了。他威胁说：“好孩子，你以为我真糊涂，不知道你同那混账大少爷做的事么？”并且一本正经地要管教起四凤来：“我是你的爸爸，我就要管你。”可是到后来，当侍萍要把四凤带到济南去，四凤也有跟妈走的意思时，他却又着急起来了，拼命地劝四凤留下，甚至还下流地唱起“花开花谢年年有，人过了个青春不再来！……”这样的曲子来打动她。他还进一步煽动地说：“人活着就是两三年好日子，好机会一错过就完了。”

不过，他也并不是真要四凤一门心思地跟周萍好。相反，他倒是怕四凤太痴心了。他知道“周家的人就是那么一回事”，周萍是决不会娶四凤的。他常常提醒四凤，叫她“看开点，别糊涂”，叫她不要做梦，要想想：“你是谁？他是谁？……就凭你没有个好爸爸，人家大少爷会……”所以他的意思是，跟周萍只能玩玩，弄点钱，千万不能来真格的。可四凤却对周萍一片痴情，甚至不肯相信他真会跟蘩漪有什么暧昧关系。当鲁贵把他们“闹鬼”的事告诉她时，她反而生气地责怪鲁贵瞎说。四凤的这种痴情态度，是很叫鲁贵懊恼而又看不上眼的，他忍不住不满地摇着头说：“你看你，告诉你真话，叫你聪明一点，你倒生气了，唉，你呀！”并且傲然地扫了四凤一眼，在他看来，对这类事情要动什么真感情，那是很傻的。第三幕里，当四凤正在为既想跟妈走、又丢不下周萍而发闷叹气时，他也十分蔑视地说：“你看，你这点心思还不浅。”四凤的这种心思，在他看来是完全犯不着，根本不值得的。他告诉四凤：“这世界上没有一个人靠得住，只有钱是真的。唉，”使他懊恼的是，“偏偏你同你妈不知道钱的好处。”

在出场介绍中，作者只用寥寥几笔就把鲁贵的性格特征清楚地勾勒了一下：“和许多大公馆的仆人一样，他很懂事，尤其是很懂礼节。他有点驼背，似乎永远欠着身子向主人答应着‘是’。他常常贪婪地窥视着。”特别懂礼节和老是弓背欠身，可说是旧社会里许多公馆仆人的共同特点。但对鲁贵来说，这不过是他的外部形态和表面现象，不过是他的躯壳，还没有触及他的灵魂，触及他的内心世界。最能说明他的本质的是：“他常常贪婪地窥视着。”

从表面看来，鲁贵对他的主人，那真是说不尽的恭敬。他一到周朴园和蘩漪的面前，他的腰就自然而然地弯了下来。见了两位少爷，也总是首先堆上一脸谄笑，他替周朴园传话时，开口闭口不离“老爷吩咐”。蘩漪告诉他，她想见一见侍萍，不过是同她谈谈闲话。他就连忙说：“那是太太的恩典。”当四凤准备上楼给蘩漪送药时，他又再三叮咛她：“跟太太说一声，说鲁贵惦记着太太的病。”但其实呢，他早就对四凤说过：“这家除了老头[1]，我谁也看不上眼。”后来，在第三幕里，在他的家庭训话中，我们听到，就连他唯一看得起的这个老头，也被他称作老王八蛋了。而且他还夸口说，他要使这个老王八蛋，这个“忘恩负义的东西”，给他跪下磕头。他慷慨激昂地把周朴园一家骂了个痛快：“周家的人从上到下就没有一个好东西。我侍候他们这两年，他们那点出息我哪一样不知道？反正有钱的人顶方便，做了坏事，外面比做了好事装得还体面。文明词越用得多，心里头越男盗女娼，王八蛋。……”他确是看透了周朴园一家子，这番话可说是说到点子上，句句切中要害。

但他自己可也并不简单，正如作者所说，随时随地他都在“贪婪地窥视着”，看别人有没有什么把柄落到他手里，可以供他利用。哪怕这个人是他的亲生女儿，只要能弄到钱，他也不肯轻易放过。对周家的人，当然就更不用说了。周萍跟蘩漪“闹鬼”的事，给他撞见了，他跟四凤谈起时，就说：“这是你爸爸的造化。”人家搞鬼，竟成了他的造化，而且联系得如此迅速，这真是他的特殊头脑的特殊想法，他的为人也就于此可见了。

在《雷雨》里，凡是当周萍和蘩漪单独在一起的时候，接着上来的总是鲁贵。

[1] 指周朴园。

这说明了鲁贵的善于窥视的特点。第二幕里，蘩漪周萍之间有大段对话，蘩漪想叫周萍留下来，不要到矿上去。周萍的态度却很决绝，谈话不欢而散，最后周萍走开去了。

接下去作者这样写：

蘩漪望着周萍出去，流下泪来，忍不住伏在沙发上哭泣。鲁贵偷偷地由中门走进来，看见蘩漪在哭。

鲁　贵　（低声）太太！

周蘩漪　（站起）你来干什么？

鲁　贵　鲁妈来了好半天啦。

周蘩漪　谁？

鲁　贵　我家里的，太太不是说过要我叫她来见么？

周蘩漪　你为什么不早点来告诉我？

鲁　贵　我倒是想着，可是我（低声）刚才瞧见太太跟大少爷说话，所以就没敢惊动您。

周蘩漪　啊，你，你刚才……

鲁　贵　我？我在大客厅伺候老爷见客呢！（故意地不明白）太太有什么事么？

周蘩漪　没什么，那么你叫鲁妈进来吧。

这一个场面写得的确是非常传神的。蘩漪在惊慌中仍不失身份；鲁贵十分刁恶，可又很有分寸。用不着搬上舞台，两个人的神情就已跃然纸上。“鲁贵偷偷地由中门走进来”，我们可以想见，他是早已在门外“窥视着”了。等周萍一走开，他就立即走了进来。他也不一定是进来以后才“看见太太在哭”的。很可能是早就掌握了这个情况。他叫“太太”时，尽管故意压低了声音，可蘩漪还是吓了一跳，不由得立即站了起来，责问他：“你来干什么？”活画出蘩漪的惊慌失措的神态。当鲁贵告诉她“鲁妈来了好半天啦”，由于她还没有从惊慌中镇定过来,所以虽然是她自己要鲁妈来的,但一时之间竟忘了鲁妈是谁了。等鲁贵告诉她,鲁妈就是“我家里的,太太不是说过要叫她来么?”以后,她才逐渐镇定、清醒过来。蘩漪也是个厉害角色,就立即反问了一句:“你为什么不早点来告诉我?”她这句话,其实就同越剧《盘夫》中曾荣问严兰贞:“请问娘子,你是才只到此,还是到此已久呀?”一个意思。鲁贵在这种地方,决不肯随便放过。他就说:“我倒是想着,可是我,”说到这里,又故意压低了声音,显出有点神秘或者说是机密的味道,接着说:“刚才瞧见太太跟大少爷说话,所以就没敢惊动您。”那就是告诉蘩漪:你刚才同周萍之间演的那场戏,我已经荣幸地欣赏过了。开始镇定下来的蘩漪,一听此言,就又立即慌乱起来:“啊,你,你刚才……”但鲁贵最善于掌握时机、分寸,他知道现在还不是动用他手中的“资本”的时候,只消在蘩漪面前显露一下,让她知道知道就行了。因此,他又故意让蘩漪宽心地说:你问我刚才吗?刚才“我在大客厅伺候老爷见客呢!”他知道蘩漪是明白人,这样已经尽够了。蘩漪自然也就只能心照不宣,局面暂时仍保持着平静,戏也因此才能继续慢慢地演下去,不然就乱了套了。

第四幕里,又是在蘩漪和周萍争吵过,周萍刚下场,鲁贵紧接着就跑了进来:

鲁　贵　(弯了弯腰)太太,您好。

周蘩漪　(略惊)你来做什么?

鲁　贵　(假笑)给您请安来了。我在门口等了半天。

周蘩漪　(镇静)哦,你刚才在门口?

鲁　贵　对了。(诡秘地)我看见大少爷正跟您打架,我——(假笑)我就没敢进来。

周蘩漪　(沉静地,不为所迫)你来要做什么?

鲁　贵　(有把握地)我倒是想报告给太太,说大少爷今天晚上喝醉了,跑到我们家里去。现在太太既然是也去了,那我就不必多说了。

周蘩漪　(嫌恶地)你现在想怎么样?

鲁　贵　（倨傲地）我想见见老爷。

周蘩漪　老爷睡觉了，你要见他什么事？

鲁　贵　没有什么，要是太太愿意办，不找老爷也可以。——（意在言外地）都看太太怎么办了。

周蘩漪　（半晌，忍下来）你说吧，我也许可以帮你的忙。

鲁　贵　（重复一遍，狡黠地）要是太太愿意做主，不叫我见老爷，多麻烦，那就大家都省事了。我们只是求太太还赏饭吃。

周蘩漪　（不高兴地）你，你以为你——（缓缓地）好，那也没有什么。

鲁　贵　（得意地）谢谢太太。（伶俐地）那么就请太太赏个准日子吧。

周蘩漪　那就后天来吧。

鲁　贵　（行礼）谢谢太太恩典！

这一场里，鲁贵的态度、神情，就完全同前面那场不一样了。在前面那场里，鲁贵虽也隐约地露了一点颜色给蘩漪看，但他还决不愿意说破，甚至还有意使事情显得含混。在蘩漪面前，他也仍旧十足是个恭顺的奴仆。这一场却不同了。他一上来就露出一副不怀好意的挑衅的姿态，不但见了蘩漪不像过去那样的弓背肃立，只是略略弯了弯腰，仿佛朋友相见似的道了声“您好！”蘩漪问他：“你来做什么？”他就令人毛骨悚然地假笑了一下，说是“给您请安来了”，使人听起来就等于是说“要你的好看来了！”他还生怕这意思还表达得不够清楚，又立即加了一句：“我在门口等了半天。”那就是告诉蘩漪：你们刚才那场戏我已经仔细地观赏过了，你们的把柄已经完全落在了我的手中。蘩漪也是个很倔强的人，鲁贵既然清楚地露出了他想进行要挟的意思，既是来者不善，她也就索性镇静下来了：“哦，你刚才在门口？”她的潜台词是：真的吗？那又怎样呢？鲁贵是因为有真凭实据在手，而且这次他是抱着破釜沉舟、孤注一掷的决心来的，所以也很沉着。他的战略是决心充分显示自己的实力，把文章做足，迫使蘩漪就范。因此他并不急于说出他的目的。只证实着蘩漪的询问，说是“对了”，我早就在门口了，并且露出秘密的神气说：“我看见大少爷正跟您打架，我……”说到这里又露出了那副令人汗毛凛凛的假笑，“我就没敢进来。”明确告诉蘩漪：我是亲眼看到了你们刚才那一幕的。这样还嫌不够，他还要表示他不但看到他们的争吵，并且还听到他们争吵的内容。接着就进一步把蘩漪自己说的刚才她也到了鲁家的那番话也端了出来。作了这样多部署以后，等到蘩漪问他“现在想怎么样?”时，他这才最后威胁说：“我想见见老爷。”蘩漪虽然很嫌恶他那副赤裸裸地进行敲诈的无赖行径，但在经过一番权衡之下，还是只得忍耐下来，答应了他的要求。鲁贵的目的达到了，他的斗争胜利了。

然而，事情的结局却大出鲁贵的意料，他费尽心机争得的胜利，结果却化成了泡影。其实呢，即使事态发展不是像现在这个样子，即使鲁贵真的重新回到了周公馆，又当起他的阔当差来，蘩漪最后也是不会饶过他的。不但蘩漪，就是周朴园也决容不了他。那个社会毕竟是周朴园们的天下，鲁贵再机灵，再精明，“窥视”的本领再大些，也跳不出周朴园们的掌心。像鲁贵这样的人，是只能依附于他的主子——不是这个主子，就是那个主子，才能分享一点残羹剩炙，以满足他的吃喝玩乐的本能的。而鲁贵也完全安于这种地位，并以能过这样的生活而洋洋自得。在《雷雨》这本戏里，只有两个人跟当时那个社会处得最融洽，那就是周朴园和鲁贵。一个主子，一个奴才，他们在竭力维护着那个社会的秩序。只有这个社会的轮子在循着它的常轨运转的时候，他们的日子才过得最顺利，处境也最圆融自在。而这两个人，也正是作者在剧中所最要狠狠鞭打的人物。从这里，也可看出作者对那个社会的不妥协的立场。不过，比较起来，作者对鲁贵的鞭打，似乎要更坚决、更不留情面些。对周朴园，则有时在某些地方看来，总不免有一些手软，总要给他一些“曲宥”，正像他在《日出》的跋文中谈到潘月亭、李石清时所说过的那样。在《日出》中，我们发现，被鞭打得最凶的也并不是潘月亭，而是王福升。这一现象，也是颇可注意的。鲁贵与王福升，当然是非常卑鄙无耻，极可痛恨的。但打他们，比打周朴园、潘月亭们更加凶狠，更无顾惜，却不能不说是与作者当时的生活和感情、与作者当时的世界观有关了。

鲁贵这一形象，比起鲁大海来要丰满得多，可以说是一个写得比较成功的形象。这不但因为作者在生活中，对这一类人的接触要比鲁大海这样的工人多一些，而且在我们的旧戏舞台上和传统的小说中，本来就不乏这一类刁奴恶仆的典型，可以有所取资、有所借鉴的缘故。但鲁贵这个人物，也已经与传统的小说戏曲中的刁奴恶仆的形象很不同了，他已经现代化了，跟当时那个半封建、半殖民地的社会形态有着不可分的联系。从这个人物的身上，我们也清晰地可以看到他所生存和依附的那个社会的生动形象。《雷雨》中的八个人物，每一个都深深地打上了当时的时代、社会和阶级的烙印，所以这个剧作，决不是什么神秘主义的观念的产物，而是有着高度艺术成就的现实主义杰作。

1979 年 7 月，苏州

“她爱生活，她又厌恶生活”

——谈陈白露

曹禺剧作中的人物，是不容易使人忘怀的。人们在闲谈中，常常会提到他们，而且在谈到的时候，总免不了要带上自己特有的感情色彩，因此，也常常要引起友朋之间的争论。譬如《日出》中的陈白露，就是一个谈得颇多而又颇有争议的人物。

这里，我想简单地谈一谈我对陈白露这个人物的看法。陈白露是个充满着矛盾的人物。她初出场时，作者对她所作的介绍，我觉得最好地说明了她：“她爱生活，她又厌恶生活。”她爱生活，是因为生活里充满着欢乐，充满着美好的东西。她又厌恶生活，是因为她所向往的欢乐，她所喜爱的美好的东西，却又是必须通过她所厌恶的方式——出卖自己的色相，必须忍受着最大的屈辱——把色相出卖给自己所瞧不起的人，才能取得的。

对她的生活感到不满、痛苦与厌恶，鄙夷她周围的一切人，这是陈白露坚强、清醒的一面。她在她的生活圈子里，就像臭水池里的一朵莲花，虽是生长在污泥里，却仍保持着她的鲜丽与芳洁。但她终于跳不出这个圈子，尽管向往着自由，但还是没有勇气冲出这已为她所非常厌恶的漂亮的金丝笼，这就是她的软弱而麻木的一面。

陈白露的矛盾，陈白露的悲剧，是在于：一方面，她洞悉资产阶级社会的种种丑恶，特别是资产阶级的灵魂的空虚与道德的堕落，对他们极度的憎厌；一方面，她又留恋着资产阶级的生活方式，特别是对资产阶级所能供给的物质享受非常沉迷。再加上她那极端高傲、倔犟的性格，她的过分的自怜自爱，自我欣赏，以及像一个旧社会里睥睨一切、飘飘然遗世独立的诗人一样的才分、气质，就使这个矛盾更加尖锐，更加剧烈，更加无法调和、无法克服，最后只有以死亡来解决。

陈白露一上场，我们就立刻为她的年轻、漂亮，为她的华丽的服饰所吸引住。但我们又觉得，在她的神色之间，仿佛又不时有某种与她的年龄、相貌、服装，不顶调和的东西流露出来。可能她是在外面玩累了，有些疲倦吧？但似乎又不完全是疲倦，其中像是还夹杂着某种类似烦腻、颓唐，甚至苍老——一种看穿了一切的苍老——的感觉。渐渐的，我们这种感觉愈来愈清晰，而且不久就从她的谈吐中得到了证实。

譬如，她本来很兴奋地在指着窗户上的一块霜，说它很像自己。但当她听到方达生说，她的这一举动，还有点像从前的她，“还有从前那点孩子气”时，她的兴奋就忽然像被一阵风吹散了。她叹了一口气，很苍老地说：“达生，我从前有过这么一个时期，是一个快活的孩子么？”看来，不但她早已不再是孩子，就连快活，也久矣并不属于她了。方达生虽天真得近乎有些傻气，但作为一个恋人，他是很能体会白露的这种感伤的心情的。他鼓励她，只要她肯跟自己走，就可以还跟从前一样的快活、自由。她却摇一摇头，饱经世故地说：“哼，哪儿有自由？”后来，听到方达生叫她竹筠，又引起了她一阵感慨：“竹筠，竹筠，多少年没有人这么叫我了。”从这些言谈中，我们知道她虽然享受着奢华的物质生活，但精神却是寂寞的、忧伤的。

接下去，我们又看到她为了保护和救助小东西，而表现出了可敬的勇气，和对被压迫被损害的人的深厚真挚的同情。但她只能为小东西的遭遇而义愤于一时，并不能把小东西和广大被压迫者的命运联系起来，不能为一个超出于个别以上的有一般意义的问题而进行斗争，尤其是进行持久的斗争。

翠喜、小东西、黄省三等是多么需要有人能为他们而起来斗争呵！方达生担当起了这个责任。对于这，陈白露是赞赏的、钦佩的。但她自己却不能够做这样的人。她渴望着阳光、春天，也相信着阳光一定会出现，春天终将到来。但她又知道，阳光、春天，是只许诺给那些肯为之而斗争的人们的，于她是无分的，她只会长眠于黑暗之中！

哀莫大于心死，她已失去了一切的希望和理想！

她是喜欢方达生的，看到了方达生，犹如看到了自己的过去，自己的学生时代。在一个熟人面前，故友面前，她可以暂时丢开一切的矜持与戒备，更多地展露一下她的另一个自我。方达生的到来，使她沉浸在过去的回忆里，使她恢复了她的纯真的孩子气的一面。但她却只愿带着诗意的幻想去回忆它，只愿通过回忆去重温她的旧梦，而不愿重新整个地回到过去去，不愿跟方达生走。因为，她过不惯方达生式的生活；而且，她知道，她不能给方达生以幸福。所以，当方达生要她跟他一起离开这里时，她立刻拒绝了他。

但她却把方达生留了下来，要他在这里多看看。不管方达生起初是怎样的不愿意，但他还是留下来了。他们两个，各有各的打算。方达生是想感化陈白露，陈白露则想改造方达生。对方达生想要感化她的这种企图，陈白露付之一笑。她自以为她的眼光、见识，是高出于方达生之上的。方达生呢，对陈白露为他所作的安排，简直不能忍受。他觉得他是无法在这样的氛围里呼吸、生存的。结果呢，两个人的意图都失败了。但他们所作的努力，却又都起了很大的作用，都使对方起了很大的变化——并非自己始料所及，也不是自己所希望的变化。原来是白露高出于达生：她比达生清醒、懂事，对社会有较深的理解。结果却是达生高出于白露：他比白露有勇气、有毅力，敢于和社会进行斗争。在这两个人所进行的较量——智力的较量、心灵的较量——中，他们各自既是胜利者又是失败者，既是失败者又是胜利者。就陈白露来说，她终于改造了方达生，是一个胜利；但结果却完全超出了她的预期，方达生远远地跑向前面去了，她被抛在后头。两个人的优劣地位，翻了一个身，她又是一个失败者。就方达生来说，他想感化陈白露，挽救陈白露，是失败了；但是，他毕竟使陈白露抛弃了玩世不恭的态度，比较认真地考虑了一下她的生活道路。陈白露之终于走向自杀，也可以看做是方达生的努力的结果。他毕竟挽救了她，使她不致永远堕落下去。从这一点来说，他又是胜利了。

从女学生竹筠，到交际花露露，清楚地显示出陈白露的堕落，堕落到甚至丧失了最起码的羞耻心，甚至使方达生"惊吓得说不出话来"。然而，在她的内心深处，她又并不是没有痛苦、没有悲愤的。我们看到，她尽管是在强打起精神跟顾八奶奶、张乔治等人应酬、周旋，但对这些人总止不住流露出一种轻鄙厌恶的感情。她是正如方达生所说的，故意装出满不在意的样子，天天在自己骗着自己的。她生活在这样一个圈子里，内心其实是说不出的痛苦。她只能够抱着玩世不恭的态度，过一天算一天。她的生活，她自己明白，实际上是一种慢性的自杀。方达生的到来，给她带来了一股新鲜的空气，使得她稍稍振作了一些。小东西的出现，更使她得到了一个能够做一些比较有意义的事情的机会，她的生活就比较地有了些生气。但是不久，小东西又失踪了，方达生也马上就要离去。这两个人一走，她的周围又将尽是些面目可憎、语言无味的人，眼看自己将渐渐地被周围沉重而恶浊的空气窒息以死，一种幻灭的悲哀，绝望的忧伤，绞痛着她的心。第四幕一上场时，她之所以显得那么忧郁，那么悲凉，就是以此。"去吧！你们去吧！我知道我会被你们都忘记的。"这是她在听到方达生告诉她就要离去时说的。在这句话中间，该是有着多少的凄凉落寞之感呵！

她原来只知道社会是庸俗的、丑恶的。最近一星期来的所见所闻，才使她知道这社会竟是这样的残酷、这样的狰狞可怕，才使她知道这光怪陆离的社会，竟是这样的一个人间地狱！这是小东西、黄省三，以至潘月亭、李石清的悲惨下场使她认识到的。认识了这一点以后，她就决不能抱着玩世不恭的态度混下去了。可她又不能走斗争的道路，就自然只能选择自杀的道路了。

她之向张乔治借钱，是临时碰上了偶然提出的，本来并没有存多大的希望，所以在被拒绝后，也并未表现出特别的失望。她自杀虽然决不是为了三千块钱的债务，但这债务终究是她必须面对的一个问题，总需要解决。她已决定自杀了，而又忽然向人借起钱来，表明她又是多么的不甘心就死。剧作者安排这一细节，不但更深地揭示了陈白露的内心世界，突出了她的自杀的悲剧性，而且也进一步揭露了张乔治的卑鄙。而张乔治的卑鄙反过来又更坚定了陈白露自杀的决心。

自杀，一般说来，是弱者的行为，消极的行为，是不值得同情的。但是，对于陈白露来说，她的自杀却又是她战胜了她的享乐主义的人生观的表现。如果她仍屈服于物质享受的诱惑之下，仍做着物质享受的奴隶，她是没有勇气走上自杀之路的。所以，她的自杀表明她还不是个彻底的不可救药的堕落者，在她的心灵里，还有若干美好的东西存留着。她死了，这美好的东西也一同被毁灭了，这是一个悲剧，是丑恶的社会所造成的一个悲剧。

我们惋惜她的死亡，同情她的死亡，就必然要憎恨、诅咒促使她死亡的那个黑暗的社会。这两种感情是互相依存、相反相成的。抽去了其中的任何一种，就必然要大大地削弱和影响另外的一种。如果对作者的意图、作品的思想有正确的理解，对陈白露的为人有比较全面、公允的认识，不对她的自杀表示同情、惋惜，是不可能的。对陈白露和她的自杀，要是抱着鄙弃、否定的态度，就无异是对作品的思想性的贬低，对作者的艺术才能的贬低。当然，陈白露采取了自杀的办法，虽然表明她已战胜了自己的享乐主义的人生观，却仍旧没有能改变她对人生的消极态度。她没有能如方达生所希望的，建立起一种新的、积极的人生观来，归根到底，她仍只能算是一个弱者，她的行为虽有值得同情的地方，却决不是值得赞扬的。在同情她的时候，不能不同时看到她的消极的一面，不能不同时对她抱着批判的态度。

她最后自杀的情景，是很令人难以忘怀的。

> 她从桌上拿起安眠药瓶，一片一片地把药倒出来，忽然，无意中她从衣镜里望见了自己，于是她就站起来，走到了镜子前：（端详着镜子里一个美丽的妇人，摇摇头，凄然地）生得不算太难看吧。人不算太老吧。（她不忍再看了，慢慢又踱到中桌前，倒出药片，将空瓶丢在地下。望着前面，哀伤地）这——么——年——轻，这——么——美。（眼泪悄然流下来。拿起茶杯，背过脸，把药很爽快地咽下去。）

看到这里，谁能不为她一掬同情之泪呢？谁能不带着伤悼与惋惜的心情发出“她为什么要自杀”这样的疑问来呢？她为什么要自杀？难道真是为了无力还债吗？不见得。像陈白露这样的人，是决不会为了两三千块钱而竟至于非自杀不可的。她自杀，是因为她真正“玩够了”。她对她的生活，对她周围的那些人，已感到一种无法忍受的厌倦。第四幕头上，当她听到福升说，她的那些客人，如顾八奶奶、张乔治之流，玩够了就各自回家，“各人有各人的家，谁还能一辈子在旅馆”时，她不是这样说的吗：

（低声，自语）是啊，谁还能一辈子住旅馆！（摇摇头）我大概是真玩够了，（坐下）够了！（沉思）我也想回家去了。

福升听说她也要回家，惊奇地问她：“小姐，您……有家？”她既不说有，也不说没有，只是重复着说：“嗯，玩够了，该回家了。”她的这个“家”字，究竟是什么意思，恐怕很难说。说不定此时她的头脑里已经有厌世轻生的念头在闪过了。在过去的版本里，在“我也想回家去”后面，她又紧跟着说了一句：“回到我的老家去。”下面的“该回家了”，在过去的版本里，也是说成“该回老家了”的。“回老家”云者，俗话就是“死”的意思。可见这时她已经想到死了。而这时，还在福升向她提到所欠的债务之前哩。

“她难道不能离开她所鄙弃的人，改变她已感到厌倦的生活吗？”这是我们每一个人都忍不住要发出的疑问。方达生不是还在极力鼓励她，要她跟他去吗？然而，对于陈白露来说，这却是不可能的。她不是早说过吗，她是“一辈子卖给这个地方的”，她离不开这个地方。我们也该记得，当方达生要求她嫁给他的时候她所说的那番话：“我要人养活我……我要舒服……我出门要坐汽车，应酬要穿些好衣服，我要玩，我要花钱，要花很多很多的钱……”离开这里，跟方达生走，这些就都办不到。这在陈白露是受不了的。留在这儿既不愿，离开这儿又不能，那她除了自杀还有什么路可走呢？

所以，她的自杀，她的非死不可，既是社会害的，也是她自个儿找的。我们一面固然要对那个容不得正直、善良的人的黑暗社会提出控诉，另一面也应该批判陈白露的享乐主义的人生观。这就是陈白露这一形象的典型意义。

关于《雷雨》的命运观念问题

——答胡炳光同志

胡炳光同志在他写给《文学评论》编辑部的信中[1]，指出我在《〈雷雨〉人物谈》中把蘩漪当做"雷雨"的化身，当做被作者漏掉的第九个角色，是不符合作者的原意的。就事论事地说，这一指正当然是对的，而且绝无争辩的余地。《雷雨》的作者曹禺自己说，他在《雷雨》中把那位名叫"雷雨"的好汉给漏掉了，我却偏偏要说他没有漏掉，倒像是我比作者自己更清楚似的。而且曹禺明明说被漏掉的是第九个角色，既然现在连蘩漪本人在内，《雷雨》的全部出场人物只有八个，那么这个被漏掉的人，怎么可能就是蘩漪呢？这岂不是个明显的错误？错得岂非有些出乎情理之外？显然，我这样说的意思，无非是在于强调蘩漪的"雷雨的"性格，在于突出她在剧情冲突中的地位与作用。这种"取其一点而不顾其余"的说法，虽然未免牵强，却也应该是可邀谅解的。其实，严格说来，曹禺的"漏掉"云云的话，也是不够恰切的。如他自己所说，他之所以不把那个名叫"雷雨"的好汉写出来，并不是因为他在无意中"漏掉"了这个角色，而是由于"技巧上的不允许"。我甚至以为，就连"技巧上的不允许"这样的话，也还只是一种并无任何实际意义的说辞。事实上，在这个作品中，根本就不需要有这个角色(这后面还要谈到)。他之所以要这样说，也还是为了行文的方便。他是为了要引出下面的话来，为了要说明他在《日出》中没有能够把那个最重要的角色写进去

---

[1] 见《文学评论》1962 年第 6 期。

的那番苦衷才这样说的。

想来，胡炳光同志也并不是不知道，或者不能够体谅我的这番用意。如果，在他看来，我的错误仅只是停留在这一理解本身上，他也许就不一定肯浪费笔墨来指正我了。他是因为我的这一误解还“关系到对作者的创作思想、创作意图”，关系到“对作品的整个思想内容的认识问题”，才觉得有必要把这个问题提出来同我讨论的。而在我这一方面呢，也正因为这个问题关系重大，而且自己觉得在这上面的确还有许多不很明确的地方，所以也愿意趁这个机会把我的一点粗浅的、很可能是错误的理解简略地说一说，以进一步就教于胡炳光同志和读者同志们。

胡炳光同志认为，由于我把蘩漪当做了“雷雨”的化身，而不知道“雷雨”实际上所代表的是“在冥冥之中主宰着人们命运的一种力量”，因而也就不能全面地理解曹禺当时的世界观，也就忽视了曹禺“从书本上得来的命运观念”对创作的影响。的确，无论从《日出》的跋文中，或是从《雷雨》的序文中，曹禺都是把“雷雨”当做一种神秘的力量，当做一个或许存在的不可测知的主宰的。那么，我为什么在我的那篇文章中，完全丢开了曹禺的这种说法，而不去指出——像许多研究家所做过的那样——在《雷雨》中存在着命运观念呢？我这样做，有下面三点原因。

第一，我觉得曹禺的这种说法，是事后追加上去的，而并非在创作构思中就已存在的认识；对于我们分析剧作的思想，虽有参考价值，却不一定就是最好的凭证。即使这种认识确乎在构思中就已产生，但作者的主观意图还不等于就是作品的客观思想；分析作品的思想，还是应该从作品本身出发，还是应该根据作品所描绘的整个生活画面，所提供的人物相互间的全部复杂关系，而作出实事求是的论断的。何况，曹禺的这种说法，本身就是很含混的，我们并不能够肯定那就是意味着“命运观念”；他自己就始终没有把那个神秘的力量，那个或有的主宰称做“命运”过。在《雷雨》的序文中，原来还有如下的一段话，在现在的版本中已被删去了，现在为了大家讨论、研究的方便起见，不妨把它抄录出来：

> 《雷雨》对我是个诱惑。与《雷雨》俱来的情绪蕴成我对宇宙间许多神秘的事物一种不可言喻的憧憬。《雷雨》可以说是我的“蛮性的遗留”，我如原始的祖先们对那些不可理解的现象睁大了惊奇的眼。我不能断定《雷雨》的推动是由于神鬼，起于命运或源于哪种显明的力量。情感上《雷雨》所象征的对我是一种神秘的吸引，一种抓牢我心灵的魔。《雷雨》所显示的，并不是因果，并不是报应，而是我所觉得的天地间的“残忍”，（这种自然的“冷酷”，四凤与周冲的遭际最足以代表。他们的死亡，自己并无过咎。）如若读者肯细心体会这番心意，这篇戏虽然有时为几段较紧张的场面或一两个性格吸引了注意，但连绵不断地若有若无地闪示这一点隐秘——这种种宇宙里斗争的“残忍”和“冷酷”。在这斗争的背后或有一个主宰来使用它的管辖。这主宰，希伯来的先知们赞它为“上帝”，希腊的戏剧家们称它为“命运”，近代的人撇弃了这些迷离恍惚的观念，直截了当地叫它为“自然的法则”。而我始终不能给他以适当的命名，也没有能力来形容它的真实相。因为它太大，太复杂。我的情感强要我表现的，只是对宇宙这一方面的憧憬。

可见他自己对于“雷雨”所象征的究竟是什么，也并没有一个明确的观念。他只觉得那是一种神秘的吸引，一种抓牢他心灵的“魔”。它对于他是不可理解的，因而他也不能给它以适当的名称。“上帝”、“命运”之类的说法固然不能被他接受，就是近代人的“自然的法则”这样的解释，他也不见得赞同。他并且明白地指出《雷雨》所显示的，并不是因果，并不是报应。我们怎么能够就把他的这些话作为他有“命运观念”的证据呢？不错，他的这些话的确在读者心目中引起了某种神秘主义的感觉，但反映在青年曹禺身上的这种神秘主义倾向，也还不能说就是一种哲学信念，而只能说是由于认识与理解的能力的不足而来的一种惊奇与惶惑。他能够既不安于“上帝”、“命运”之类的迷信的说法，又不接受“自然的法则”这种机械论的解释，这显示出他的理智的清明，也是他终于能抵御住神秘主义的吸引，而没有成为它的俘虏的原因。我想，当年的曹禺所不能理解和说明的道理，今天我们有了马克思列宁主义的思想指导，应该是可以作出合理的、科学的解释的了。他在《雷雨·序》和《日出·跋》中所说的一些话，只能作为我们研究他的这些作品时的参考，它们本身也同那些作品一样，应该是我们分析解剖的对象，而不应该把它们当做分析作品时的指导性的依据，更不能就用它们来代替对作品的分析、研究。

第二，我的那篇文章的任务，只在于分析周朴园和蘩漪两个人物，而不在于全面论述作者的思想。单从这两个人物身上，是并不能够证明在作者当时的思想中有命运观念存在的。周朴园可能是个有命运观念和相信因果报应之说的人。譬如第四幕中，他背着蘩漪告诉周萍要小心防范她，说："有些事简直是想不到的。世界上的事真是奇怪。"在最初的版本里，这后面的一句本来是写作"天意很——有点古怪"的。此外大概还可以找到一些其他的证据。在那样的时代、那样的社会里，在一些人的头脑中有命运观念，本是不足为怪的事，侍萍就更是一个突出的例子。但是这也顶多只能说是周朴园或鲁侍萍有命运观念，而不能据此就说作者有命运观念。至于蘩漪，那就恐怕很难说她一定也有命运观念了。单是喊一声"天哪！"或是对别人的"更不幸"的命运有所感受，是不足以证明她就真的相信有"天"有"命"的。即使我们承认这些可以作为蘩漪也有命运观念的证据，但依旧并不能作为作者也有命运观念的证据。要论定作者有命运观念，不能仅仅根据周朴园或蘩漪的这些台词，而必须有更为充足、更令人信服的理由才行。至于体现在这两个人物身上的作者当时世界观中的消极面，则是完全可以从别的方面去加以说明的。我在我的那篇文章中，已经试着做了说明，尽管说的不一定正确。

第三，虽然整个地来考察这个作品的思想时，确乎有某些根据要使我们怀疑到命运观念的存在，但我又终于不敢就作这样的论断；因为我觉得，这里依旧是容许作别样的解释的。

什么是我所谓的可以使我们怀疑到《雷雨》中有命运观念的存在的根据呢？

《雷雨》这个剧作在艺术上的一个突出的优点，就是它的矛盾冲突的高度的集中。别林斯基在谈到戏剧的特点时，曾这样说：在这里"每个人物都追求自己的目的，并且只为自己而行动，从而不自觉地促成这出戏的整个事件”[1]。《雷雨》中所表现出来的人物与事件、性格与冲突以及人物相互之间的关系，的确是符合别林斯基的这种说法的。剧中的八个人物，每一个人都各有他自己的强烈的意向和情欲，各有他自己所追求的目的，而且都在各自为着他自己的目的而行动着。譬如，周朴园所追求的是维持自己的尊严和家庭的秩序；蘩漪所追求的是要留住周萍，让周萍永远陪伴自己；周萍则想避开蘩漪，逃出周公馆；四凤又想跟周萍一起走，想跟周萍结合；周冲在追求着四凤的爱；而侍萍却要把四凤带出周公馆，使她脱离险地；鲁贵想的是能够永远保住周公馆的饭碗；而鲁大海则要为工人阶级的利益而向周朴园进行坚决的斗争。在这许多相互矛盾着的目的和行动之间，就形成了极端复杂、极端紧张的冲突。那末，这场冲突的结果怎样呢？结果却是，这八个人中的每一个都失败了！蘩漪留不住周萍，周萍也走不出去；侍萍带不走四凤，四凤也不能跟周萍结合；周冲得不到四凤的爱，鲁贵也不能重回周家；鲁大海的罢工斗争失败了，而周朴园也完全失去了家庭的秩序和自己的尊严。谁是胜利者呢？谁实现了自己的目的和愿望呢？谁也不是，谁也没有。真要是有的话，那就只能是作者在序文中所说的天地间的“残忍”和自然界的“冷酷”，或者是那被希伯来的先知们赞为“上帝”，被希腊的戏剧家们称为“命运”的宇宙的或有的主宰。这就很自然地要使我们相信《雷雨》中确有宿命论思想的存在了。再联系到作者在《日出·跋》中所说的那番话(即胡炳光同志的信中引用过的，把“雷雨”当做被漏掉的第九个角色，而且是最重要的角色，说他几乎总是在场，其余八个人物都受着他的操纵，仿佛是他手下的傀儡一样的那一段)，就更要使人觉得作者通过对作品中人物的关系和他们的命运的安排，似乎的确主要就在于阐明一种神秘的宿命论的思想了。所以，我对于许多评论家和文学史家在指出《雷雨》中有宿命论思想时所提出的论据，虽不尽同意，但对他们的这一结论，则是并不想加以反对的。然而，要我自己也明白地来主张这种说法，却又总觉得心有未安，意有未惬，总觉得这不一定就是最恰

[1]《别林斯基论文学》第191页。

当、最合乎作品和作者的思想实际的说法。

我们知道，曹禺之写作《雷雨》，并不是从观念出发的。当他初次有了《雷雨》一个模糊的印象的时候，逗起他的兴趣的，“只是一两段情节，几个人物”，以及“一种复杂而又原始的情绪”。[1]而在这许多人物中，他最早想出的，而且较觉真切的便是蘩漪与周冲。对于这两个人物，他是带着极大的同情，以一种又怜又爱，并且混杂着某种程度的尊敬的感情来写他们的；不但在他的序文中作了这样的自白，我们通过作品所得到的感受也证实了这一点。《雷雨》中所表达出来的正面的、积极的思想，主要是同蘩漪和周冲这两个人物的要求和愿望联系在一起的；无论作者的主观意图，或是作品的客观思想，都是如此。这种思想的实质是什么呢？那就是在他当时的世界观中占主导地位的民主主义思想和人道主义思想。而他所谓的“复杂而又原始的情绪”，无非是由于眼看他所同情的善良而无辜的周冲、四凤等人，在那样的社会里，却偏偏遭到这样残酷的命运，而产生的一种强烈的愤懑之情罢了。这种愤懑之情，当然并不是仅仅由于目击了蘩漪、周冲这类人的不合理的遭遇而来，这是生活在当时的黑暗社会里的曹禺的心头所早已积压着的一种情绪。又因为他“不惯于在思想上用工夫”，没有认真去追究过这罪恶的根源究竟来自哪里，而且在他当时的思想水平下，恐怕也不见得能完全搞清楚这个问题，因而他的这种愤懑之情，就显得是无法排解甚至简直是不可言喻的了；他就只能称之为“一种复杂而又原始的情绪了”。至于《日出·跋》中的那段话，虽然似乎是说明了《雷雨》全剧的动力，都是来自“雷雨”所象征的那种力量，或者说都是“命运”——我们就姑且把那种力量称做“命运”——在操纵着一切。但是如果我们仔细地考察一下作品的实际情况，就会看出作品的动力，其实是来自作品本身所提供的冲突，是来自人物之间的相互关系的——而蘩漪在这里面又扮演着一个特别重要的角色。这里，一点也不需要有什么冲突以外的、人物相互关系以外的力量的推动。我们能不能指出作品中有哪一点是不合乎生活的逻辑，或者是神秘而不可理解的呢？人物的

[1]《雷雨·序》。“原始的”，在现在的版本中作“不可言喻的”。

每一个行动，情节的每一个发展，都有性格和冲突的内在的依据，根本无需乎"雷雨"这位好汉的插手。所以，我觉得，如果说《雷雨》中的极端复杂而又紧张的冲突所造成的这样一种不可避免的悲惨的结局，在客观上不免有容易使人产生神秘的宿命论思想的消极倾向，这是完全有根据的，我同意这种说法。但如果说，作者在这个作品中，就是有意要来表现这种宿命论思想的（哪怕持这种说法的同志也说这并不是主要的），我就总觉得不能毫无怀疑。或者，如果比这走得更远，说作者在创作构思中，就已预先把"命运"作为全剧的动力，让它来操纵全剧，剧中人的一切活动，都在说明着它的存在，显示着它的不可抗拒的威力，那我就更加期期以为不可。不管这样的说法可以从作者自己的话中找到怎样有利的论据。

以上就是我所以没有在《〈雷雨〉人物谈》中指出《雷雨》的作者有命运观念的原因。我虽然对作者主观上有没有宿命论思想的问题，采取一种保留的态度，但我并不否认《雷雨》这一作品在客观上的确显示了这样的消极倾向；并且肯定地认为这种消极倾向也应该到作者当时的世界观中去找寻说明。只是在如何来具体地说明这一问题上，我和胡炳光同志以及别的一些同志们，还有不尽相同的看法。

1963 年 1 月 8 日

【附记】我的《〈雷雨〉人物谈》一文发表以后，曾读到胡炳光同志给《文学评论》编辑部的一封信，提出了一些不同的看法。我曾写此文作答。当时未能刊出。现把它发表出来，恳切地希望胡炳光同志和读者同志们指正。

1978 年 11 月 25 日

鲁迅杂文的艺术特色

鲁迅的小说

鲁迅是中国现代小说的奠基者，开山祖。中国过去的小说都是一种传统的史传体的形式，譬如《聊斋志异》，几乎都是从“某生，某地人也”开头的。打破这种形式，像今天这样的小说，在鲁迅以前是没有的。鲁迅在《〈中国新文学大系·小说二集〉序》中提到自己的小说时，说是由于“表现的深切和格式的特别”，很激动了读者们的心。这“表现的深切和格式的特别”两句话，是当时人们对鲁迅小说所作的评价，我觉得这个评价是很恰当的。所谓“表现的深切”，不单是指观察的精微，描写的逼真，而且是指思想与艺术的一致，内容和形式的谐和。它不是表面上用几句抽象的话说明它的思想内容，而是把思想内容渗透在作品的艺术形象之中。它是真正的艺术作品，你不能离开它的形象抽出干巴巴的几条筋来，说这就是这篇作品的思想。当爱克曼问歌德：“你在《塔索》里，究竟要表现什么思想呢？”歌德说：“思想？我怎么知道。我所看见的只是塔索的生活。”他也拒绝回答《浮士德》的思想是什么的问题，因为他无法回答。有人问托尔斯泰：你的《战争与和平》究竟写的什么？他说，我要说的都写在里面了，要我回答写的是什么，我就只能重写一遍给你看。假使一部作品能归纳为简单的几句话而又不失去它的精彩，作家何必用这么大的劲，花这么大的气力呢？当然，这样说也不是拒绝对作品进行分析，分析是可以的，但文学作品是一种艺术品，一种创造，它是美的；它对现实的反映是一种艺术的、美的反映。分析就应该能使读者看到作品的美，领略到作品的美。鲁迅的作品就是这样的艺术作品，你没有办法把它概括为简单的几句话，说它说明了什么什么。它不但使我们认识生活，懂得生活，它还激动我们的心，给我们力量，给我们愉快和喜悦。必须通过深入的艺术分析，才能充分领会鲁迅作品的深刻的思想内容和高度的诗意的美。这就是“表现的深切”。所谓“格式的特别”，是说它不同于中国过去的小说，从中国人的传统的眼光看来，鲁迅的小说的格式很特别。中国过去也有白话小说，白话小说也是原原本本，有头有尾，也是史传体的，往往也是从首先交代一个人物的姓氏里居，家世生平开始。像《狂人日记》这样的写法，中国过去是没有的。这种形式是鲁迅从国外引进来的。他引进这种形式用来反映中国的社会现实，表现中国人民的思想感情。这种形式在鲁迅手里，是同中国的现实生活内容密切结合在一起，是完全中国化了的。

鲁迅为什么要写小说呢？他说，在中国小说不算文学，写小说的人也不算文学家。小说在中国一向是被看不起的，不能登大雅之堂。只要看它的名称，叫做“小说”，突出一个“小”字。《庄子》所谓“饰小说以干县令”，只是小道，并无什么了不起。谁也不大愿意与小说沾边。譬如《金瓶梅》这样一部有名的小说，究竟是谁写的呢？不知道。《红楼梦》经过考证才知道是曹雪芹写的。把《水浒》挂在施耐庵名下，把《三国演义》挂在罗贯中名下，都是后人考证出来的，并不是他们本人堂而皇之地把名字写在上面的。为什么呢？就是因为小说不登大雅之堂，他们不愿让人们知道。所以鲁迅说，我也没有要把小说抬进文苑里去的意思，他写小说只是为了想利用它的力量来改良社会。他说：我的取材多采自病态社会的不幸的人们中，意思是在揭出病苦，引起疗救的注意。他所写的都是一些平凡而卑微的人物。果戈理曾经说过，对象越是平凡，作者越要站得高，才能从平凡中发掘出不平凡的东西，发掘出真正美好的东西。如果自己在思想上也是一个平凡而卑琐的人物，他怎么能发掘出不平凡的东西，发掘出美好的东西来呢？所以对象越是平凡，作者的立足点越是要高，眼光越是要深刻、敏锐。而鲁迅正是一个具有深刻、敏锐的眼光，善于从平凡的东西中，发掘出深刻的、巨大的思想内容来的伟大作家。他把病态社会中的不幸人们的灵魂清晰地揭示出来，引起人们的注意，使人们知道身上有这样一些病症，应该进行医治。鲁迅虽然放弃了医学，但他实际上仍旧是个医生。不过他医治的不是人们肉体上的病，而是人们精神上心灵上的病，他的写作是以医治人们心灵上的创伤，除害灭病，救国救民为目的的。他从长期的观察体验中，发现人们的疾苦原来都是来自封建制度和封建思想的毒害，于是，他就坚决地、不顾一切地向着中国人民灾难的根源进攻了。所以，他的《呐喊》、《彷徨》等作品，自始至终都贯穿着不妥协的反封建精神，渗透着他对封建制度的极端的痛恨和愤怒之情。他的作品具有高度的现实性和鲜明的倾向性，是革命的政治内容和完美的艺术形式的统一，不但是中国现代文学史上的宝贵财富，也是世界现实主义宝库中的珍品，是最值得我们重视和学习的。

法捷耶夫曾称赞鲁迅是写短篇小说的能手。短篇小说，就世界范围内讲，写得好的很不少，莫泊桑、契诃夫和奥·亨利尤其是其中的佼佼者。从艺术价值讲，当然契诃夫要高出于莫泊桑和奥·亨利很多。尽管后面这两个人技巧娴熟，在描绘和谋篇布局的能力上，有超过契诃夫的地方，但从整个作品的艺术价值来看，就远远比不上契诃夫。我们总觉得这两个人的作品中缺少一点东西，缺少诗意。艺术总要能给人以精神上的愉悦，要能提高人的心灵境界，给人以美的享受，这就要求它要有一种诗的意境，要有美。而莫泊桑和奥·亨利的作品，就常常缺乏这种东西。鲁迅的作品没有契诃夫多，但质量决不低于契诃夫，从所达到的思想高度来说，甚至有超过契诃夫的地方。鲁迅的小说有很浓郁的诗意，如《故乡》、《孔乙己》、《在酒楼上》、《伤逝》等等，读过以后，心情总是很难平静，社会的黑暗、腐败，人们生活的艰难和心灵的苦痛，深深地激动着你，要引起你对人生、对真理的深沉的思索，要促使你对人民的前途和出路，去进行坚持不懈的探求。这样一种艺术力量，不是任何作品都能具有的，只有真正的艺术作品才能具有，而鲁迅的小说就是这样的真正的艺术作品。

鲁迅的小说一共有三本，就是《呐喊》、《彷徨》和《故事新编》。《故事新编》都是古代传说、神话和史实的演义，这里我们主要谈谈《呐喊》和《彷徨》这两个集子。

《呐喊》是 1918 年 4 月至 1922 年年底的作品，包括十四篇小说，原来是十五篇，后来抽去了一篇，就成了十四篇了。为什么要抽去一篇呢？因为《呐喊》

出版后，成仿吾批评它作品庸俗，一无足取，而只推重其中的《不周山》一篇。鲁迅就把这一篇抽出，说索性让他的集子里就剩下庸俗吧，对成仿吾来个讽刺。当然，他之所以要把这篇东西抽出，也因为他有意要另编一个集子，即《故事新编》。后来，《不周山》就改名《补天》，收在《故事新编》中。集子的名称为什么叫《呐喊》呢？他在《自序》里说过，我不过呐喊几声，聊以慰藉那在寂寞里奔驰的猛士，使他不惮于前驱。说自己不过是喊几声助助威，这当然是自谦之辞。其实，他是五四新文学运动中的旗手和主将，他的武器是最精良的，杀伤力是最大的，决不只是呐喊几声助助威而已。他说，我是听将令的，是跟前驱者取同一步调的。我的作品可以说是遵命文学，遵从我愿意遵从的命，决不是出于强迫、被动。这倒是真的，因为他的目标跟革命的前驱者完全一致，如果不一致，这遵命文学一定写不好，一定不会有艺术力量。

《彷徨》是 1924 年 2 月至 1925 年年底所写的小说的结集，共十一篇作品。《彷徨》里的作品，是鲁迅自以为成了散兵游勇以后的作品，充分表现了他在摸索前进道路中彷徨苦闷的心情。“路漫漫其修远兮，吾将上下而求索。”但是，新的战友在哪里呢？他徘徊瞻顾，不禁发出了“两间余一卒，荷戟独彷徨”的感叹。

这两个集子主要反映辛亥革命前后到第一次国内革命战争以前这一段时期的中国社会现实。可以看出农民问题是鲁迅注意的中心，他把最多的篇幅、最大的关注和最深的同情给予农民，这在当时是很突出、很少有的现象。五四时期真正写农民的作品很少，就是延安文艺座谈会前后，甚至一直到解放以前，写农民的作品数量都不是太多。因为作家对农民不了解，最关心的也并不是农民，而且鲁迅是从彻底的革命民主主义立场来提出农民问题的。其他作家也有写农民的，但立足点没有鲁迅高，观察也没有鲁迅深刻。鲁迅的小说善于展示整个农村，以至整个社会复杂的阶级关系。写的虽只是个别的农村、个别的地方，但却写出了整个农村、整个社会的阶级关系，发掘出农民悲惨生活的根源。《阿 Q 正传》不必说了，就是《故乡》，对农民的生活面貌、阶级关系，也展示得相当全面。如闰土为什么从早年的小英雄模样，变成晚年的麻木、颓唐的形象？原因在哪里？都从侧面有所反映，足以发人深思。他不仅写出了闰土由于经济剥削而受到的肉体上的痛苦，更多的是描绘他在封建制度毒害下的精神状态。如当作品中的“我”，他少年时代的朋友叫他“闰土哥”时，他却叫起对方“老爷”来，使“我”很难过。最后在离开的时候，问他要什么，闰土主动提出请求的只是要香炉，可以看出封建迷信思想对他的毒害之深。鲁迅不但写出了农民不能不起来革命的生活地位，同时也写出了他们还缺乏民主主义的革命觉悟这两者之间的矛盾。一面哀其不幸，一面也怒其不争。在鲁迅之前，还没有一个作家以平等的态度来描写过农民，还没有一篇作品像鲁迅那样彻底否定封建制度，展示了如此深广的社会内容。他的反封建力量来自受压迫的群众，不是从外边，也不是从上边，而是从群众中间来的。他小时候到外婆家遭受白眼，感触很深，同农民的孩子有密切的交往，对农民的革命要求体会很深。所以他作品中的反封建的音调，是这样的坚决，这样的深沉有力，使他的作品高出于一般的批判现实主义的作品之上。

说农民问题是鲁迅作品注意的中心，决不意味着他所关心注意的仅仅是农民。他的题材还是相当广阔的。除农民以外，他注意得较多的是妇女问题与知识分子问题。不管是农民问题也好，或是妇女问题、知识分子问题也好，他都是从革命民主主义的观点，从为中国人民寻求解放的道路这个强烈的愿望和崇高的动机出发的。他对农民、对妇女，决不是抱着“楼上的冷眼”式的淡漠态度，也不是抱着欣赏或是怜惜的态度，而是既有热情的期望，也给予了严肃的深刻的批判。在充满着阶级压迫和民族压迫的中国社会里，知识分子从他们本身的感受出发，往往是首先觉悟的分子。但当这些知识分子还没有跟群众的斗争结合起来以前，正如毛泽东同志指出的那样：“往往有主观主义和个人主义的倾向，他们的思想往往是空虚的，行动往往是动摇的。”（《中国革命和中国共产党》）《在酒楼上》、《孤独者》和《伤逝》等作品，写出了辛亥革命到五四时期两代知识分子在个人反抗失败后的不同表现。表现尽管不同，但都有空虚、动摇的弱点。鲁迅深刻地揭露和批判了他们的弱点，而又是带着深刻的同情和悼惜的态度来写他们的。现在一些评论者，在评论《在酒楼上》和《孤独者》等作品时，只片面强调鲁迅对吕纬甫、魏连殳等的批判和鞭挞，而完全忽视他对他们所抱的深切的同情,完全忽视他对他们进行批判的同时所流露出来的万分悼惜和伤痛的心情,这是不很妥当的。譬如魏连殳这个人,应该承认他还是爱人民的,可人民却一点也不理解他。他渴望光明,包围着他的却尽是黑暗;他想改造社会,社会却在拼命地迫害他。社会是这样的黑暗,人民是如此的愚昧,这就是孤独者魏连殳的悲愤,也是作者鲁迅的悲愤,鲁迅是带着万分伤痛和悼惜的心情来对魏连殳作出批判的。一些评论者却对魏连殳作了过高的要求,好像是在用无产阶级革命家的标准来要求他了,这未免太苛刻了。

有人认为鲁迅作为小说家,他的最大特点就是冷静,有所谓"三个冷静"之说。这即使是单就表现方法来说,也是种皮相之论。实际上鲁迅是最热情不过的,他的作品里渗透着热烈的爱与憎,决不是只有冷静。俗话说,爱之欲其生,恶之欲其死,鲁迅的作品真有这样的精神。爱之欲其生,但不必真写其生;恶之欲其死,也不一定真使之死。他尊重客观事实,决不加以粉饰或歪曲,决不用自己空洞的愿望来代替现实的客观真相。这是他的清醒的现实主义。鲁迅的作品贯穿着深刻的悲剧性质。闰土,祥林嫂,他们的命运是多么悲惨。甚至像魏连殳、爱姑这样坚决勇敢的人,最后也妥协了,失败了。鲁迅写到这些地方是非常沉痛、非常悲伤的。他当然希望他们能有更好的命运,能生活得更好,但是没有办法。是谁使这些人落入这样的境地的?为什么这些人生活得这样悲惨呢?民族的不幸,人民的苦难,强烈地绞痛着鲁迅的心。所以,鲁迅的作品是爱和恨的交织;一切伟大作家的作品都是爱和恨的交织:就是对人民的爱,对统治者的恨。《呐喊》和《彷徨》鲜明地表达出一个共同的结论,就是:在封建制度和各种黑暗势力的压榨下,人民已经无法生活下去,已经陷入了山穷水尽的绝境。他们如果不起来进行斗争,不推翻、打倒那些压迫他们、束缚他们的东西,就只有走向灭亡。这是一个非常严峻、非常正确的结论,是启发人民觉悟,引导人民走向革命的结论,显示出鲁迅的批判现实主义是彻底的、有强烈的革命性的,是要动摇整个反动统治的基础的,而不是仅仅对旧制度、旧势力进行改良主义式的抨击和批判。

鲁迅的小说,乃至鲁迅的整个精神,我觉得有三个主要特点,即:革命的爱国主义，战斗的人道主义和清醒的现实主义。这三个特点在鲁迅身上是结合在一起，统一而不可分的。革命的爱国主义，就意味着这种爱国主义不是保守的，而是进取的；目的不在于维护旧的，而在于创造新的。增田涉在一篇回忆鲁迅的文章中提到，30年代一位日本歌人柳原白莲来到上海，经过内山完造的介绍认识了鲁迅。有一次他们一起吃饭，席间鲁迅讲到了中国的许多坏处，说中国这也不好，那也不好。当时柳原白莲就问他：你是不是认为生在中国是很不幸的呢？鲁迅回答说，不，我认为比起任何国家，还是生在中国好。增田涉说，当鲁迅这样说的时候，他看到他两眼湿润了，饱含着热泪。即使鲁迅当时的中国很糟糕，他厌恶中国的一切，但他还是非常热爱中华民族，热爱祖国，希望祖国好的。正像列宁称赞车尔尼雪夫斯基一样，车尔尼雪夫斯基对俄国的弊病攻击得很厉害，说这个不好，那个不行，但列宁说，这是爱国主义精神。鲁迅也是。他对黑暗的中国非常不满，非常痛恨，都是出于他对中华民族和中国人民的爱，而且他这种爱是非常执著的，百折不挠。这是一种坚贞的革命的爱国主义精神。战斗的人道主义。战斗的，就意味着不是冷静的旁观，而是热烈的参与；不是消极的同情，而是积极地争取解放。早在1907年写的《摩罗诗力说》里，鲁迅讲到那些摩罗诗人，说当他们看到奴隶立于前，则必衷悲而疾视。衷悲所以哀其不幸，疾视所以怒其不争。这种“哀其不幸，怒其不争”的精神，就是战斗的人道主义精神。他不是只有空虚的同情，不是那种小恩小惠悲天悯人式的人道主义，而是帮助人们争取解放的人道主义，是战斗的人道主义。清醒的现实主义。清醒的，就意味着不为虚假的表面现象所迷惑，不陶醉于空洞的幻想，而是要进行切切实实的战斗。他的小说，着力攻击封建主义的罪恶，揭露社会的黑暗，但他不愿使作品显得过分阴冷，总希望人们从中能看到一些光明，所以他竭力要给作品增加一点亮色。譬如，他在《药》里瑜儿的坟上加了个花环，说明人们对夏瑜的悼念，说明革命者是有人同情的。这比呼喊几句空洞的革命口号真实得多，也有力得多。他只是在夏瑜的坟上添一个花环，给作品增加一点亮色，而决不在作品后面装上一条光明的尾巴，他决不违背真实，这就是他的清醒的现实主义。鲁迅的小说，乃至他的诗歌，散文、杂文，甚至他的全人格，他的整个一生,无不贯穿着这种革命的爱国主义、战斗的人道主义和清醒的现实主义精神,所以他的作品,才能有那样高的思想艺术质量;他的一生,才能是那样伟大、光辉的一生。

我们试把《呐喊》和《彷徨》这两个集子比较一下,看它们各自有没有不同的特色,能不能从中看出鲁迅思想的发展演变来呢?当然,这两个集子无论在思想上、艺术上都是有各自的风貌和特色,也是可以从其中看出作者思想发展演变的情况来的。用作者自己的话来说,《彷徨》比之《呐喊》:"技术虽然比先前好一些,思路也似乎较无拘束,而战斗的意气却冷得不少。"这是他在1932年写的《自选集·自序》里说的话。在1935年写的《中国新文学大系·小说二集》的导言里,他又说:"技巧稍为圆熟,刻画也稍加深切……但一面也减少了热情。"这一说法是符合实际的。的确,在艺术上,《彷徨》要更加细致,更加圆熟一些。就拿《祝福》、《高老夫子》、《肥皂》这几篇,跟《呐喊》里的《孔乙己》、《故乡》等篇比,从描写刻画上,结构技巧上,前者确实更胜于后者。就思想性上讲,《彷徨》的思路也显得更加开阔、更加深广。而且更多地写到知识分子,知识分子的思想、心灵,本来就是比较复杂的。但同时,作者的战斗的热情则不免有所减退。譬如《在酒楼上》、《孤独者》和《伤逝》等作品,读起来心情很沉重。整个地来说,情况大致就是如此。多少年来,一般总是谈《呐喊》的比较多,对《呐喊》的评价也要更高一些:认为从思想性上来说,《彷徨》不如《呐喊》。其实并不是这样。《彷徨》的思想只有比《呐喊》更深刻、更开阔。不过,战斗的意气则不如《呐喊》,热情相对地说有所减弱了。两部小说都渗透着彻底的、坚决的、不妥协的反封建精神,都充满着向黑暗势力进攻的战斗气息。但比较起来,《呐喊》是踔厉风发、一往直前的,战斗意气非常猛锐。而《彷徨》则忧心忡忡,感愤万千,笔致更深沉、更凝练,也更多低回了。两者的不同是在这里。

那么,为什么会有这样的不同呢?原因应该从主观和客观两个方面去找。从客观方面说,首先是时代社会的条件不同。《呐喊》写于五四时期,全国出现了蓬蓬勃勃的活跃气象,是革命的高潮时期,所以鲁迅当时的战斗意气也十分旺盛。《彷徨》则写在五四以后的革命低潮时期。当时北洋军阀的统治比较顽强，旧势力显得根深蒂固，积重难返，知识界正在酝酿着第二次分裂。从主观方面说，这时，《新青年》的团体散掉了，鲁迅仿佛有孤军奋战的感觉。同时，他自己也感觉到进化论和个性主义思想愈来愈显得不济事了，正在要逐渐地丢弃它们。丢弃旧的，必须有新的来替代，而新的世界观还正在形成的过程之中，更好和更理想的武器还没有掌握好，也因此他还不能充分认识群众的力量，他所感到的矛盾和苦闷也就更加深了。另外，两部作品的题材、描写对象也不同，从主要写农民到更多地写知识分子。

《呐喊》主要是写人民怎样受迫害，人民是受害者。通过这个来揭露、鞭挞反动统治者，唤起人民的觉悟和反抗。《彷徨》除继续写农民受害，写黑暗势力怎样压迫、摧残着善良的人们以外，更多的是写一些人、特别是一些知识分子的反抗是如何不彻底，斗争方法是如何不顶事，着重在写一些人所采取的反抗方式的不行，对他们思想意识上的弱点的批判。所以，题材、对象和批判的重点已有所不同，这也影响到他的战斗的意气和热情。总的来说，从《呐喊》到《彷徨》，作者的思想是在不断向前发展的，并没有倒退，也不是停滞。热情与意气虽然不如先前的旺盛，但是更深沉，更凝练。把《彷徨》的思想性看成不如《呐喊》，是不妥当的。

1982 年 10 月

论《祝福》的思想锋芒

——祥林嫂究竟是怎么死的？

（与许子东合作）

历来，对祥林嫂是怎么死的这个问题，有两种不同的回答。一种回答就出现在作品里，是鲁四老爷家的那个短工提供的。当“我”向他询问祥林嫂是“怎么死的”时，他连头也不抬，只是淡淡地回答说：“怎么死的？还不是穷死的？”

祥林嫂当真是穷死的吗？像她这样一个勤劳能做的强劳动力，又正在壮年，何至于穷死！人们对这个答案当然是难以信服、不会接受的。顺便指出，那个短工在回答这一问题时，态度竟是这样的冷漠，作者特意写出这一点来，他的内心显然是很难平静的。而这，跟全篇的命意，也是浑和一致，紧密联系着的。

另一种回答是说：祥林嫂是被“四条绳索”勒逼死的(所谓“四条绳索”，大家知道是毛泽东对于封建宗法社会里的政权、族权、神权和夫权这四种权力的形象化的说法)。这一回答当然是不错的，从作品中，我们也的确可以看到(或直接、或间接地)这四种权力对祥林嫂的迫害作用。因此，这个答案一向是为许多《祝福》的评论者所普遍接受的。

但是，四条绳索究竟是怎样把祥林嫂勒逼死的呢？它们是不是起着同样的罪恶作用？四条绳索中最粗大的，当然是政权(“地主政权，是一切权力的基干”)，鲁四老爷便是作品中封建地主政权的代表人物。因此评论者进一步指出，祥林嫂就是被以鲁四老爷为代表的封建地主政权以及这个政权所支持的族权、神权、夫权联合迫害死的。——这样说虽然似乎很全面，但其实并未击中要害。鲁迅的笔触,显然还要刺得更集中、更深入一些,这同他对中国社会的认识,对当时革命任务的理解是相一致的。鲁迅特别重视因封建统治者长期实行愚民专制而造成的民众“思想上的不觉悟”,尤其对于“家族制度和礼教的弊害”决不轻易放过。他自述他的创作目的是在于“揭出病苦,引起疗救的注意”。作为一个革命的民主主义者和清醒的现实主义者,鲁迅当然知道封建地主政权是农民一切灾难的根源。但是,作为艺术家,作为文化战士,鲁迅那敏锐的洞察力,他的愤怒目光、他的艺术批判的主要锋芒,总是集中在这个反动政权的思想支柱——孔孟之道上的。在《祝福》里,则主要集中在孔孟之道——尤其是程朱理学所鼓吹的旧礼教上。鲁四老爷这个顽固透顶的地主阶级代表人物,就是一个程朱理学的忠实信徒,封建礼教的狂热维护者。而祥林嫂,主要就是被程朱理学所崇奉的旧礼教迫害死的。当然,逼迫她死亡的还有封建迷信,但封建迷信原是被地主阶级用来维护旧礼教的工具。必须指出:揭出旧礼教,把旧礼教作为主要攻击对象,决不意味着宽赦地主政权,减轻地主政权的罪责,而正是更深刻地揭露地主政权的罪恶。封建礼教与封建政权,相辅相成,封建礼教的宗旨本来就在于维护封建统治;也只有在反动的封建统治下,旧礼教才能拥有如此惊人的罪恶力量,以窒息千万祥林嫂们的灵魂,摧残千万祥林嫂们的生命。鲁迅之所以如此着笔,正是在于强调:地主政权不仅在经济上剥削着人们,在肉体上摧残着人们,还在精神上折磨着人们。这种精神上的折磨有时甚至比经济压榨、肉体摧残更为残酷!鲁迅冷峻地把祥林嫂所遭遇的苦难、不幸以及种种无法忍受的精神折磨,血淋淋地摆在人们面前。读罢《祝福》,人们会觉得窒息,感到愤懑。看了这样活生生的事实,谁能不痛恨万恶的封建社会,不痛恨吃人的旧礼教呢?推翻鲁四老爷们的反动统治,铲除杀人不见血的封建礼教,将是读过这篇作品的人们的一致呼声,而这,同时也就是作者鲁迅向我们发出的强有力的号召。

结论有了。但是,结论从何而来呢?我们如何来证明《祝福》的主要批判锋芒,真是指向封建旧礼教的呢?

结论当然只能从作品本身得出,要论证这一结论正确与否,也只有从分析作品入手。

一

我们拟从三个不同的角度，来论证上述的结论。首先可以从主要人物祥林嫂的性格发展与命运变化，特别是从小说的高潮上来加以考察。

《祝福》基本上是纵线结构，祥林嫂的一生按时序构成了作品的情节中轴。小说情节的开端，是祥林嫂第一次来鲁家。当时，她虽然已经死了丈夫，但“两颊却还是红的”，“模样还周正，手脚都壮大……很像一个安分耐劳的人……”在鲁家，“她整天的做，似乎闲着就无聊，又有力，简直抵得过一个男子……”尽管她“食物不论”，又担当着极繁重的劳动，“然而她反满足，口角边渐渐的有了笑影，脸上也白胖了”。

鲁迅一开始就突出了祥林嫂的勤劳善良。她是一个普通农妇，不但从未损害过别人，甚至也从来不想依赖别人，她对生活毫无奢望，只求靠自己的劳动平安度日，虽在劳累艰苦中，也极容易得到满足。这里，她的勤劳正与结局的“穷死”形成反衬与对照；她的满足，显然也是一种使人感到可悲的苦涩的满足。祥林嫂的形象一出场便带着某种凄凉意味，尽管真正的悲剧此时尚未开始。

接下去，鲁迅逐渐展开了祥林嫂命运变化、性格发展的四个层次。

(1) 祥林嫂被捆回婆家后，又被卖到了贺家墺，尽管她进行了出格的反抗，“头上碰了一个大窟窿”，仍然还是毫无用处，不过，她在贺家墺，生活倒是过得挺不错的，还生了一个儿子。卫老婆子在讲到她时，是这样说的：“……他们娘儿俩，母亲也胖，儿子也胖；上头又没有婆婆；男人所有的是力气，会做活；房子是自家的。——唉唉，她真是交了好运了。”

(2) 然而，“好运”很快消失，灾难又一步步逼近她。不久，贺老六病故，儿子被狼衔去，大伯又来收屋，使她无法存身……各种不幸连续地打击着她，当她重回鲁镇时，“两颊上已经消失了血色……眼光也没有先前那样精神了”，“手脚已没有先前一样灵活，记性也坏得多”，鲁家的祭祀也不让她插手了。

显然，接踵而来的灾祸使得林祥嫂疲乏了，憔悴了。但是，即使在这种时候，她仍然没有被不幸彻底压垮，其标志就是她听了柳妈的话以后，还要去捐门槛。

(3) 柳妈的话，对祥林嫂的命运影响相当之大。一生嫁了两个男人，“落了一件大罪名，……将来到阴司去，那两个死鬼的男人还要争，你给了谁好呢？阎罗大王只好把你锯开来，分给他们”。听到这种预言，祥林嫂“脸上就显出恐怖的神色来”，“大约非常苦闷了”，次日起来，“两眼上便都围着大黑圈”，可见精神震动之强烈，大约使她彻夜未眠。这时，祥林嫂深深地感觉到了自己身上的“罪孽”，于是，为了“赎罪”，她便用自己历来积存的工钱，去土地庙捐门槛。她已经失去做一个普通人正常生活的权利，但她还企图“赎”回这种权利，她还不放弃生活的希望。

(4) 捐门槛，在祥林嫂来说，是她不甘心被摧残的痛苦挣扎的表现；在实质上，却又正是祥林嫂精神被摧残、灵魂被愚弄的突出表现。当她捐门槛回来后，“神气很舒畅，眼光也分外有神，高兴似的对四婶说，自己已经在土地庙捐了门槛了”。这种神态，这般语气，她好像已忘却自己悲惨的遭遇和处境，她似乎已摆脱了重重灾难的阴影，她仿佛又恢复了青春！

上述四个层次祥林嫂的命运变化、性格发展，一方面是灾难困苦不断向祥林嫂袭来，另一方面是她默默忍受着这些灾难困苦，并倔犟地挣扎着反抗命运的过程。尽管祥林嫂一步步地在走向不幸，然而，到此为止，所有的穷困、劳累、丧夫、失子等等痛苦，都还没有导致她的精神与生命力量的真正崩溃。

但是，真正的威胁却是她所无法躲避的。那不是穷困，不是意外灾祸，而是封建礼教对她宣判的罪名，这种判决是无形的。鲁四老爷、四婶、柳妈以及鲁镇上大多数人们，都认为祥林嫂有“罪”，当她背负着“罪恶”的包袱艰难而又无望地挣扎时，封建礼教毫不放松地、无情地把她一步步推向精神的苦海深渊，推向孤独、惶惑、恐怖与绝望。小说终于逐渐进入高潮。

捐了门槛以后，又正值冬至的祭祖时节：

看四婶装好祭品……她便坦然的去拿酒杯和筷子。

“你放着罢，祥林嫂！”四婶慌忙大声说。

她像是受了炮烙似的缩手，脸色同时变作灰黑，也不再去取烛台，只是失神的站着。（着重号引者加，下同。）

这真是致命的一击！这就是作品的高潮。至此，祥林嫂的精神世界彻底垮了，彻底混乱了。她无法摆脱“罪名”，她丧失了生活的希望，她只能走向恐怖的“阴司”，“这一回她的变化非常大，第二天，不但眼睛窈陷下去，连精神也更不济了。而且很胆怯，不独怕暗夜，怕黑影，即使看见人，虽是自己的主人，也总惴惴的，有如在白天出穴游行的小鼠；否则呆坐着，直是一个木偶人”。所有这些反常现象是先前所没有的。精神支柱垮了，肉体上长期受穷困劳累摧残的痕迹、后果，也全部显露出来了，使她陷入了彻底的困境。

最后是结局，是高潮的必然的发展和延伸。祥林嫂终于被赶出鲁家，成为乞丐，在一个阴沉的雪夜，无声无息地死去了。作者通过“我”的沉思，满怀悲愤地写道：“这百无聊赖的祥林嫂，被人们弃在尘芥堆中的，看得厌倦了的陈旧的玩物，先前还将形骸露在尘芥里，从活得有趣的人们看来，恐怕要怪讶她何以还要存在，现在总算被无常打扫得干干净净了。”凄凉的旋律一直回响到小说的篇尾，祥林嫂终于被封建社会、特别是吃人的旧礼教所吞噬了。

高潮是人物性格、命运的转折点，是作品思想性最明亮的地方。《祝福》的高潮正显示了导致祥林嫂之死的关键因素，那不是穷困，不是劳累，也不是意外灾祸，而是一种精神上的折磨——祥林嫂忍耐过，挣扎过，反抗过，但毕竟逃不出封建礼教的魔爪。这是祥林嫂悲剧的真正意义。

二

其次，可以从祥林嫂的主要对立面——鲁四老爷的形象来证实我们的论点。

在作品里，必须对祥林嫂的悲剧直接负责的人物，首先，而且主要是鲁四老爷。鲁四老爷在小说里是以旧礼教的狂热维护者的面目出现的，鲁迅在塑造这个人物的性格时，紧紧把握了这一基本特征。

“四叔”一出场，作者就介绍说：他是“一个讲理学的老监生”，他痛骂的“新党”还是改良派康有为，可见他所信奉所坚持的还是最顽固最陈腐的封建道统。接着，作者领我们参观他的书房：“……壁上挂着的朱拓的大‘寿’字，陈抟老祖写的；一边的对联已经脱落，松松的卷了放在长桌上，一边的还在，道是‘事理通达心气和平’。……到窗下的案头去一翻，只见一堆似乎未必完全的《康熙字典》，一部《近思录集注》和一部《四书衬》。”寥寥几笔，着墨不多，然而一股陈腐发霉的旧礼教气味已经冲鼻而来，难怪“我”马上表示：“无论如何，我明天决计要走了。”

然而就在当夜，祥林嫂死了。鲁四老爷的反应是“生气”：“不早不迟，偏偏要在这时候，——这就可见是一个谬种！”这种全无人性的议论，其出发点，就是旧礼教与封建迷信。

接下去，鲁迅使我们看到，在祥林嫂命运的每一次变故面前，鲁四老爷都及时表明着他的态度——一个狂热的封建礼教的卫道士的态度：

当祥林嫂初来鲁家时，“四叔皱了皱眉”，原因呢？很简单，是“在讨厌她是一个寡妇”。在“讲理学的老监生”看来，“寡妇”本身就是罪名。

当祥林嫂夫家堂伯来的消息传出后，“四叔一知道，就皱一皱眉，道：‘这不好。恐怕她是逃出来的。’”为什么“不好”呢？因为在鲁四老爷的眼里，祥林嫂的主权天经地义不在她自己手中，未经许可，私自逃走，当然是一种违反礼教的行为。

当祥林嫂婆婆来时，鲁四老爷虽然也知道祥林嫂在他家“实在比勤快的男人还勤快”，“家里雇着了女工”，他也清楚祥林嫂不愿意回婆家，但鲁四老爷却还是从他的礼教伦理原则出发：“既是她的婆婆要她回去，那有什么话可说呢。”

当听说祥林嫂在淘米时被人突然强行捆走时，鲁四老爷骂道：“可恶！然而……”意思是，居然到我这里来捆人，这是可恶的；然而，既是她婆婆派来的，也就没有什么好说了。

当祥林嫂第二次上鲁家时，鲁四老爷“照例皱过眉”，虽然“鉴于向来雇用女工之难，也就并不大反对”，但他还是“暗暗地告诫四婶说，这种人虽然似乎很可怜，但是败坏风俗的，用她帮忙还可以，祭祀时候可用不着她沾手，一切饭菜，只好自己做，否则，不干不净，祖宗是不吃的”。

鲁四老爷一步步地嫌恶祥林嫂，到这里，则是加上了不容宽赦的罪名宣判。我们注意到，鲁四老爷之迫害祥林嫂，主要既不在经济上的剥削（当然有剥削，但并不特别苛刻）；也不在肉体上的摧残（从未责打过她，甚至也未大声呵斥过她）；而只是加以精神上的折磨。他对祥林嫂的迫害，主要并不是从他作为地主的身份出发，而是从他作为封建礼教的忠实卫道士的身份出发的。鲁四老爷是因为祥林嫂不但是个寡妇，而且居然又再嫁，再嫁后竟又再寡，才非常地鄙弃她、厌恶她，才认为她“败坏风俗”，“不干不净”。而祥林嫂也正是主要由于礼教与迷信的精神绳索的勒逼，才不得不走向死亡的。从鲁四老爷的形象上，我们很清楚地看到了《祝福》的主要批判锋芒所在。

三

下面，我们再从作者在创作中着笔的详略轻重上，看《祝福》的思想锋芒。

《祝福》纵线勾画祥林嫂的一生，但作者并非简单地平铺直叙，小说里存在着跳跃、呼应与艺术空白。有时鲁迅毫不吝啬笔墨地渲染细节、记叙对话，刻画心理状态；有时却只虚提一笔，或用粗线条轻轻勾勒。如鲁四老爷对农户雇工的经济盘剥、压榨，封建地主对乡民们的欺凌侮辱，这类现实中存在，写入作品也很有意义的情节，鲁迅却把它们推到幕后；祥林嫂生活史上的某些阶段，如她痛苦的少年时期，陪伴一个比她小十岁的男人的畸形的婚姻生活；再如她再嫁后丧夫失子、堂伯收屋、生活困窘的具体经过；以及她在鲁家做牛做马的劳苦生活等等，在一般立意表现农民苦难的作品里，完全可以详细铺开，正面描写，以表现劳动妇女的巨大不幸及封建社会的黑暗……然而，在《祝福》里，这一切，或者被一笔带过，或者由卫老婆子简略地侧面转述。艺术创作过程，在一定意义上，也就是复杂的选择和提炼处理的过程，作家在一些地方之略，正是为了另些地方之详。毫无疑问，鲁迅虚笔淡写鲁四老爷对祥林嫂们的经济盘剥、肉体摧残，正是为了泼浓墨以突出他手中挥舞着的旧礼教的罪恶绳索；鲁迅虚笔淡写祥林嫂的穷苦生活与意外灾祸，也正是为了集中艺术力量，着重、细致、深一层地写出祥林嫂两次来鲁镇的有色调对比的精神状态；写出她再嫁再寡后深深的心灵创伤。作家特别突出地倾全力而渲染的，则是她精神上、灵魂上一步步所受到的折磨和残酷打击，以及她对封建礼教的绝望挣扎！作者如此匠心独运地讲究艺术笔墨的轻重分量、浓淡程度，充分表现了艺术家在作品里的主要注意力之所在。

鲁迅注意的，不仅在于祥林嫂的穷，不仅在于祥林嫂的苦，也不仅在于祥林嫂所遭到的各种意外灾祸；鲁迅所最感沉重的，最突出加以表现的，是祥林嫂所承受的精神折磨：这种精神折磨来自于封建礼教，是旧礼教宣告了祥林嫂的“罪”——前面，我们已从几个不同侧面证实了上述结论，下面，有必要进一步分析一下祥林嫂背负着的“罪名”，这将有助于理解《祝福》的深刻思想内涵。

鲁四老爷认为祥林嫂有“罪”，这不奇怪；问题是，柳妈和鲁镇上的其他穷苦乡民们，也都觉得祥林嫂有“罪”，甚至连祥林嫂自己，也深信自己确实有“罪”——鲁迅所提醒人们注意的最悲惨的事实就在这里。

然而，祥林嫂究竟何罪之有？

祥林嫂的赎“罪”，并不仅是宗教意义上的，而主要是在礼教、道德、伦理意义上的。祥林嫂的全部“罪名”，是由封建礼教给她判决的，而她自己根本无法摆脱。

第一次婚姻，祥林嫂嫁了一个“比她小十岁”的丈夫，这显然不会出于她的自愿，这也种下了她早寡的祸根灾苗。在封建婚姻制度下，女人只是商品，主权属于父母、公婆或丈夫。据周建人同志在 1919 年的《新青年》上所写的《绍兴的结婚风俗》一文说：“寡妇的身体极不自由，男子死后，公姑叔伯，甚至于毫不相干的人，都有管的权柄。”祥林嫂既不能不守节，实际上又不容许她守节，终于她就不得不承担着不守节的罪名。当她守寡后想逃避被出卖的命运时，她不仅遭到婆家的追迫，更遭到包括鲁四老爷等人在内的整个社会的反对，几乎没有人认为她应该有自己的生活权利。后来，贺老六死后，她又失去了儿子，丧子同时也意味着她丧失了在贺家墺继续生活的权利。很显然，导致她生活灾难的种种原因，如买卖性婚姻、家长族长宗法特权、丧子即失去根基的封建传统观念，特别是给她判“罪”的旧理学、旧道德等等，无一不同封建礼教有关。祥林嫂的“罪名”很简单：早寡是不吉利的；而寡妇再嫁，则是败坏风俗。程颐在回答“或有孤孀贫穷无可托者，可再嫁否?”的询问时说：“只是后世怕寒饿死故有是说。然饿死事极小，失节事极大!”(《河南程氏遗书》卷二十二)等到祥林嫂再嫁而又再寡，她简直成了非常不祥的凶人了。我们看到，旧礼教观念简直是根深蒂固的。不仅鲁四老爷们指责祥林嫂“败坏风俗”、“不干不净”，就是柳妈和别的老女人，以及那些“最慈悲的念佛的老太太们”，也都一样地跟在鲁四老爷们的身后，不自觉地也在把祥林嫂往死路上赶。她们虽然多少有些同情祥林嫂，对她的意外的悲惨遭遇还曾陪出过不少眼泪，但在“寡妇再嫁”这个问题上，她们的意见却与鲁四老爷大致差不多。对于第二次来到鲁镇，即再嫁而又再寡后的祥林嫂，她们采取了不同的态度：“仍然叫她祥林嫂，但音调和先前很不同，也还和她讲话，但笑容却冷冷的了”，而且脸上还常常流露出一种“鄙薄的神气”——很显然，在当时那样的社会里像柳妈之类同样是被压迫被损害者，尽管她们对待祥林嫂的态度终究与鲁四老爷有所不同，但在客观上，她们却也在自觉不自觉地帮助着鲁四老爷向祥林嫂逞凶。这是一个多么令人痛心和悲哀的事实!

注意到并表现出这一事实，是鲁迅的过人之处。在另一个地方，鲁迅说：“造化生人，已经非常巧妙，使一个人不会感到别人的肉体上的痛苦了，我们的圣人和圣人之徒却又补了造化之缺，并且使人们不再会感到别人的精神上的痛苦。”(《俄译本〈阿Q正传〉序》)柳妈们在封建礼教的长期蒙骗熏陶下早已成了“圣人和圣人之徒们”的俘虏。马克思说过：每个时代统治阶级的思想，就是每个时代的统治思想。在鲁四老爷们所崇奉的旧礼教的精神统治下，柳妈们在不知不觉间也成了反动统治阶级毒害人民并毒害她们自己的工具了。

鲁四老爷的可恶，柳妈们的愚昧，祥林嫂的可怜，在封建礼教的窒息下，他们或是罪人，或是帮凶，或是牺牲品，他们各自深陷在不同而又相同的无知与可悲的境地——鲁迅写出了这些灰暗、凄惨的事实。但是，作为真正的艺术家的鲁迅，又不仅仅只限于写出这些灰暗与凄惨。如果说，鲁镇上的人们，除了偶然前来的“我”以外，还有谁突然对吃人礼教产生怀疑的，那么这个人，就是祥林嫂！

祥林嫂临死前，头发全白，“……脸上瘦削不堪，黄中带黑，而且消尽了先前悲哀的神色……”当已经陷入绝境的她，偶然碰到一个“识字的”，“见识得多”的“出门人”时，“她那没有精采的眼睛忽然发光了”：

> “我正要问你一件事——”……
>
> “就是——”她走近两步，放低了声音，极秘密似的切切地说，
>
> “一个人死了以后，究竟有没有魂灵的？”

这真是一个伟大的怀疑！这是一个即将被旧礼教压死的“活物”，最后的也是最大胆的挣扎！这不是俯首听命，也不是捐门槛赎“罪”，而是从根本上对自己身上背负了一生的沉重的“罪名”产生了疑惑，是从根本上对折磨了她一生的全部精神伦理道德观念产生了疑惑！虽然，这只是一刹那的、朦胧的、绝望的怀疑，远远无力挽救她自己悲剧的命运。但从作品来看，这个怀疑，却犹如一道闪电，冲破了(或者说要冲破)贯穿在全篇《祝福》、弥漫于整个鲁镇乃至整个社会的旧礼教的黑雾。这个问号出于祥林嫂之口，似乎是个奇迹，但从她的性格、命运的变化进程与发展逻辑来看，又属必然。一直到临死，祥林嫂所想的，还是关于魂灵之类的精神上的阴影，而不是生前的穷苦、丧夫失子等灾难；仅从这个最后的怀疑上，也可看出导致祥林嫂之死的诸多原因中的关键因素。这个疑问，与小说高潮时摧残她的致命打击相呼应，强化了作品的基调，进一步地突出了作品批判封建主义礼教的锐利的艺术锋芒——无疑，这也正是《祝福》的思想力量之所在。

1981 年 7 月

谈《伤逝》

《伤逝》是以涓生个人手记的形式写出的，抒情成分很浓，充满着凄凉、感伤的情调。它一开头就这样说："如果我能够，我要写下我的悔恨和悲哀，为子君，为自己。"那种椎心的悔恨，那种刺骨的悲哀，贯穿全作，十分揪人心肺。读罢之后，不能不使我们感到心情沉重，不能不引起我们的痛苦与深思。为什么涓生与子君的命运会这么悲惨？他们要改变他们的命运应该怎么办？这是最上乘的文学作品才能具有的力量，思想的深刻性与浓烈真挚的感情密切纠结融合在一起，互相渗透不可分拆。一切真正的文学作品照理都该如此，但实际做到这一点却并不容易。只有少数像鲁迅这样的伟大作家的作品，才能达到这样的境界。

从《伤逝》这篇作品问世之日算起，到今天，不知道已经有多少人谈论过它，对它作过各种研究了。在这众多的评论研究之作中，除了周作人因为与作者的特殊关系，别有会心，他的意见独树一帜，可以暂时不论。茅盾则把这篇作品与《幸福的家庭》比照起来读，而说："《幸福的家庭》所指给我们看的，是现实怎样地嘲弄理想。《伤逝》的意义，我不大看得明白；或者是在说明一个脆弱的灵魂(子君)于苦闷和绝望的挣扎之后，死于无爱的人们的面前。"(《鲁迅论》)除了这两家之外，其余所有的评论研究工作者，几乎绝大多数都是众口一辞地认为这是对涓生和子君这类未能与工农群众结合的知识分子的批判，批判他们心灵上的空虚，行动上的软弱和动摇。

我想，在我们判断和论定一篇小说作品的思想意义之前，必须首先弄清楚其中的故事情节的发生发展经过，以及它的结局；必须理解作品所涉及的全部内容。既要有一种客观的、实事求是的态度，又要从自己的真切的感受出发。缺乏客观的、实事求是的态度，和不从自己真切的感受出发，都容易使自己走向主观臆测，或者先入为主地用一种已有的现成结论来代替切实的分析。《伤逝》的情节很简单：涓生与子君相爱，并且同居。但他们的结合，为当时的社会所不容，生活十分艰难。后来涓生的感情也起了变化，明白地向子君说出他已经不再爱她了。最后，子君就伤心绝望地在无爱的人间默默地死去了。子君死后，涓生虽求生之心未泯，仍想挣扎，但前路茫茫，不知该向哪里跨出他的第一步。如果我们要用几句最简单的话，客观地概括《伤逝》的内容，大致可以这样说：《伤逝》写的是涓生与子君对恋爱与婚姻自由的追求，这追求最初已经获得成功，但终于还是失败了。

涓生与子君的追求，最后怎么会以失败告终的呢？作品表现得很清楚，其根本原因是由于社会的迫害。他们这种不由父母之命媒妁之言的自由结合，私自同居，是为当时的社会所不容的。从他们一开始相爱，周围的“老东西”和“小东西”就在用一种异样的神情不断地窥视着他们；他们走在路上，也时时会遇到投射过来的探索、讥笑、猥亵和轻蔑的眼光；寻找住所时又往往被托辞拒绝；子君因此而和她的叔父闹翻并为她的父亲所摒弃；涓生也不得不与他的许多朋友绝交，进而并终于被局里解职。后来，在生活的重压和煎逼之下，他们之间的爱情也终于无法维系下去了。所以，他们的追求之终于走向失败，其根本原因显然是由于社会对他们的迫害。

但《伤逝》这篇作品所着重的，并不在于写出社会是在怎样地迫害着涓生与子君，而是在于写出涓生与子君怎样面对社会加给他们的迫害。它是以涓生与子君作为分析与解剖的直接对象的。当时社会的黑暗腐败，专制残酷，只是作为他们活动的社会历史背景而被揭露着、抨击着的。然而这种揭露，这种抨击，又是何等的深刻，何等的有力?！作为一个伟大的民主主义者和现实主义者的鲁迅，他是任何时候都决不会轻易放过残害人民的封建专制制度和封建礼教的。在他所有的小说作品里，他的愤怒和仇恨，几乎毫无例外地总是集中在、着落在它们的身上。《伤逝》真是少有的现实主义杰作，现实主义文学的激动人心的力量，在这个作品里，可以说已被发挥到了它的极致。

那么，作为作品正面刻画、直接解剖的对象的涓生与子君又怎样呢？作品对他们的思想心理、内在感情，有着十分细腻的描写。从他们的言论和行动当中，我们看到他们是纯洁而善良的，有着美好的愿望和合理的追求，但他们的心灵却十分空虚、十分脆弱。在社会的迫害面前，他们是那样地显得束手无策，一筹莫展。眼看着自己日益陷入悲惨的深渊而竟无力自拔。他们怎么会这样的无能呢？处在他们这样的境地，他们究竟该怎么办？鲁迅是怀着深深的同情和无限的伤痛来展示他们的悲惨遭遇的。他对他们当然是有不满、有批判的，这不满和批判就隐含在、寄托在对他们自己的言行和内心感情的细致的刻画中。他对他们的命运非常关怀，他虽然并没有为他们出谋划策，并没有为他们正面指出一条出路，但通过他的饱含感情的描写，却十分有力地叩动了读者的心弦，引起了人们的痛苦的思索。各个不同阶层，具有各种不同思想文化背景的读者，从作品所展示的生动画面和作者渗透进去的深厚的感情中，必然会各自作出合理的回答的。《伤逝》是一篇描写知识分子的作品，关于知识分子的道路问题，毛泽东曾多次作过十分精辟的论述。人们在分析《伤逝》的时候，很自然地会把它同毛泽东的有关论述联系起来，也只有联系毛泽东关于知识分子的论述，我们对涓生与子君身上的弱点，才能看得更深刻，才能明确地为他们指出一条正确的出路——与工农群众相结合。

事实也确是如此。一个不愿与社会妥协的人，处在像涓生和子君那样的冷酷的环境里，要不把自己的命运同被压迫者，同广大人民群众的命运联系起来，不断地与旧社会、与传统的恶势力进行斗争是活不下去的。所谓知识分子和工农群众相结合，主要的是要明白自己的命运和工农群众的命运的一致，把为改善自己的命运的斗争，同为改善广大人民群众的命运的斗争结合起来，而且要唤起群众和自己一同斗争的意思。涓生和子君所追求的恋爱与婚姻的自由，并不是一个单纯的个人问题，而是个社会问题，它牵涉到整个社会制度。封建的社会制度要是不改变，人们的思想观念、风尚习俗，也就难以改变。涓生和子君们就将为这个社会所不容，他们的悲剧就将不断地上演。所以，涓生、子君以及广大青年群众，为要求得恋爱与婚姻的自由，就必须推翻反动的封建思想的统治，改变黑暗的专制制度。这是必然要得出的结论。但涓生与子君却没有认识到这一点。他们以为他们的个人幸福是可以脱离大众而获得的。当他们结合起来以后，就以为这种幸福已经取得了，他们的目的也就达到了（特别子君是如此），他们的生活就在安宁、幸福中停滞凝固起来了。就这样，他们既被旧社会所排斥，又未与新的进步力量取得联系，而自己的物质生活既十分艰难，精神生活又日渐空虚，这种局面怎么能持久呢？他们就像是驾着一只小船漂流在茫茫的大海里一样，子君却想在这样的小船上做起甜蜜的美梦来。涓生虽然知道在这样的小船上美梦是做不成的，虽然知道这只小船随时都有颠覆的危险，但他并不积极的想法如何与子君一同和风浪作斗争，如何与别的船只取得联系、配合，而是只想着如何才能摆脱子君，好让自己能够独个儿轻快地前进。这样，他们的结局自然也就可想而知了。

当子君为了要与涓生结合而与社会斗争时，她是勇敢的，大无畏的；似乎传统的力量，社会的俗见，并不能限制她、束缚她。然而，她其实还是受着传统的力量与社会的俗见的支配的。传统的力量是这样的巨大，它已渗透了子君的灵魂，子君已不觉得它是一种外在的与自己对立的力量，自然也就想不到要与它作斗争了。当她与涓生结合后，她所为之而奋斗的目标似乎已经达到了，她终于和她所爱的人结合了，这当然是一种幸福。但怎样来保持并且发展这种幸福呢？在这个问题上，她却完全做了传统思想的俘虏，做了习惯势力的奴隶。她是按照旧社会的贤妻良母主义来对待涓生，对待家庭生活的。养养鸡，烧烧饭，做些好吃的东西给涓生吃吃。她不知道这种贤妻良母主义，是统治阶级所乐意提倡的一种道德观念，是他们维护统治秩序的工具之一，不但与她的利害相冲突，而且像她这样的人，即使想要实行也是不能够的。她以为与涓生结合了，她就已战胜了社会，社会也就不再来迫害她了。事实上社会不但没有战败，更丝毫没有停止对她的迫害。她已被社会掷入了冰窖之中，包围着她的是轻蔑与冷酷。而她所有的唯一能够抵御这种轻蔑与冷酷的力量，就只有她对涓生的爱。

当涓生明白宣告他已经不再爱她了以后，她自然就只有走向死亡这一条路了。

涓生对社会的认识自然不像子君那么糊涂，他始终清醒地感觉到社会对他们的敌意和加在他们身上的压力。他也无意向社会低头屈服，他一直在迫切追求着摆脱困境的出路。他所追求的出路是什么呢？连他自己也不知道，他并没有什么明确的目标。在他眼面前涌现的有各种不同的场景：怒涛中的渔夫，战壕中的兵士，摩托车中的贵人，洋场上的投机家，深山密林中的豪杰，讲台上的教授，昏夜的运动者和深夜的偷儿，等等。这就是说，只要能帮他走出困境，不管是渔夫，兵士，投机家，教授，甚至强盗、小偷都可以。这样的幻想，曾一而再、再而三地不断在他头脑里出现。可见他所希求的只是一条维持生计的出路，只是争取能够活下去而已。他并没有任何比这更高远一点的理想。直到最后，他还只是说："我活着，我总得向着新的生路跨出去。"至于究竟应该跨向哪里，并不明确；对他来说，也似乎并不重要。所以那种认为涓生比较清醒，会走上革命的道路的说法，只是一种可能的猜测而已，并无充分的根据。从他最后所说的他将以遗忘和说谎为先导这句话来看，他多半只会成为一个愤世嫉俗者，要想成为一个革命者，恐怕还得翻几个筋斗才成。

《伤逝》是一篇以爱情为题材的小说，对男女两位主人公对待爱情的态度、心理，有着细致入微的描写。子君对涓生的爱十分纯真、执著。在爱情问题上，她是坚决而勇敢的，无所畏惧的。对她来说，似乎有了爱就有了一切。涓生虽然也爱子君，但他比较理智。他知道："人必生活着，爱才有所附丽。"他是把生活摆在首位，当生活与爱情不能两全时，他就自然只有牺牲爱情了。他这种对待爱情的态度，在子君是不能够理解的。她觉得怎么能够把生活与爱情对立起来呢？既然相爱了，就应该甘苦与共，生死以之，无论什么外来的打击，都不能把他们分开，像梁山伯、祝英台等人就是如此，更何况只是物质生活上的一点艰难呢？但在涓生，却也自有辩解，因为他后来觉悟到他对子君的爱，只是一种盲目的爱。既然有了这样的认识，自然也就难以继续再爱她了，抛弃她也就不足深责。所以，虽然他们失败的根本原因是由于社会的迫害，但他们爱情的破裂，其原因却只能从他们自己身上去找。因为社会的迫害顶多只能剥夺他们的生存权利，却无法剥夺他们的爱情。作品对这两个人的思想境界、感情深度和道德勇气，都有十分细腻熨帖的表现。它显幽烛隐，直入两人的内心深处，把其中最隐秘的角落也给照亮了。因此使得细心的读者早就感觉到涓生对子君的爱情，恐怕难于长久维持。而子君对涓生的爱，虽然是那样的专注深挚，但其内容却十分空洞虚幻，不切实际，真只是一种"盲目的爱"。那么，最后必然也是总归要幻灭的。作品在这方面的许多深刻细致的描写，十分耐人寻味。这里就不多说了。

但对《伤逝》这个题目，却还想略说几句。中国人对妻子的悼念习惯上称为"悼亡"，对朋辈才用"伤逝"。子君实际上是涓生的妻子，但没有取得妻子的名分，那个社会并不承认她是涓生的妻子。当涓生在走投无路，求告无门之际去访问他伯父幼年时候的一个同窗时，正是从这位先生的嘴里，他才第一次听到子君已死的消息。可是这位先生在提到这一点时，他是怎么说的呢？他嗫嚅了半天，才说出口来："你那，什么呢，你的朋友罢，子君，你可知道，她死了。"可见他是不承认子君是涓生的妻子的。当涓生再问他子君究竟是怎么死的时，他的回答更是极其冷酷无情："谁知道呢，总之是死了就是了。"在他们眼里，像子君这样伤风败俗的女子，是决得不到半点同情与尊重的。但在《伤逝》的作者鲁迅那里，对她却有无限的同情、无限的尊重，对她的悲惨的死亡，更有说不尽的伤痛。作品最后，写那只子君心爱的小狗阿随，本来很久以前就因为实在养不起它而早已被涓生蒙起头推在西郊的一个土坑里了，在子君死后的一天，它忽又拖着疲弱的半死的身子，摸索着跑回吉兆胡同来了。看到了这条满身灰土、生命已经垂尽的小动物，涓生不禁心都一停，他实在有点受不了了。连阿随都知道要不顾一切摸索着找回来，何况子君？可子君却永远回不来了！即使子君还没有死，非常渴望能够重新回来，她也没有阿随那么自由。因为她毕竟是人，人总有人的尊严。虽然在那个社会里，她并没有取得人的价值。但对我们来说，子君尽管浅薄平庸，心灵空虚，但她是纯洁的无辜的，她的悲惨的遭遇，不能不引起我们真诚的哀悼。而涓生，虽然在经受不住生活的重压时，只想摆脱子君，但子君死后，他的悔恨与悲哀，是那样真诚、那样沉痛，也十分令我们同情。何况他毕竟是一个善良的、正直的青年。正因为这两个人是这样值得同情,所以他们的命运、遭遇,才那么牵动我们的感情,这篇作品才有那么巨大的艺术力量。这也是跟作者鲁迅的博大的胸怀、深刻的思想和描绘表现的技巧的高超分不开的。

1990年11月5日

“揭出病苦，引起疗救的注意”

——重读鲁迅小说《风波》

读《风波》这样的作品，谁都会感到很有兴味。但要真正理解它，充分领会它的深刻的思想意义，却不是很容易的事。我初次接触这篇作品，是在读初中的时候，离开现在已经有五十多年了。当时只觉得故事诙谐有趣，但对隐藏在这诙谐有趣的故事背后的作者的沉重的感慨和深广的忧愤，却一点也不能体会。本来，这对一个缺乏必要的历史知识、对作者的思想又很少了解的孩子来说，原是很自然的、毫不足怪的事。即使是当时的一些大人，恐怕也不见得就能有怎样深刻的感受。我不知道隔了半个世纪以后的今天，人们在读这篇作品的时候，其感受又会是怎样？

故事讲的是撑航船的七斤，辛亥革命后有一次进城，被人剪去了辫子。这时忽然传来了皇帝重新坐了龙廷的消息，而据说皇帝是要辫子的，于是围绕着七斤的辫子问题，引起了一场小小的风波。有没有辫子，竟会有如此重大的关系，在今天看来，自然是可笑而又可悲的；但更其可笑而又可悲的，却是对于皇帝复辟这样的大事，人们的全部注意力，竟仅仅集中在一个人的有无辫子这回事上；而作品中的各色人物在这一事件面前的种种表现，其愚昧落后之状，看了更是令人哭又不是，笑又不是。鲁迅正是带着一种“含泪的微笑”来写出他心头所感到的极大的悲痛的。

所谓“皇帝坐了龙廷”指的就是 1917 年（民国六年）张勋扶持溥仪复辟这件事。张勋就是有名的辫子军的统帅、作品中赵七爷所说的张大帅。他原是清朝的军官,辛亥革命以后,他和他部下的官兵仍留着辫子,表示忠于清王朝。这次复辟事件,只延续了十二天,从1917年7月1日开始到7月12日即告失败,几乎没有造成什么影响,所以很快也就被人们遗忘了。但这件事留给我们的教训却是极其深刻的,鲁迅对之十分重视。他在1935年所写的《病后杂谈之余》一文里曾说:“张勋的姓名已经暗淡,‘复辟’的事件也逐渐遗忘,我曾在《风波》里提到它,别的作品上却似乎没有见,可见早就不受人注意。”对于人们的健忘,不无感慨。不过,这篇小说写的并不是这一复辟事件本身,而是由于这次复辟事件而在一个偏远的农村中所引起的一场风波。但我们通过这场风波,却清楚地看到,辛亥革命虽然推翻了帝制,建立了民国,广大农民群众却并未得到什么好处。从文化教育一方面来说,他们更“一点什么新的有益的东西”也没有得到,他们所有的“依然是旧日的迷信,旧日的讹传”(《花边文学·迎神和咬人》),他们仍旧只是辛苦麻木地在浑浑噩噩中生活着。这是最使一贯抱着“启蒙主义”的创作目的的伟大的爱国主义者鲁迅感到痛苦的。

我们看,作品展现在我们眼前的是一个怎样的社会呢?这个社会里的人们的精神面貌和心理状况又是怎么一个样子呢?譬如,故事的主角七斤,他虽然居住在农村,但因为他是个撑船的,每天要帮人撑船进城,所以很知道些时事,在村人里面,算是“一名出场人物”,受到相当的尊敬。但他所知道的时事,却无非是:什么地方,雷公劈死了蜈蚣精;什么地方,闺女生了一个夜叉之类。不过,他毕竟是见多识广的,他带回来的这些时事、新闻,也很合村人的口味,大家很感兴趣,因此他在村人的心目中,就占有相当的地位。故事中的另一个重要人物赵七爷,是邻村茂源酒店的主人,被一致公认为是附近三十里方圆以内的唯一的出色人物兼学问家,地位自然更是显赫。这一天,正是吃晚饭的时候,村人们一看见赵七爷走过来,原来坐着吃饭的人,便都一个个地站起来,拿筷子点着自己的饭碗说:“七爷,请在我们这里用饭!”可见其威风之足。而他之所以被大家认为是个有名的学问家,无非是因为:“他有十多本金圣叹批评的《三国志》,时常坐着一个字一个字的读;他不但能说出五虎将姓名,甚而至于还知道黄忠表字汉升和马超表字孟起。”我们且不去说他所有的《三国志》,其实是《三国演义》,也不必去管该书的批评者是否真是金圣叹,只要看他对待这部小说作品竟然采取“时常坐着一个字一个字的读”这样的可笑态度,其学识的浅薄、头脑的迂腐,就不问可知。五虎将的姓名,和黄忠表字汉升、马超表字孟起,这是《三国演义》中明明白白地写着的,谁都一看便知的。可在当地却竟被一般人认为是一种了不得的学问,作者特地用了“不但能说出”、“甚而至于还知道”这样郑重其事的表达方式,就充分地向我们展现了生活在这个环境里的人们的知识程度、文化水平是怎样的可怜?! 辛亥革命以后,这个赵七爷便将他的辫子盘在头顶上,像道士一般,并且常常叹息说,倘若赵子龙在世,天下便不会乱到这地步了。这就不只是浅薄、迂腐,简直是顽固不化,“昏”不可及了。可就是这样的人,却在当地几乎被奉为无上的权威,受到人们的极大的尊敬。作者所描画的这个地方,虽然只是当时中国农村的一角,却正是当时中国广大农村的缩影,在某种程度上甚至可以说简直是当时整个中国社会的一个缩影。在作者一年以后所写的名作《阿Q正传》中,我们所看到的不也正是这样一个社会吗?

作品中的其他人物,也并不比七斤和赵七爷更高明。譬如七斤嫂,她泼辣而粗心。那天七斤心事重重地回来,女儿六斤高兴地扑过去,亲热地叫“爹爹”,他竟无心搭理。七斤嫂不但一点也没觉察到七斤态度的异常,对于他所说的“皇帝坐了龙廷了”这样重要的消息,她起先也完全不觉得跟自己有什么相干,呆了一刻以后,才忽而恍然大悟地高兴起来,认为皇帝坐龙廷就又要皇恩大赦了,自己也许可以得点好处。就这样,有皇帝没皇帝,是君主专制还是民主共和,在她都无所谓。事情如果不牵涉到她个人的利害,对她来说就毫无意义。这也不仅是七斤嫂一个人是如此,几乎这个作品里的所有的人抱的都是这样的态度。这,一方面说明辛亥革命并没有给他们带来什么好处,所以他们对之很冷淡。另一方面也充分显示出他们实在太缺乏文化、知识,太缺乏起码的民主主义觉悟了。等到她听说皇帝要辫子,七斤却没有辫子时,她又忽然绝望起来,立刻变了脸色,对七斤充满了责怪和怨恨之情。但她总希望事情还不至于真这么严重,所以当她看见赵七爷一改平日的装束,盘起的辫子已经拖了下来,穿着那件轻易不常穿的竹布衫,大摇大摆地走过来时,虽然心坎里突突地发起跳来,知道情况不妙，还是竭力赔着笑脸，试探性地向赵七爷询问，企求能从这个权威人士的口中得到一线解救的希望。没想到赵七爷竟搬出“留发不留头，留头不留发”的古典，并且斩钉截铁地说：“没有辫子，该当何罪，书上都一条一条明明白白写着的。”这就完全绝望了。于是她又把一腔怨恨都倾注到七斤身上，用筷子指着七斤的鼻子尽情痛骂起来。这时好心肠的八一嫂正抱着她的遗腹子在旁看热闹，忍不住上前解劝了几句。不想反而惹恼了她，竟被她指桑骂槐地破口大骂道：“谁要你来多嘴！你这偷汉的小寡妇！”你看，她对赵七爷是那样的敬畏，对八一嫂又是如此的狠毒，两相对照，就使我们感到很不是滋味。

我们再来看看村里其他人的表现又如何。八一嫂好心的劝解不但惹恼了七斤嫂，因为她还说过“衙门里的大老爷也还没有告示”的话，这使赵七爷也很生气，他恶狠狠地对她恐吓说，大兵就要来了，并且说这次保驾的就是张大帅，这个张大帅就是燕人张翼德的后代，他一支丈八蛇矛，有万夫不当之勇，无人能够抵挡。同时并向八一嫂抢进几步问：“你能抵挡他么！”八一嫂十分害怕，不敢答话就回身走了。其他的人一面怪八一嫂多事，一面连忙给赵七爷让开一条路，几个剪过辫子而重新留起的便赶快躲在人丛后面，怕被赵七爷看见。赵七爷也就通过人丛，扬长而去了。

赵七爷去后。作者对村人们有这样一段描写：

> 村人们呆呆站着，心里计算，都觉得自己确乎抵不住张翼德，因此也决定七斤便要没有性命。七斤既然犯了皇法，想起他往常对人谈论城中的新闻的时候，就不该含着长烟管显出那般骄傲模样，所以对于七斤的犯法，也觉得有些畅快。

这些人对赵七爷简直敬如神明，在赵七爷面前真几乎连大气都不敢出一声。凡是赵七爷所说的，他们都深信不疑。赵七爷说：“没有辫子，该当何罪，书上都一条一条明明白白写着的。”他们便认定七斤确是犯了皇法，并且就要没有性命。对于七斤的不幸，他们非但不表示同情，甚至认为他往常对人谈论城中新闻的时候，本来就不应该含着长烟管显出那样一种骄傲的模样，因此反而觉得有些畅快。作者并进一步写到，此后，七斤虽然仍照例日日进城，但村人却大抵回避着，不再来听他从城内得来的新闻了。他们对待自己的同类，竟是这样的势利、浅薄、幸灾乐祸，实在使人万分感叹、痛心。

这个作品里的群众竟都是这样的愚昧、落后，这是不是表现了作者对群众缺乏全面正确的认识，甚至有轻视群众的缺点呢？鲁迅当时还不是一个马克思主义者，对群众当然不一定能有全面正确的认识，对他们身上的优点、积极面，也许看得少了些，甚至在某种程度上确实可能存在着怀疑群众、轻视群众的缺点。我们在研究鲁迅的思想时，是应该联系、引证他的作品，认真进行探讨的。但就一篇艺术作品而论，我觉得是不能要求作者必须对他笔下的人物作出全面正确的评价的。尤其是一篇短篇小说，它所表现的只是生活的一个横断面，只是一些人物在特定情境下的某些活动的投影。它既不是为历史写总结，也不是替人物作鉴定，而是有其特殊的侧重点的。这个侧重点当然是与作者根据他在对社会现实的总的认识、意见和主张的指导下所确定的创作意图相适应的。我们对作品的评价，应该把这三者(就是：一、作者对社会现实的总的认识和主张；二、作者的创作意图；三、作者对题材和人物的选择和表现。)联系起来统一地加以考虑，而不能把它们各自孤立起来，并虚悬一个抽象的绝对化的标准作一般的笼统的要求。作为一个伟大的坚贞的爱国主义者，鲁迅热切地盼望祖国能够早日富强起来，人民能够过一种比较幸福的生活。辛亥革命的成功，曾很使他兴奋了一阵子。但没过多久，他就发现，革命只是赶跑了一个皇帝，其他一切依然照旧。他认为根本的原因是由于在长期的封建专制统治下所造成的人民群众的普遍不觉悟。在 1925 年 3 月 12 日所写的一篇文章中，他曾愤激地说过：“大约国民如此，是决不会有好的政府的。”(《华盖集·通讯》)过了大约二十天后，他在给许广平的信中更明确地指出：“所以此后最要紧的是改革国民性，否则，无论是专制，是共和，是什么什么，招牌虽换，货色照旧，全不行的。”改革国民性的主张，是他早在青年时代就已经提出来了的。此后在很长的一段时期内，他也一直是把启发人民的觉悟当做改变中国落后面貌的一个首要任务来看待的。他之所以在他的小说中那样不遗余力地、毫无顾忌地抉发民族的病根，针砭国民的痼疾，就是出于这种“启蒙主义”的考虑，如他自己所说：“意思是在揭出病苦，引起疗救的注意。”(《我怎么做起小说来》)我们看以上所说的他的这种对社会现实的认识和主张，他所确定的这种创作意图，以及他的作品的这种特殊的侧重点(取材“多采自病态社会的不幸的人们中”)，无论从尊重历史真实来说，还是从强调革命倾向来说，或者从两者的统一来说，不都是无可非议的吗？不把这三者统一起来加以考虑，而仅仅因为他在作品中偏重于揭露国民的劣根性，就说他对群众的认识不够全面，甚至指责他轻视群众，是牛头不对马嘴，根本不合适的。

围绕七斤的辫子问题而引起的一场风波，过不了几天也就自然平息了，因为皇帝又不坐龙廷了。对七斤来说，不过是受了一场虚惊。小说的结尾写了这样一段意味深长的话：

> 现在的七斤，是七斤嫂和村人又都早给他相当的尊敬，相当的待遇了。到夏天，他们仍旧在自家门口的土场上吃饭；大家见了，都笑嘻嘻的招呼。九斤老太早已做过八十大寿，仍然不平而且康健。六斤的双丫角，已经变成一支大辫子了；伊虽然新近裹脚，却还能帮同七斤嫂做事，捧着十八个铜钉的饭碗，在土场上一瘸一拐的往来。

这个村子里的生活又回复到作品开端时的气氛。除了九斤老太仍不时发着她那“一代不如一代”的牢骚外，一切似乎都十分融洽而平静。唯一的明显变化，是六斤的双丫角已经变成了一支大辫子。同时，她走起路来有点一瘸一拐，因为她已渐渐地大起来，她的母亲已开始给她裹起脚来了。你看，皇帝被推翻了已经六年，不但许多人连一根辫子都不肯剪掉，天真活泼的女孩子们仍旧一个个的都得承受着裹足的酷刑。祖传的老例，一点也不许变动，甚至根本不想加以变动，要一代一代地永远这样传下去。真像作者的另一篇小说《头发的故事》中的 N 愤慨地说的：“造物的皮鞭没有到中国的脊梁上时，中国便永远是这一样的中国,决不肯自己改变一支毫毛!”鲁迅是不是过于悲观了一些呢？无可讳言,当时他对中国的前途是并不怎样乐观的。但是他毕竟太爱中国,太爱中国的人民了,所以虽然有些悲观,却决不绝望。他一直在为挽救中国,改变人民的命运而作着英勇的斗争。他清醒地认识到,要改变中国人民的命运,必须依靠人民自己的力量。所以,他所写的许多小说、杂文,乃至他所进行的一切其他活动,归结起来,都是为了唤起人民的觉醒。他的挚友许寿裳说得好:“鲁迅对于我们民族有伟大的爱……正唯其爱民族越加深至,故其观察越加精密,而暴露症结也越加详尽,毫不留情。”(《鲁迅与民族性研究》)把民族的病根,国民的痼疾,彻底揭发出来,就是为了使大家看了震惊,努力去想办法进行疗救。《风波》这一作品的着眼点,它的主要精神,正是在此。

1986 年 5 月 21 日

观察与沉思的结合　外界与内心的交融
——鲁迅《秋夜》讲析

《秋夜》是《野草》的第一篇。关于《野草》，鲁迅自己曾在 1931 年写过一篇《〈野草〉英文译文本序》(《二心集》)，作过一些说明；1932 年写的《〈自选集〉自序》(《南腔北调集》)中，也有关于《野草》的话；另外，他的一些书信，特别是 1934 年 10 月 9 日给萧军的，1925 年 3 月 18 日给许广平的，以及 1924 年 9 月 24 日给李秉中的，对我们理解《野草》，很有帮助，可以找来参看。评论和注释《野草》的著作，也已出了好几种，不过我读得很少，在我所看过的几本里，我觉得冯雪峰同志的虽然比较简单了些，却是很不错、很有启发性的。

《秋夜》是篇散文诗。是诗，就应该把它当做诗来分析、欣赏。分析作品当然不一定用串讲的办法，特别像长篇小说、中篇小说等篇幅较大的作品，根本不可能、而且也实在没有必要用串讲的办法。但诗词、散文、精炼的短篇小说，如果可能的话，应该尽量利用原文。它写得那么好，思想性与艺术性密切结合在一起，文字本身又很美、很有典型性，你不充分利用它岂不可惜？而且你丢开了原文，又怎么讲呢？那种抽出几条筋来作为作品的思想意义，然后大加发挥的办法，并不是对待文学作品的好办法。尤其像《秋夜》这样精炼、优美的散文诗，更不应该把它归纳成干巴巴的几点所谓“思想性”来谈，还是让我们根据原文一同来好好学习，欣赏一下鲁迅先生的这篇名作吧。

在我的后园，可以看见墙外有两株树，一株是枣树，还有一株也是枣树。

这开头的两句话好像很怪。有两株树，一株是枣树，另外一株又是什么树呢？是杨树，还是李树？大家都在等着，期待着他告诉我们另外一株是什么。想不到他竟会说另外一株也是枣树，这很出乎大家的意外，就引起了强烈的注意，对枣树的印象就很深了。而且，用这样的方式来表达，就立刻把你想随随便便地用日常的眼光、日常的理解来对待作品的念头打消掉了，觉得应该换一种别样的态度对待它。这样，就使你有了心理准备，准备好用相应的眼光、态度来迎接下面将会出现的特殊的表现手法——诗的表现手法。李何林先生在他的《鲁迅〈野草〉注解》一书中提到，据说有人有这样的看法：认为作者之所以把两株枣树分开来说，是因为当时（注意：当时还是在 1924 年）我们阵营里不团结，明明两株枣树应该在一起的，结果是你一株，我一株，彼此不肯团结，没有联合起来战斗；还说这也是作者当时孤军作战感觉的体现。把两株枣树分开来讲，说成是象征我们队伍的不团结，这样的想象力，实在是太丰富了，我们除了表示惊奇之外，实在无话可说。

“一株是枣树，还有一株也是枣树。”这种表现方法的确很新奇，很有力量，给人的印象很深。但新奇，也不能超出情理之外，不能使人莫名其妙。他这样写也是有道理的。他是写他的直观的感觉。他首先只看到有两株树，但并不清楚是什么树。等到分别仔细地加以观察时，才看清楚一株是枣树；接着再看第二株，噢，原来也是枣树。他不是只把他观察所得的结果写出来，而是具体地写出了观察的过程。

这上面的夜的天空，奇怪而高，我生平没有见过这样的奇怪而高的天空。

鲁迅用形容词从来不事雕琢，不去追求华丽的字眼，他只用一些简单、平实的字和词，着重白描。鲁迅对农民非常关心，这是他的一个十分显著的特点，他很尊重农民的欣赏习惯和欣赏趣味，他之爱用白描手法，很大一部分原因就是为了照顾农民的这种习惯和趣味。所以，在他的作品里，很少有冗长的风景描写，至于像外国小说中常见的大段大段的心理描写，在鲁迅作品里更几乎是完全见不到的。“奇怪而高”，这样的形容词，看来真是太普通了，要我们来写，恐怕决不会这样写。不要说这是散文诗，就是一般的散文，我们也会觉得应该找些比这漂亮一点的词儿才行。其实呢，仔细寻思起来，你就会感到鲁迅用词的贴切，要想找到比这更恰当的字眼，实在很困难。接着他又加上一句：“我生平没有见过这样的奇怪而高的天空。”这是极言其奇怪，极言其高，奇怪而高得“他仿佛要离开人间而去，使人们仰面不再看见”。可见这个天空是并不爱“人间”的，对“人们”也是冷漠无情的。“然而”天空“现在却非常之蓝，闪闪地眨着几十个星星的眼，冷眼”。在晴天的夜晚，天上当然会有星星，星星的确很像人们的眼睛，所以，“闪闪地眨着几十个星星的眼”，完全是写实，是很自然的，不是故意做文章，一点没有什么牵强的地方。但接着他又加了“冷眼”两个字，这就显示出了诗人的态度，诗人的倾向性。诗人指出天空闪闪地眨着的“星星的眼”，是种“冷眼”，这就是说，这个天空对人间的态度是不友好的。就更加证实了前面的“他仿佛要离开人间而去，使人们仰面不再看见”。也是天空对“人间”和“人们”的一种不友好的表现。接着又说：“他的口角上现出微笑，似乎自以为大有深意”，天空怎么会微笑呢？这是把它人格化了；正像前面的“冷眼”一样，是从诗人的眼中看出来的。一般说，微笑总是不至于惹人厌的，但下面又加了一句：“似乎自以为大有深意”，大有深意本来不坏，可它却是“自以为”大有深意，这就显出了它那种自以为了不起，而心怀叵测地傲视着人间的神气。所以，它的微笑，实际上是一种冷笑，更进一步地表现了它对人间的不友好的态度。不但如此，而且它还“将繁霜洒在我的园里的野花草上”。这就不只是对人间不友好，简直是在摧残人间的生物、虐杀人间的生物了。这里不一定要说天空是指北洋军阀政府，野花草是指人民。这样讲，当然也可以，但不必把象征意义定得太死；把象征意义指实了，一方面限制了我们的想象，一方面又难免要显得牵强。因为你如果把象征意义指实了、定死了，那就要一以贯之，下面就都要这样讲，都要这样理解才行。你不能一会儿这样讲，一会儿又那样讲，那就反而不自然，使人感到牵强。文学作品中，常常要用到比喻、象征。比喻是比较直接的，用这物来比那物。这个比，也往往只是取其一端，而不包括两物的所有的方面。是把这物的这一点，跟那物的那一点相比，有特定的范围，特定的用意，限制很明确，不能随意延伸扩展。象征就不是那么直接，不是那么具体、实在，因此，它的作用也就要更广泛一些。它不是限制我们的想象，而是开拓我们的想象的。你可以把你的生活经验，你对人生的理解加进这个内容去，他可以把他的加进去，每个人都可以充分发挥他的联想作用，自由地驰骋自己的想象，天地很广阔。指实就限制了它的意义，缩小了它的意义。可是，我们有许多同志，却总爱指实，总爱把意思说得十分明确，不然就觉得不好理解。对一般作品来说，这种态度当然未可厚非。然而，如果对待一些象征性的作品，也抱着这样的态度，那就不很妥当了。许多人一谈到姜白石的一些作品，总嫌它朦胧，说是有如雾里看花，看不真切，不知其意究竟何指？其实，文学作品只要不是太晦涩，不是杂乱无章，只要能够透露作者的一种情态，显示作者的一种意向，能够打动读者的心灵，启发读者去思考、想象，使他对社会、对人生有新的理解、新的领会，那就已经起了它的作用了。不必要求文学作品像教科书那样把道理说得十分清楚、明确。而且，不但文学作品的创作是创造性的工作，文学作品的欣赏也应该是种创造性的工作。文学作品含蓄一些，不要过于直率、过于浅露，多给读者留一些咀嚼寻味的余地，让读者也分享一些创造的乐趣，这只会更增加文学作品的力量，更增加人们对它的爱好。

“我不知道那些花草真叫什么名字，人们叫他们什么名字。”那些花草当然有它们的名字，植物学上的名字，但是我不知道；我也不知道人们通常称它们什么，我只能称它们为野花草。“我记得有一种开过极细小的粉红花，现在还开着，但是更极细小了。”因为天气冷，它缩成一团，所以看起来更细小了。“她在冷的夜气中，瑟缩地做梦”，小红花怎么会做梦？当然是诗人想象她在做梦。诗人不但想象她在做梦，而且还知道她在做什么梦。她“梦见春的到来，梦见秋的到来，梦见瘦的诗人将眼泪擦在她最末的花瓣上”，为什么是“瘦的诗人”呢？因为我们中国的诗人都是多愁善感的（当然是说旧诗人），所以常常是瘦的。诗人是很多情的，他看到小红花冻得这样瑟瑟发抖，是很同情、很怜悯的，就忍不住掉下眼泪来了。“将眼泪擦在她最末的花瓣上”，因为小红花经不起寒风的吹打，花瓣纷纷坠地，已经所剩无几了，所以是“最末的花瓣”。诗人不但如此，还竭力用言语来安慰她：“告诉她秋虽然来，冬虽然来，而此后接着还是春，蝴蝶乱飞，蜜蜂都唱起春词来了。”意思是要小红花不要悲伤，不要绝望，尽管现在是秋天，天气很冷，接着来的是冬天，还将更冷。但是严冬决不能长驻人间，它总要过去；不久暖和的春天就会来临，到那时，不但有明媚的阳光，还有蝴蝶翩翩地飞，蜜蜂嗡嗡地叫，人间将是一片光明，充满欢愉。诗人总是多情而好心的，他总想抹干人们脸上的眼泪，给人们以希望，鼓舞人们生活的勇气。不但中国的诗人是如此，外国的诗人也是如此。雪莱的名句：“冬天既然来了，春天还会远吗？”就是要人们对未来充满希望和信心的。不过据说有人认为诗人对小红花这样说，是在欺骗小红花，是在用一些空洞的幻想麻痹小红花，是错误的，有害的。他认为诗人应该揭露天空的罪恶，鼓励小红花起来斗争。所以鲁迅这样写，是对诗人的讽刺。这样的意见恐怕是过于“革命”了。有时，当人们处在极端困苦的境地中，能够得到一点小安慰，得到一点精神上的鼓励和支持，使他能增加一些生活下去的勇气，不也是很可贵的吗？鲁迅当然是主张弱者应该起来斗争的，但这样的安慰与鼓励，不但不妨碍弱者的斗争，正是有助于增强弱者斗争的勇气和信心的。鲁迅为什么要反对呢？而且，诗人说冬天以后接着来的将是春天，难道不对吗？怎么说是欺骗小红花呢？小红花却是相信诗人的话的，所以听过以后，“她于是一笑，虽然颜色冻得红惨惨地，仍然瑟缩着”。尽管诗人的同情并不能改变她的实际处境，但是她对诗人的安慰和鼓励是感谢的，在精神上是得到了一些温暖的。在社会生活中，在人和人的关系中，这不是很普通、很正常的现象吗？有什么理由认为鲁迅是在讽刺这种现象呢？过去，有些人受极“左”思潮的影响，总喜欢把鲁迅描绘成一个十分不近人情的人，以为只有这样才能表现鲁迅作为革命家的光辉形象。这不但表明他们并不真正懂得鲁迅，也暴露了他们对于革命其实也是并不真正理解的。因此，他们就只能歪曲鲁迅，在人民群众心目中破坏鲁迅的光辉形象了。

这一段是讲小红花，下面讲枣树。

“枣树，他们简直落尽了叶子。先前，还有一两个孩子来打他们别人打剩的枣子，现在是一个也不剩了，连叶子也落尽了。”枣树的处境、遭遇，比小红花还要坏，他不但同样要遭受繁霜的欺压，还有孩子要来打他的枣子，现在不但枣子一个都不剩，连叶子也落尽了。可是，枣树比起小红花来，不知要坚强多少倍。他比小红花明白，懂事。“他知道小粉红花的梦，秋后要有春；他也知道落叶的梦，春后还是秋。”至于他自己，虽然“他简直落尽叶子，单剩干子，然而脱了当初满树是果实和叶子时候的弧形，欠伸得很舒服”。充分显示出他的英雄气概，他已是一个久经战斗的战士了。尽管他身上还有伤痕，因此，“有几枝还低压着，护定他从打枣的竿梢所得的皮伤”，然而，一面他却仍在继续进行战斗，他的“最直最长的几枝，却已默默地铁似的直刺着奇怪而高的天空，使天空闪闪地鬼眨眼；直刺着天空中圆满的月亮，使月亮窘得发白。”月亮在文学作品中，一向是被当成好的、美丽的东西来描写的，这里却也作为被刺的对象，这是为什么呢？这是因为它圆满地挂在天空，作为那敌视人间的天空的点缀的缘故。你为敌人装点门面，我就要刺你。前面已经表明这个天空是跟人们不友好的天空，是压迫人们、摧残人们的天空，因此枣树就要反抗。而现在，月亮却为这个天空粉饰太平，当然也要反对。所以枣树就直刺天空，“使天空闪闪地鬼眨眼”；直刺月亮，“使月亮窘得发白”。你愿意把天空当做北洋军阀政府，把月亮当做北洋军阀政府的帮闲文人，都可以；但也不一定非如此讲不可。总之，它们象征反面的东西，象征与人民敌对的反动力量。而枣树，当然是正面的形象，是战斗的革命者的象征，人民的象征。

“鬼眨眼的天空越加非常之蓝，不安了，仿佛想离去人间，避开枣树，只将月亮剩下。然而月亮也暗暗地躲到东边去了。”天空被枣树像铁一样地一刻也不放松地直刺着，有点吃不消，感到很不安，就想逃离人间，避开枣树，而让月亮来应付这局面。但是月亮也觉得很窘，也偷偷地躲开了。躲到哪里去了呢？“躲到东边去了”。月亮只会向西移动，怎么会躲到东边去呢？这不好理解。《鲁迅全集》的注解说：“这里所写的是作者在深夜里的一瞬间的感觉，并非是说月亮真的向东边移去。”但是，人们会问，为什么作者一时会有这种月亮向东的感觉呢？仍然不大好懂。我想，可能是这样的情况：当时月亮周围升起了一片云，又正刮着东风，而且相当急，云被东风急速地吹向西去，而从人看来，好像云并没有动，而是月亮在动，好像不是云在向西移，而是月亮在向东移了。天空想逃走，月亮也悄悄地躲开了，这时枣树怎样呢？枣树却还是向他们直刺过去。“而一无所有的干子，却仍然默默地铁似的直刺着奇怪而高的天空，一意要制他的死命，不管他各式各样地䀹着许多蛊惑的眼睛。”这使我们想起了《这样的战士》中的战士，不管敌人打出什么旗号，玩弄什么花样，好说也罢，歹说也罢，战士总是对准他们举起了自己的投枪。这枣树不是很像那位战士吗？的确很像。事实上，枣树也好，战士也好，都是鲁迅自己精神的写照。

王国维在《人间词话》里，曾说诗人有主观诗人与客观诗人之分。其实，诗人都必须是双重观察者，不管你是主观诗人还是客观诗人，你都既要观察客观的外部世界，又要观察主观的内心世界。而且这两个世界，在诗人眼里应该是统一的，融为一体的。要是它们彼此割裂、互不相通，诗人就无法加以表现，他也就不能进行创作。客观世界要是不经过诗人心灵的光照，不加选择地照抄下来，就只是一些杂乱无章的现象的罗列，就是没有意义的，不可理解的；诗人的心灵要是离开了它与周围现实的关系，不具体展示它对外部世界的印象，观感，也就无法表现，无法显示。在诗人所描写的客观事物上，都打有诗人心灵的印记，而诗人的内心世界就通过对外部世界的描绘而表现了出来。譬如在《秋夜》里，鲁迅似乎只是在描写他所见的客观景物，但在这些客观景物的描绘上，又分明透露出作者所倾注进去的感情和涂抹上去的色彩。我们通过他的描绘所接触到的，不仅是客观景物本身，同时还接触到了作者的心灵。那奇怪而高的天空，那瑟瑟发抖的小红花，那默默地铁似的直立着的枣树，通过作者的描绘，都已不再是自然界的无情之物，它们在作者的心灵的观照下，已经被人格化了。我们从它们互相之间的关系上，就看到作者的倾向和态度，看到了作者的爱憎感情。作品似乎处处都在写自然界的景物，其实同时也是处处都在表现作者自己的心情。因为它不但写了作者的所见，也写了作者的所思和所感。而作者的内心世界、精神面貌就通过他的所见、所感和所思而具体地生动地展现出来了。

这里既有对客观景物的细致的描绘，也有对主观心情的深刻的表现，事实上，客观景物与主观心情，在这里是互相渗透，彼此融和，凝为一体的。写景正所以写情，而景中因为有了情，这个景也就活起来。写天空，写小红花，写枣树，其实都是在写鲁迅的心情；正因为鲁迅在对天空、小红花和枣树的描写上，灌注进自己的感情，就使得我们也自然而然地用饱含感情的眼光去看待它们，它们在我们的眼里也就活起来了。

以上写天空，写小红花，写枣树，都是室外所见。下面要转而写室内了。从写室外转到写室内，中间得有个过渡，要先写出他是怎样从室外回到室内的。他是这样写的：

> 哇的一声，夜游的恶鸟飞过了。我忽而听到夜半的笑声，吃吃地，似乎不愿意惊动睡着的人，然而四围的空气都应和着笑。夜半，没有别的人，我即刻听出这声音就在我嘴里，我也即刻被这笑声所驱逐，回进自己的房。灯火的带子也即刻被我旋高了。

原来，他是被夜游的恶鸟的叫声从沉思中唤醒过来，发觉夜已深了，才从室外回到室内的。深夜里会有鸟类飞鸣，这是很普通、很自然的现象，是写实；但同时，从写作技巧上来说，又为从室外转到室内作了自然的过渡，是很巧妙的。那么，夜游的恶鸟在这里出现，除了写实与过渡的作用以外，是不是还有别的作用呢？它也应该有它的象征意义吧？也许有吧。但我没看明白，因此也说不清楚。一般人总以为这鸟既是夜游鸟，而且还明说是恶鸟，自然是属于黑暗势力一方面的，是黑暗势力的帮凶，它的飞鸣当然就是在为黑暗势力助威了。其实也不一定。夜游的不见得都是恶鸟，譬如那习惯上一向被人们视为恶鸟、不祥之鸟的猫头鹰(即枭)，其实却是益鸟。而且从上下文来看，单写它"哇的一声"从空中飞过，也很难说它就是站在黑暗势力一面的，就是在为黑暗势力呐喊助威。冯雪峰在讲到下面那个吃吃发笑的人(即作者自己)，解释他所以发笑的原因时这样说："这个人像'夜游的恶鸟'一般在夜半的园中吃吃地窃笑，也许是由于那一无所有的枣树的干子铁似的直刺着天空，一意要制他的死命，不管他各式各样地映着许多蛊惑的眼睛的情景，而认为有趣的吧?”可见他是并不把“夜游的恶鸟”归在黑暗势力那一面的，相反，他简直把这恶鸟看做作者的同类，用这一个的鸣声与那一个的笑声来互相阐释，来揭示他们的意向，表明他们的态度。我觉得冯雪峰这个解释很好，不但从上下文来看比较自然，可以讲得通，而且与整篇的意境，也是融和的。鲁迅就曾经把自己的声音(文章)比作枭鸣，来与反动统治者进行捣乱，搞得他们的社会不安宁，不太平。现在他看到枣树只管默默地铁似的直刺着天空，刺得天空非常不自在，尽管天空竭力眨动各种各样蛊惑的眼睛，想以此来诱惑枣树，拉拢枣树，也还是没有用，就忍不住吃吃地笑出声来了。这笑，既是发自内心的由衷的欢畅，也是对枉费心机的天空的痛快的讥嘲。

因为发觉了自己的笑声(这种发觉又是由夜游鸟的鸣声引起的)，才促使他从沉思中惊醒过来。前面所写到的种种景象，与其说是出于他对外界的观察，还不如说是来源于作者内心的沉思。事实上应该既是客观的观察，也是主观的沉思。观察与沉思，外界与内心，在诗人那里是密切结合，融为一体的。你看，他当时的心神是多么专注，多么为枣树、天空所组成的画面所吸引，他陷溺得那么深沉，竟连自己的笑声都听不出来了。正因为他钻得那么深，才能写得这么细，才能创造出如此隽永的意境。

从沉思中惊醒过来后，就回到了屋里，一回屋当然就得把已经烧短了的灯火带子重新旋高，这也显示出他在屋外站立的时间的确已经很久了。作者的用笔就是这样的深刻、细致。

下面就是写屋内的情形了。

后窗的玻璃上丁丁地响，还有许多小飞虫乱撞。不多久，几个进来了，许是从窗纸的破孔进来的。他们一进来，又在玻璃的灯罩上撞得丁丁地响。一个从上面撞进去了，他于是遇到火，而且我以为这火是真的。两三个却休息在灯的纸罩上喘气。……

进屋以后,他点亮了灯,随即就听到后窗玻璃上有丁丁的响声,原来是许多小飞虫看到了亮光,就向着亮光扑过来了。不久,就有几个从窗纸的破孔中钻了进来。他们进来以后,依旧奋勇向前,继续朝着那发射亮光的东西——灯火——直扑过去。他们对光明的追求,就是这样的执着,这样的奋不顾身。但他们的努力,遭到了灯罩的阻挡,只能在灯罩上撞得丁丁地响。不过有一个终于从上面撞进去了,于是他就遇到了火,当然也就被烧死了。但作者却并不说他被烧死了,只在说了他"遇到火"以后,加上这么一句:"而且我以为这火是真的。"火,不消说当然是真的,为什么他要特别加上这么一句呢?难道真是像有些人所认为的,这是在说明小青虫本来以为这火是假的,讽刺他所追求的并不是真正的光明吗?但小青虫哪里知道什么真假呢?他只是喜爱光明,看见灯火就不顾一切地直扑上去罢了。他们追求光明的心意是不应该受到怀疑的。或者,也许是因为作者不愿直说小青虫被烧死了,就换一个说法,改用强调这火是真的来表达这样的意思吧?但为什么他不愿直说小青虫被烧死了呢?难道是嫌这种说法太平实、太呆板吗?可现在这种说法也并不巧妙,反而只令人感到费解。所以我实在不理解作者为什么要这样写,不知道同志们是不是有什么好的解释。

因为上面说到灯罩,于是接着他就说:"那罩是昨晚新换的罩,雪白的纸,折出波浪纹的叠痕,一角还画出一枝猩红色的栀子。"这很可能也完全是写实。大家知道,鲁迅不但很爱整洁,而且很爱美,他自己又会画。用雪白的纸张做灯罩,在纸的一角还画上一枝猩红色的栀子花,并且把纸张折出波浪纹的叠痕,这样的灯罩,的确是美的。而且,这灯罩是由它的主人亲自一手制作出来的,而并不是买来的,因此,从这上面,我们也看到了它的主人的心灵的美。它的主人,不是别人,就是作者,就是诗人自己。这就更加使我们感到了整篇散文的意境之美,因为居于诗篇所构成的意境的中心,作为整个诗篇的灵魂的,原来就是诗人自己的形象呵!

从灯罩上画着的栀子花,他又联想开去了:"猩红的栀子开花时,枣树又要做小粉红花的梦。青葱地弯成弧形了……"这以下,虽然他没有写出来,但我们也知道,他一定是重又沉浸到上面所出现道的沉思的境地中去了:小粉红花的梦是秋后要有春,落叶的梦却是春后还是秋。枣树自己到了秋天也要落尽叶子,单剩干子,但他却笔直地挺立着,总是毫不放松地默默地铁似的直刺着奇怪而高的天空。这样想着想着,直到他又听到了夜半的笑声,于是他才又从这一次新的沉思中惊醒过来,砍断他的联想("心绪"),而把注意力集中到"那老在白纸罩上的小青虫"身上了。这些小青虫"头大尾小,向日葵子似的,只有半粒小麦那么大,遍身的颜色苍翠得可爱,可怜"。对小青虫的描写很简单,却也很精确。突出了他们形体的小,小得只有半粒小麦那么大。可是他们却有坚毅的精神力量,为了追求光明,他们就一往直前,奋不顾身。形体的小,更衬托出他们精神力量的巨大。这使我们联想到衔微木以填沧海的精卫,事虽绝无成功的可能,但他们的志向、毅力,难道不使我们肃然起敬,不使我们领略到一种悲壮崇高的精神之美吗? 何况,这些小青虫的颜色,又是这样的苍翠,就更惹人怜爱了。面对着这些可爱亦复可怜的小青虫,诗人的心情是相当复杂的。他的复杂的心情就充分包孕并体现在下面那段作为本文的结束的话中了。

> 我打一个呵欠,点起一支纸烟,喷出烟来,对着灯默默地敬奠这些苍翠精致的英雄们。

这情景,使我们感到诗人已经相当疲倦了,甚至还有一点颓丧。小青虫对光明的执着,不惜牺牲生命去追求的精神,使他起敬;但他们追求的结果,却只是赢得了自己的死亡,又不免使他伤痛。不过,他们这种精神毕竟是可贵的,人间是多么需要这种不怕牺牲去追求光明的英雄呵! 从他"对着灯默默地敬奠这些苍翠精致的英雄们"的身影中,我们仿佛听到了他这样的心声。

据说,有些同志认为小青虫不是正面形象,称他们为"英雄"是作者的反语,是对这些"盲动者"的讽刺;他们的行动不是斗争,而是"乱撞",他们不是在追求光明,而是在与光明捣乱。我想,这些同志对小青虫的要求未免过于苛刻了,简直是在用无产阶级革命者的标准去要求这些小小的昆虫了。这可能就是与把作品中的象征意义看得过于实在有关。

这篇东西，就是写了诗人在某一个秋夜的所见、所感和所思，表现了他一个时候的心情和精神状态。作者并不是用直抒胸臆的办法来写出他的心情和精神状态的，而是通过描写外界的客观事物，通过写景来抒写他的感情的。文章分室外和室内两个部分。室外写到的主要有天空、小红花、枣树等物。这个天空是个对人间不友好的天空，不但对人间眨着“冷眼”，而且还将繁霜洒在花草上。小红花在夜气中冷得瑟瑟发抖，还要受繁霜的打击、摧残，处境是很可怜的。但他是个弱者，只能从梦中得点安慰，希望着春天早点到来。枣树可挺坚强，而且颇有英雄气概，他虽然又落尽了叶子，并且受过许多棒伤，可他却枝干挺立，而且正在默默地铁似的直刺着那对人间不友好的天空。天空感到很不自在，就做起各式各样的鬼眨眼来，企图以此蛊惑枣树，拉拢枣树。但枣树不吃那一套，依旧毫不放松地默默地直刺着天空。天空异常不安了，便想逃开去，而只将挂在天空的圆满的月亮留下。可月亮也受不了枣树只管这样铁一般的直刺着，也悄悄地躲开去了。这时，就出现了夜游鸟的叫声，和诗人的吃吃的笑声。这叫声和笑声打乱了夜间的宁静空气，它们是在那对人间不友好的天空下面发出的一种不谐和的声音，这声音既是在对天空和月亮的无能进行嘲笑，也是对枣树和人间的反抗力量的胜利表示欢庆。诗人的态度和倾向是很鲜明的，他显然是站在枣树一面，而对天空持反对态度的。他对枣树的确很赞赏，而且我们可以说枣树那种毫不妥协的战斗态度，正是鲁迅自己精神的写照。但我们又不可以把枣树就当作是鲁迅自己的形象。鲁迅自己的心情、意向，不但从枣树身上体现出来，也从他对待天空、月亮、小红花以及下面的小青虫等的态度上表现出来。作者的精神，是统率作品全局的；作者的形象，是通过作品组成的整个画面表现出来的。我们决不可以把作品中的某一个别形象，哪怕他是正面的英雄形象，就整个地当做代表了作者的形象；也不可以把某一形象所表现的精神，即使是崇高的合乎理想的精神，就认为他所反映的就全都是作者的精神。鲁迅赞赏枣树的斗争精神、英雄气概，可他并不否定小红花的梦想，对诗人用未来的理想去鼓励安慰小红花，也无意加以责备。因为，他知道事物是各种各样的，不能强求一律，不能用同一个标准去要求各种不同的对象。他决不要求小红花也能像枣树那样地站起来与天空斗争。正像在生活中，他也并不要求所有的人都能有像他一样的战斗精神。如果谁做不到这一点，就来加以指责、嘲笑。鲁迅决不是这样的人，我们不应该把鲁迅自己所不赞成的东西强加给他。还有对夜游的恶鸟，我赞成冯雪峰的意见，不把它当做是反面的东西。大家也许会不同意，认为既说是"恶"鸟，当然是坏的啰！其实，是好，是坏，不在个别的字眼上。譬如天空，在这作品里，明明是不好的，但作者并没有对它使用过不好的字眼，只说他"奇怪而高"，"非常之蓝"，这些都不是坏字眼。就是月亮，在这作品里，也是以替天空装点门面、粉饰太平的面目出现的，也是不好的，但作者对他也没有使用坏字眼，反而说他是"圆满的月亮"。可见，好与坏，要从整体看，要从其实际表现看，不决定于一两个字眼。

室内，他着重写了一些扑火的小青虫。这些小青虫在室外一看到室内灯火的亮光，就拼命地想飞进来，在玻璃窗上撞得丁丁地响，当然会感到痛，但他们毫不在乎，依旧在努力往里钻。有几个从窗纸的破孔中钻进来后，就继续直向着灯火飞扑过来。又受到灯罩的阻挡，再一欢撞得丁丁地响，当然又会感到一些痛楚。但他们追求光明的意志，决不稍懈，还是奋不顾身地向灯火扑过去。那真的遇到了火的，自然就随即被烧死了。那还没有遇到火而感觉烫痛的，就暂时在灯的纸罩上休息一下喘口气。休息一会以后，他们还是会继续向灯火扑过去的。他们对光明就是这样热爱，他们追求光明的心意就是这样的执着。他们这种坚毅沉勇的精神，不是很值得钦佩吗？作者精确而细致地写出了这些小动物百折不挠地追求光明的行动，要说他对他们并不表示敬意是难以令人信服的。所以决不能把"对着灯默默地敬奠这些苍翠精致的英雄们"这句话，认为是句讽刺性的话。不过，小青虫追求的结果，却是自己的葬身火窟，总也不免有点使诗人感到悲哀。我们从他对这些小英雄"默默敬奠"的神态中，也感觉到了他的这种悲哀。就是在前面的枣树的形象中，也多少有一点惨伤的味道：他落尽了叶子，单剩下干子，而且身上是伤痕累累，周围的景色，也并不能使他鼓舞。小红花在冷得瑟瑟发抖，繁霜在摧残着所有的花草。只有天空在逞威，他傲视着人间，并且嘴角挂着冷笑。整个环境、气氛，都给人一种重压之感。这是同当时在北洋军阀政府统治下的社会形势，同诗人当时的现实感受相一致的，反映了鲁迅在这一时期里的苦闷彷徨的心情。但是，正如枣树无论处境怎样艰苦，无论天空使出什么手段，决不放弃战斗一样；鲁迅也是不管周围如何黑暗，不管前途如何渺茫，如何看不到胜利的希望，还是继续向敌人进攻，还是坚持同黑暗捣乱。甚至正因为他认识到敌人的强大，感觉到黑暗的浓重，他的战斗才更加勇猛，意气才更加锋锐了。这是鲁迅的伟大之处。而这篇作品所表现的枣树那种坚持不懈的战斗精神，小青虫那种百折不挠地追求光明的坚毅意志，正是与鲁迅的精神相通的。所以，《秋夜》这篇情景交融、意境深邃的散文诗，它的总的基调是鼓舞人们向上，引导人们前进的，是有很大的积极意义的。

1981 年 8 月讲，9 月据录音整理。

关于文艺特征的断想

关于艺术性问题

——兼评“有意味的形式”

要谈艺术性问题，必须首先搞清楚什么是艺术？艺术之所以为艺术的特质是什么？关于这个问题说法很多，多到无法一一列举。但使人遗憾的是，这许许多多的说法，几乎无不存在着这样那样的缺点，很难让人完全同意，让人毫无保留地接受下来。英国美学家克莱夫·贝尔在他的《艺术》一书中，给艺术下了这样一个定义：“有意味的形式。”这曾被另一位英国美学家奥斯本誉之为“现代艺术理论中最令人满意的”一种理论。但奥斯本似乎主要是从逻辑上着眼才这么说的。从逻辑上看来，这个定义的确是无懈可击的。而其所以是无懈可击的，又只是因为它是最最抽象的，等于什么也没有说而已。不过，尽管如此，贝尔这个定义比起另一个关于艺术的抽象定义来，已经有所进步了。另一个定义是说：“艺术是向着形式创造的人类劳动的产物。”这个定义真可以说是什么问题都没有说明。因为，人的劳动总是要创造形式的。劳动总是有目的地作用于一定的对象，总要把对象的面貌加以改变，从而出现新的形式，这也就是创造。物质劳动是如此，精神劳动也是如此。如果撇开内容不谈，单从形式看，都可以说是形体的再组织，结果就是新形式的创造。从这样的意义讲，一切劳动都是形式的再创造。因此，这个定义可以说没有说明艺术的任何问题。但是，这个定义也有它的重要意义。最初，人类的劳动，并不有意地追求形式，他追求的是内容，是实质，形式是自然地出现的。劳动的目的不在于改变事物的形式，而在于要使事物对自己有用。他们首先注意的是事物的实用价值，只是到后来才顾到审美价值的。但对于艺术作品来说,情形却不是这样。在艺术作品中是找不到像一般事物那种实用价值的。艺术作品,既不能吃,又不能穿,也不能当工具。人们不是为了实用目的而从事艺术创造的。我们不能说艺术作品的形式是次要的。因为,艺术作品的形式不是偶然出现的,而是直接追求的。如果认为形式无足轻重,那就等于否定了艺术家的巧思构想、意匠经营,等于否定了艺术。所以上面这个定义中"向着形式创造"这一点,还是很正确、很有意义的。

我为什么说贝尔的"有意味的形式"这句话在逻辑上无懈可击可又等于什么也没有说呢?因为艺术作品正像一切事物一样,必须以某一种形式的面貌出现,因而它当然也是一种形式。但它并不是一种偶然出现的随便什么的形式,而是一种经过艺术家刻意追求的、并且富有意味的形式。这岂不是说得完全正确,在逻辑上十分严密,简直无懈可击吗?可能有人会指责这个定义只讲形式,不讲内容,是一种形式主义。但内容和形式是相对的概念,不能各自单独存在。形式必须是某种东西的形式,否则便是不可思议的。内容如果存在的话,必须有固定的形式,否则它就不能出现。亨利·詹姆斯说得真好:"惟有形式才具有内容,并且占有和保留住它。"[1]因此内容和形式总是彼此不可分离地联系着的。内容如果不包括在形式里,不能有定型的存在;形式也只有在帮助内容的显现和成形的时候才有意义。而且,形式必须依据内容才能获得和别种内容或别种现象的形式不同的特殊性。而"有意味的形式"则正是标明了这种特殊性,就已经把内容的因素考虑进去了,是不能简单地指责它为形式主义的。何况对于艺术作品,从内容与形式相统一的观点出发,而着重强调一下形式,更是完全正确,而且十分必要的。所以这一理论,不但得到奥斯本的赞赏,我们的李泽厚同志也称之为很有卓见。可是它在实际上,却又确实等于什么也没有说。"有意味的",什么意味呢?当然是艺术意味了。艺术作品是一种有艺术意味的形式,岂不是等于什么都没有说吗?

问题是在于究竟什么叫"有意味的"?所谓"有意味的"究竟是什么意思?

---

[1] 转引自《现代西方文论选》,上海译文出版社 1983 年版,第 97 页。

必须对此作出明确的解释。只有所作的解释能让人满意,才能说这个理论是真正令人满意的。遗憾的是,贝尔并没有能作出令人满意的解释。他的解释是经不起追问的,是含糊不清甚或是自相矛盾的。不过,正像对待一切历史上曾经出现过的有一定影响的理论一样,我们应该认识到,它们即使在总体上是不能自圆其说的,甚或是根本错误的,但亦必有其可取之处,在某些方面可能很有创见,可能为学术的发展和前进作出了有益的贡献。我们不能轻蔑地说一声:“哼,这是唯心主义的!”就把它们一脚踢开,而是应该尽量吸取其中的合理的有益的成分。即使是那些包含着错误的部分,对我们可能也有某种启发意义,我们都应该用分析批判的眼光加以利用借鉴。在贝尔的艺术理论中,的确有许多非常精辟的、充满着邃智和闪光的东西的意见,值得我们认真听取。但我今天不想来评论贝尔这一理论的得失,不想进一步具体地去指出在我看来这一理论的主要问题在哪里?又有哪些地方是很值得我们听取、借鉴的?说实在话,我还缺乏担当这个任务的足够的条件和能力。我只是想借这个机会利用贝尔的理论作为引子来表达我自己的意见罢了。

贝尔认为艺术(或艺术作品)就是有意味的形式,我觉得这说法是可以成立的,不必加以反对。他说他所谓的“有意味的形式”,就是指能“给人以审美感受的形式”。[1]为什么这种形式能给人以审美感受呢?贝尔说,这是因为它包含着并表达了艺术家的审美感情的缘故。这,我也同意。那么,艺术家的审美感情又是从哪里来的呢?贝尔认为是从对对象的观照中来的。而这种对象,据贝尔的意思,又不能是别的,只能是“有意味的形式”。于是,“有意味的形式”来源于人们的“审美感情”,人们的“审美感情”来源于“有意味的形式”这就成了被李泽厚同志所指责的循环论证。不过,在贝尔的说法中,有一点还是值得注意的。就是,他认为,在我们对对象进行观照的时候,必须把对象当做纯粹的形式。而所谓把对象当做纯粹的形式,“就是把它们看作自身即目的,而不是手段或工具”。这种说法,大家知道,并不是他的新发明,而是一种早已存在的老观点。

[1] 见《美学与艺术评论》第一集译载的《有意味的形式》一文。下引贝尔语均见此文。

但他重申这一点，我觉得还是有其意义的。这个老观点尽管一直受到严厉的批判，也的确不能认为是正确的。但应该承认，其中恐怕也包含有某些合理的因素。不然，为什么批判归批判，信奉者依旧绵绵不绝呢？当我们骤然面对一片绝美的自然景色，或沉浸在一部杰出的艺术作品的意境中时，不也常常会陷入一种物我两忘、超脱一切的出神状态中吗？或许我们对此还无力作出合理的，令人信服的解释，但我们尽可不必急于一笔抹煞它，不妨继续进行探索，或者留待我们的后人来加以解决。

我当然不能同意贝尔的下面这样的观点。贝尔说："当我们将任何事物视为自身即目的的时候，我们便意识到它的根本实在性，意识到无所不在的上帝，意识到……在万物的表象之后的东西——即给万物以个别意义的、自身即目的的终极实在。"我之所以不能同意这样的观点，不仅因为在我的观念中从来就没有意识到上帝的存在，而且因为我认为对贝尔所重申的这一不无合理因素的观点，即应该把形式看做自身即目的的观点，根本无需用上帝或所谓终极实在来解释，而完全可以作别样的解释。

我一向认为，对于艺术来说，任何对象都是一种生命存在的形式。黑格尔把人类思维的发展分为三个阶段：艺术、宗教、哲学。艺术阶段是与人类的幼年相联系的。从孩子眼里看来，一切都是有生命的：一根竹竿可以当做一匹马，在地上画一条线，就成为一条河。艺术家有时就像孩子那么轻信。花花草草，山山水水，在他眼里都是有生命、有灵性的，也就是有与人相通的感情的。贝尔所谓的自身即目的的纯粹的形式，在艺术家看来，就是一种自在自为、活泼自由的生气灌注的生命的存在形式。艺术家首先是一个人，他只能以人的眼光来看待一切。不管他面对的是现实社会，还是自然山水，或者飞禽走兽、花鸟虫鱼，纷纷攘攘地出现在他眼前的，在他看来都是一些跃动着的生命。或是欢快的生命，或是忧郁、苦恼的生命。这些生命都处在一种或相呴相濡，或相争相残的关系之中，它们都有着和人一样的知觉与情趣。正是这些生命的欢乐和苦恼，正是它们之间的或相呴相濡，或相争相残的动人心魄的关系，才引发出艺术家的强烈而真挚的审美激情，使他涌腾起无法遏制的创作冲动来的。尤其是我们中国人，一向就有意无意地接受了“天地与我并生，万物与我为一”，“民吾同胞，物吾与也”的源远流长的观点（这种观点，有人称之为泛神论观点，其实是一种人本主义观点），就更容易在一切物象中，都看到丰厚的人性内容，“众鸟欣有托，吾亦爱吾庐”、“依依故乡水，万里送行舟”。鸟也罢，水也罢，都一样地赋有人的感情，都和人的心灵息息相通。其实，即便是外国的艺术家，他们的艺术对象在他们的眼中，又何尝不是充满着人性内容的呢？就拿贝尔所持的这个理论来说吧，他认为在纯粹形式的背后，就存在着无所不在的上帝。而上帝，大家知道，其实是人创造出来的，是人把自己的品性集中起来塑造成了上帝的崇高形象，所以在上帝身上也是充满了人性内容的。上帝所代表的正是人性——至高无上的人性。所以，不管是中国的还是外国的，也不管是古代的还是现代的，在所有的真正具有艺术价值的艺术作品中，都是具有丰富的人性内容的。一切真正的艺术作品之所以可以不受国别、地域的限制，也可以不受时代、历史的限制，只要具有起码的相应的欣赏能力，就人人都能欣赏和享用，就是因为其中贯穿、渗透着人人相通的人性内容的缘故。当然，正如没有抽象的、永恒不变的人性一样，文学作品中所表现的人性内容，也决不可能是一成不变、千篇一律的。因为，具体的人性，现实的人的现实本质，就是“一切社会关系的总和”。具体的人性内容离开了现实的社会关系是无法表现的。我们从作品所体现的人性内容上，看到的正是特定时代的具体的社会历史内容。

不过，同样是对现实的社会关系，即现实生活的反映，在艺术中和在社会科学中的表现形态却是很不相同的。在艺术作品中，生活是以它本身的形式——即是以它的综合性、整体性、流动性，以充满着生命的活力的形式出现的。在社会科学中所出现的生活，却只是从生活中抽取出来的某一特定的方面，某一孤立的部分。它是被局限的，经过特殊处理的，仿佛是被肢解了似的，不再生气勃勃了。同是反映者，科学家是冷静的，物是物，我是我，在物象面前，科学家决不丧失理智的清明，他不会有物我两忘、物我合一的感觉。艺术家则是多情的。他把物也看做是一个同自己一样的生命，因而对它就产生了一定的爱憎感情。他在观察它、研究它、分析它的时候，就不能摆脱这种爱憎感情的影响，就不能采取一种纯理智的态度。而当他着手来描写它们的时候,就必然要把自己的这种爱憎感情渗透进去。艺术作品的感染力,就是来源于作者的这种感情态度,就是由作者灌注进去的强烈的感情中产生出来的。这就是艺术作品的艺术性的秘密。我们读《红楼梦》,能够对大观园里的一些女子的命运漠不关心吗?林黛玉、晴雯的不幸夭折,不知道激起过人们的多少眼泪。一直到今天,人们依旧在为她们的悲惨遭遇而伤心落泪。而且我相信,以后的人面对她们的悲剧命运,也会同我们一样地为她们而感到伤心的。因为她们虽然是虚构出来的人物,但在作者的笔下,她们却取得了生命,就像一个真的活人一样,我们就不能不像对待一个同我们一样的活人那样来对待她们。真正的艺术作品之所以能够紧紧地抓住我们的心灵,使我们忽悲忽喜,如醉如痴,就因为我们真切地感觉到作品中的人物都是有血有肉、有生命的人;他们跟我们是那样的亲近,我们不能不对他们的遭遇命运感到关切,不能不为他们而焦虑、激动。而一些公式化、概念化的作品,由于作者缺乏审美激情,写不出成功的艺术形象,只能让一些没有生命的傀儡式的人物在里面跳来跳去,自然也就不能吸引我们、打动我们了。

王国维在《人间词话》中说:“大家之作,其言情也必沁人心脾,其写景也必豁人耳目。其辞脱口而出,无矫揉妆束之态。以其所见者真,所知者深也,”言情之所以能沁人心脾,一定是作者有真感情,情深意真,写来真切,这不待说了。就是写景,要能豁人耳目,也必须作者对这景物有真切的感受、爱好,在作者对这景物的描写中,饱含着自己的情绪色彩和强烈的兴趣方可。怎么才能在描写中饱含着自己的情绪色彩和强烈的兴趣呢?只有当你把这些景物看做是和自己一样有生命、有情趣的,把它们当做自在自为、独立自由的生气勃勃的东西时才能做到。如果不能用这样的眼光来看待景物,心头就不可能有艺术激情,你的描写就只能是冷冰冰的,顶多也只是一些美丽的辞藻的堆砌而已,那就决引不起人们的兴趣,甚至什么印象也造不成。这样的作品,就不可能有什么艺术性。

所以,我们可以这样说,艺术作品之所以具有艺术性,之所以具有打动我们的力量,就是因为在艺术形象中渗透着作者的强烈而真挚的思想感情的缘故。

作者在创作过程中，把他从生活中得来的思想感情凝注到艺术形象中去，我们在接触到他所创造的艺术形象时，便也接触到了他的思想感情，感受到了他所经历到的激动，他所尝味到的欢喜和悲哀。当我们读着杜甫的《闻官军收河南河北》时，能够不为他那种激动、喜悦和轻快的心情所感染吗？托尔斯泰所说的艺术的感染作用，就是以作家艺术家的思想感情来感染读者观众的意思。当你接触到的是一部真正的艺术作品时，你是不可能不受到它的感染的。它几乎有一种强制的力量，使你的心脏要不由自主地应和着作者的情绪节奏而一起跳动。这就是所谓的“共鸣”，托尔斯泰在他的《艺术论》中，把艺术家的感情的真挚程度看做是决定艺术感染力的大小的一个最重要的条件，在我看来是很有道理的。艺术作品的艺术性，艺术作品的动人的魅力，我觉得主要就是从作家艺术家灌注到艺术形象中去的他强烈真挚的感情中来的。

1985 年 8 月

不可无"我"

艺术活动，不管是创作也好，欣赏也好，总离不开一个"我"。在艺术活动中要是抽去了艺术家[1]的"我"，抽去了艺术家个人的思想感情，就不成其为一种艺术活动，也就不会有什么艺术效果，不会有感染人影响人的力量了。

当然，离不开"我"，并不是只有"我"，只需要"我"，艺术活动绝不只是艺术家个人的自我表现。"我"，是时时处在"非我"的包围影响中的"我"，离开了"非我"，也就没有"我"，也就无法表现"我"。但是，在艺术中，这"非我"，又绝不是独立自在的"非我"，而只能是"我"（艺术家）眼中所见到的"非我"；所以，在这"非我"之中，又不能不处处有一个"我"在。因而我们可以说，在创作与欣赏的活动中，都贯串着一个"我"与"非我"的辩证关系。使"我"化为"非我"，又从"非我"中来表现"我"，就是创作的辩证法；使"我"进入"非我"世界，又从"非我"世界中找回"我"来，就是欣赏的辩证法。

这种说法颇有些像唯心论者的呓语，需要作一些解释。

所谓"非我"，不但张三李四、王五赵六，"我"以外的一切人都是"非我"，就是包围着"我"的、无所不在的客观现实，也是"非我"。文学艺术总应该是生活现实的反映，而不能是作者的自我表现。但文学艺术的反映，不同于其他形式的反映，它必须是具体的、形象的反映。不使自己化为张三李四，不感受体验着张三李四的思想感情，就写不出张三李四来。不使自己融入客观现实之中，不

[1] 艺术贵乎创造，创作如此，欣赏亦复如此。不通过再创造的活动，是不能真正领会艺术作品中的神理妙趣，不能尝味艺术作品中的美的。所以在一定意义上说，欣赏者也是艺术家。

呼吸着客观现实的气息,不感受着客观现实的脉搏,就写不出生动的客观现实来。所以,创作者首先必须要有一个使“我”化为“非我”的过程。但文艺作品之所以要写出张三李四等人物来,所以要反映客观现实,又不是无所为的,不是为写张三李四而写张三李四,为反映客观现实而反映客观现实;它是有目的的,它是为感染人打动人而写张三李四,为影响现实改造现实而反映现实的。所以,艺术家又不能使自己完全化为张三李四,完全没入客观现实之中,而一定仍要不失“我”之所以为“我”,要能在张三李四的描写中,在客观现实的反映中,表现出“我”的鲜明的是非爱憎之感来。我所谓要在“非我”之中表现“我”,无非就是这样的意思,无非就是要在作品中渗入作者自己的思想感情的意思。而这,我认为正是创作的主要之点。作家艺术家正是为了要表现他对周围人物、对客观现实的态度,表现他对社会的歌颂或是抗争,才来进行创作的。所以,在作家艺术家的创作活动中,决不可无“我”。演员的艺术,最能说明这种创作的辩证法。俗话说:“装龙像龙,装虎像虎。”演员演岳飞就应该像岳飞,演秦桧就应该像秦桧。但只是像岳飞像秦桧,而不能也不应该使自己就变成岳飞,变成秦桧。演员不应该完全丢掉自己。他仍应该让人透过他的表演,而感知到他对他所演的角色的爱憎感情,而完成他的最高任务。

对于欣赏者评论者来说,他所面对的是一件艺术品,是一个艺术世界,要能欣赏它评论它,首先必须走进这个世界中去。不跑进去,而只站在外面,站在旁边,那是既不能领会作品中的人物的思想感情,也不能领会作者创作的意图和目的。但是叫你跑进去,并不就是叫你完全跟着作品中的人物跑,把作品中人物的思想感情,当做你自己的思想感情。也不是叫你完全听任作者的摆布,“象忧亦忧,象喜亦喜”,对他所表现的是非爱憎态度,表示绝对的顺从。而是应该走进这个世界,而又不能迷失在这个世界之中,要发现这个艺术世界与现实世界的联系,要能在这个“非我”世界中,找回你的自我来。要对作品中人物的所作所为,对作者所灌注在作品中的是非爱憎之感,表示出你个人的独立的态度来,显示出你的鲜明的个性——“我”来。所以,在欣赏、评论的活动中,也不可无“我”。

艺术活动不可无“我”这一特点，可以最鲜明地从无论是创作还是欣赏，都首先要有一个体验的过程上看出来。对于创作家来说，不但在他提笔之前，必须先有丰富的生活，真切的体验，就是在他提起笔来之后，他的思维过程，创作过程，也还同时就是体验的过程。他必须有一种如同身临其境、亲见其人的感觉，才能进行创作。对于欣赏者评论者来说，他要是不能首先体验到作家艺术家所灌注在这一作品中、灌注在他的人物身上的思想感情，他就不能领会欣赏这一作品，当然更没有资格来评论这一作品。而他的领会欣赏的过程，同时也就是体验的过程，至少是同体验的过程不可分的。总之，要是没有真实的体验，缺乏一种“感同身受”的态度，不把“我”浸染于其间，那是艺术的门外汉，是既谈不上创作，也谈不上欣赏的。今天，我们的一些评论文章之所以不能使人满意，其中一个很重要的原因，恐怕就是由于写作者跳过了体验阶段，以一种冷漠而傲慢的态度来对待作家和他的作品的缘故。而一些创作之所以还缺乏激动人心的力量，原因恐怕主要也应该从这种地方去找，恐怕主要也是由于我们的作者和他所描写的人物之间，还没有形成一种如见肺腑、如共痛痒那样的相知相亲的关系的缘故。

1962 年 5 月

要有“事外远致”

十一届三中全会以后，我们的文艺创作空前繁荣，好作品不断涌现，使人简直目不暇接。但是艺术无止境，人们的审美要求也在不断地提高，作家艺术家决不会满足于已有的成就，总是要精益求精地力求能够写出更好的作品来的，人民群众也在热切地作着这样的期待。《文汇月刊》之所以要组织这次笔谈，目的想来也是希望能够为此起一点促进作用。我虽然是一个文学作品的爱好者，但平时阅读作品，多半只是为了欣赏，很少作理论上的思考，现在要我也来参加笔谈，真不知道说些什么好。但又推辞不得，只好随便谈一点临时想到的意见，这些意见很可能是错误的，如果对于作家们还有可供参考的地方，我将感到十分欣幸。

我觉得我们的作家一般都很重视对现实的真实反映，这就杜绝了凌空蹈虚之弊，使我们的创作能够遵循现实主义的道路，健康地向前发展，这是很好的。但作家同时也不应忘记，他自己是个艺术家，他是在进行创作。既然是艺术，是创作，就离不开想象与虚构。决不能亦步亦趋地跟在事实后面专事摹写，使他的作品成了枯燥乏味的事实文学。《后汉书》的作者范晔，对自己的文章很自负，认为不让马班。但是他也自认为有一个缺点，用他自己的话来说，就是“但多公家之言，少于事外远致”。意思是嫌自己的文章写得太实在了，太就事论事了，缺乏高远超妙的思理情致。我觉得他的话是很值得我们好好思索一番的。文学作品自然必须从现实出发，必须真实地反映现实。但它的目的，决不仅仅是在于能让人通过作品去认识现实，而是应该让人透过作品所反映的现实看到更多的东西，看到比现实更高的东西。因为，作品对现实的反映，不同于普通镜子的反射式的反映，它是由作家的心灵这面神异的镜子所作的独特的反映。通过这种独特的反映，在被反映的现实中，就能滋生出一种迷人的情致和诗意，就会在读者的心头自然而然地激发起一种对美、对理想的无限向往和追求。这种情致、诗意以及对美和理想的向往和追求，大概就是范晔所说的“事外远致”吧。而这些，也正是古往今来一切真正的作家所万分渴望，所要苦心孤诣地进行追求的东西。我们的作家艺术家是不是也应该多多留意于此呢？我知道我们的作家实际上也是一直在默默地作着这方面的努力的，在清除了过去极左思潮的影响以后，我相信作家们的这种努力一定会迅速取得成效。

文艺反映现实，这是文艺理论中的一条基本原则，尽管要全面正确地理解这条原则不很容易，尽管我们过去常有把这条原则抽象化的缺点，从而产生了许多偏向，但我们还是应该坚持这条原则，而绝不能随便抛弃这条原则。因为这是一条唯物主义的科学原则，它肯定着外部世界的客观存在，而且意味着文艺作品不是人的一种主观随意的产物，而是与现实相应的东西。但是对于现实这一概念，必须有正确的理解，要防止把它抽象化。文艺作品中的现实，就是指的人和人的具体关系，就是指的人的活动，人的性格。一般意义上的现实，只是文学描写的背景而非对象，只是出发点而非归宿。我觉得我们过去通常有一种说法——文艺表现世态人情，这不但很通俗，也像更便于理解和掌握一些，似乎仍是不妨使用的。说世态人情，这里既有世态，又有人情，似乎包括了两个不同的方面。其实，在文学作品中，世态人情是二而一的东西，它们实际上是一回事。文学的着重点是在于写人情，但要写人情非刻画世态不可，而写世态正是为了显人情。要在世态中寓人情，人情中见世态，而作品的社会意义和教育作用也就自然包孕在其中了。只有这样，文学作品才能打动人们的兴趣，才经得起人们去进行咀嚼和寻味。如果把世态和人情割裂开来，世态是世态，人情是人情，又把重点放在反映世态上，写人情只是为了装点世态，那么不但人情将显得造作，世态也将是支离破碎而缺乏统一的整体性了；而所谓社会意义和教育作用，更往往只能成为一种空洞的说教。这样的作品，是没有多少人要看的。

不管是叫做反映现实也好，叫做表现世态人情也好，作家都不应该是个旁观者，不应该置身于他所要反映的现实或所要表现的世态人情之外。他应该跟这个现实，跟这些世态人情，建立起一种痛痒相关、甘苦与共的亲密关系。这个现实，这些世态，不仅是客观地存在着的，而且是他用自己的眼睛和心灵去观照过、感知过，是经过了他自己的独特的认识和理解的现实和世态人情；是使他对之不能漠然无动于衷，而不得不在他心头产生一种既爱又恨、欲舍难割的复杂感情的现实和世态人情。《红楼梦》中的大观园是贾宝玉、林黛玉等人的活动场所，也是曹雪芹耳闻目睹、足履手触的现实世界。《呐喊》与《彷徨》中所表现的世态人情，不仅是浮动、展现在鲁迅眼前的世杰人情，也是渗透了鲁迅自己强烈的爱憎感情的世态人情。曹雪芹和鲁迅当然是置身在他们周围的现实和世态人情的氛围之中的，而他们周围的现实和世态人情又无不包孕在他们心灵的天地之内。他们笔下的人物既是从他们所生活于其中的现实中摄取来的，同时又是经过了他们感情的孕育，是他们自己的心灵的孩子。正因为在这些形象身上渗透着他们炽烈的爱憎，凝注着他们辛酸的血泪，所以贾宝玉、林黛玉、阿Q、祥林嫂、魏连殳们的命运遭遇，才能那样地牵动着人们的感情，搅扰着人们的灵魂。要是他们只是客观地反映他们周围的现实，冷静地表现他们所见的世态人情，那么，他们的作品对于我们，恐怕就只能提供一些认识作用，而决不会产生这样巨大的震撼力量了。

然而事情还不止如此。如果曹雪芹和鲁迅只关心着贾宝玉、林黛玉、阿Q、祥林嫂、魏连殳等人的个人哀乐，把他们的注意力全部集中、局限在这些人身上，对这些人物所置身的社会虽有亲切的感受，却并无深刻的了解，他们自己的思想境界又只停留在同这些人物差不多的水平上，而不能站得更高，看得更远，想到更多的东西，那么，他们的作品虽然也能使我们激动一阵子，但我们就只不过像听了一个现实生活中的悲惨故事，过不多久，也就随即淡忘了。伟大作品之所以具有不朽的魅力，能够不断刺激我们的想象，引起我们要继续进行追求的无限渴望，就因为伟大的诗人不但对他们的社会有真切的了解，对和他们生活在一起的人民有深厚的感情，还因为他们总能立足于现实的高处，能透过今天去瞻望未来,不懈地为他们心爱的人民苦苦地探索着美好的前途。范晔所说的事外远致,恐怕正是在这样的情形下才能取得的。要做到这一点虽然不很容易,但我们的作家都抱有这样的愿望,正在作着各种努力,而今天又是一个应该而且能够产生伟大作品的时代,相信他们的这种愿望,一定是能够实现的。

1981 年

谈文艺批评问题[1]

现代文学研究，跟作家作品评论的关系很大。如果没有认真的作家作品评论，现代文学的研究也就难以深入。所以我今天讲讲文艺批评的问题。

我们的文艺批评，应该承认，是比较落后的，而且名声也不大好。多少年来，也没有出过比较杰出的批评家。我觉得最好的还是茅盾先生。他从从事文学活动开始到晚年，写了一些批评文章，都是很有见地的，对作家作品的确有真知灼见。可惜这样的批评家太少了。

本来，批评是在创作的基础上进行的，没有创作的繁荣，就不会有批评的热潮。创作的水平，也影响到批评的质量。但是，敏锐深刻，真正创造性的批评，却也能对创作起引导的作用，提高创作的质量，促进创作的繁荣。历史上这种情况是很多的。比如果戈理写出《密尔格拉德》和《小品集》以后，当时俄国的批评家们提出了很多指责、攻击，后来别林斯基给他作了恰当的分析，肯定了这个作品，不但鼓舞了果戈理，也提高了读者的理解和欣赏水平，同时对当时俄国的整个文艺创作也起了有益的作用。又比如 19 世纪法国文学的兴旺跟圣·伯符等大批评家的功绩也是分不开的，勃兰兑斯则对当时北欧的文学有很大的影响。就是莎士比亚，要没有一代一代的批评家，不断地进行分析，不断地揄扬他，称赞他，他也不见得会有今天这样的崇高地位，他作品的好处，也不一定能被大家所充分认识的。但是我们的批评，过去在极“左”思潮的影响下，它的功

[1] 1981 年 4 月 26 日在“现代文学思潮、流派问题”讨论会上的发言。根据录音稿整理。

业,却只在于砍杀、摧残,这对于创作的发展是很不利的。

本来,作家、批评家之间,是难免会有些矛盾的。因为作家面对的是生活,而生活是日新月异、不断发展变化的。作家常常从生活中得到一些新的启发、新的印象、新的思想。一个真正的作家总是能够跟着生活一同前进的,甚至常常能稍稍跑到生活的前面一些,因为他能预感到生活前进的信息,他比较敏感,能带领生活更快地前进。为了表现新的生活、新的力量、新的人物,作家总要不断地探索新的表现方法,建立新的形式。批评家面对的主要是作品,对作品的评价,总要根据一定的标准,一定的原则,这标准和原则从哪里来呢?只能是从总结过去的经验中来,从过去的创作中归纳出来。这样批评总不免有些保守性。它总要竭力维护固有的标准,总要拿固定的尺子去套新的作品。英国的爱迭孙(J. Addison)批评密尔敦的《失乐园》,他所用的标准,是亚里士多德《诗学》的标准,亚里士多德认为史诗的结局,应是幸福的结局,《失乐园》结局不幸福,他就说不好。法国浪漫主义兴起的时候,受到古典主义者多大的辱骂、攻击,他们简直把浪漫主义者当做疯子、野蛮人,浪漫主义的发展受到多大的阻力!我们中国也一样,诗教要"温柔敦厚",因此班固批评屈原"露才扬己"。五四时期,郁达夫的《沉沦》、汪静之《蕙的风》,当时也受到攻击。但是,时代毕竟不同了,无论古典主义怎样攻击,浪漫主义还是兴起来了,郁达夫、汪静之的作品也传播开来了。但也有的作品不这么幸运,在当时的压力下,沉沦了多少年,比如英国班扬的《天路历程》,用了很多人民的口语,想象丰富,风格比较自然、淳朴,跟18世纪当时讲究的严正、庄重的风格是不合的,因此当时的批评界对它贬低得厉害,被斥为"文体卑俗",杨格(E. Young)和休谟(D. Hume)都贬低他。甚至到18世纪末,1797年出版的《袖珍丛书》中还说它"不得入于古典之林"。直到19世纪30年代经过麦考莱的赞扬,才得到公正的评价,才为大家所承认所认识。中国的《诗品》,作者钟嵘懂得诗,也喜欢陶渊明,所下的评语也很好,但由于时代的风气要求华丽,只好把陶渊明摆在中品。所以,时代的要求,也左右着批评家。《水浒传》、《红楼梦》、《儒林外史》等都很好,但只有在五四以后才能给它们以很高的地位。

我这里讲的作家与批评家的矛盾，不是讲个别的批评家与个别的作家或某一派批评家与某一派作家之间的矛盾，那总是有的，不足为怪的。值得注意的是，当整个批评界成为对创作的一种威压力量，批评家讲了一句话，就成了板上钉钉了，作品命运决定于一个批评家的几句话，这对创作是不利的。十年浩劫期间不去讲它了。即使是“文革”以前的十七年当中，一篇作品只要受到一篇文章的批评，这篇作品也就完了。报上不大发表不同意见的。反过来，一篇作品，不管怎么不高明，只要报上一人说它好，便成了好作品了，也不会有不同意见的。甚至剧团改编，拍成电影，记者访问，于是很多人效仿，从题材到风格都相同，这对创作是不利的。上次在上海参加了一次座谈会，谢晋、秦怡谈起《北国江南》，很有意思。导演沈浮从没想到它会成为毒草，一天早上起来听电台广播说《北国江南》是毒草，很吃惊，他说我怎么会反党，解放后受到人民政府的重视，当了人民代表，我怎么会反党？领导派郑君里、谢晋去帮助他，他搞不通。郑君里、谢晋其实也搞不通，但真心诚意地想帮助沈浮搞通。于是他们就问他有没有资产阶级思想，有没有个人主义？他说，这可能有的。那么好，有资产阶级思想、有个人主义，当然就可能走向反党反社会主义了。他也无话可说了。秦怡呢，人家说她有人性论，她完全承认。因为她说我坐三轮车都不敢往后坐，唯恐工人太累了。这种现象当然与“左”的思想路线有关，与对文艺和政治的关系的不正确看法有关，也跟对文艺批评的职能的片面观点有关。长期以来文艺评论工作者和教学工作者形成了根深蒂固的看法：文艺必须为无产阶级政治服务，而对无产阶级政治的理解又极其抽象，纯而又纯，沾不得半点灰尘，有时甚至就是指某一时期的某些具体政策或某一领导人（包括支部书记）的讲话。对文艺批评，毛泽东讲过是文艺界斗争的主要方法之一，但同时他也说这是一个复杂的问题，需要专门研究。但我们只记得“斗争”这个词，又认为斗争当然是指敌对思想而言，因此评论就是除毒草，浇香花，不是捧就是打，好的捧之上天，坏的就打之入地。认为文艺工作者应该是守卫在文艺阵地上的战士，教师也教学生成为这样的战士。政治标准第一，实际成了政治标准唯一了。政治感觉特别敏锐，政治警惕性非常高，高到神经过敏、捕风捉影的程度，而艺术感觉则被排挤掉了，或者说被压制下去了。艺术感觉在评论中不起作用。所谓文艺批评，实际上是用非艺术的态度来对待艺术作品，不考虑艺术性。文艺作品，不当艺术品看待，只当成一般的社会政治论文看待。批评、评论甚至成了对于作者的政治鉴定或政治判决。当然，文艺评论应当从政治上去考虑，也包括鉴定、判断的意思，当出现反党反社会主义思想时，当然不能听之任之。但有意用文艺作品来反党反社会主义的毕竟是极个别的、罕见的现象，多数是世界观的问题，一时说错，偶尔迷失方向，由某些观点的片面性引起的。在这种情况下，一般都不应因此对作者上纲上线，作政治判决。但过去这种情况太多了。今天值得庆幸，党中央、文艺界领导、文艺工作者、读者、观众，一句话，广大人民都知道了文艺不该这样看，应容许不同意见发表。比如对《天云山传奇》开始风言风语的，但最后群众还是把它评为得奖的好作品。可见今天我们经过多年的教训，大家的思想都已提高了，我们的前途是光明的，文艺界是有希望的。

对于文艺作品的研究，我觉得应当注意三种关系：第一，作品既然是生活现实的反映，就有一个跟现实的关系问题。所以应该研究作品与现实的关系。第二，作品是作家写的，自然又有一个作品跟作家的关系问题，就应该研究作品与作家的关系。第三，作品一方面跟现实相联系，一方面跟作家相联系，这就产生作家跟现实的关系。现实生活不会自动地跑进作品中去，只有当现实生活跟作家的心灵相遇，发生猛烈的撞击，并在这撞击下，迸发出耀眼的、炽热的火焰时，生活现实才能在这种火焰的陶铸熔炼下，转化为艺术作品。因此，任何作品，都是现实生活与作家心灵相互作用之下所产生的化合物。所以又应当研究作家与现实的关系。这三种关系，不是相互孤立的，而是统一联系的，必须把它们当做一个整体，有机地加以研究。作品的艺术价值的高下，就要看生活现实、作家心灵以及艺术作品这三者的结合，是不是和谐融洽，以及其和谐融洽的程度如何而定。真正的文艺批评，就应该是一种关于艺术与生活、艺术与心灵，以及艺术作品当中的生活与心灵的关系的研究。所以它应承担起分析阐明作品的意义，衡量评定作品的价值（思想价值、艺术价值），以及发掘和再创造作品所包含的美的职能。

作家的创作,总有他的意图,他总是为了对社会、对生活有所爱,有所憎,有所主张,有所匡正才提起笔来的。但他的想法、他的目的意图,又是包容在生活形象当中,通过艺术手法表现出来的。作品往往都是比较含蓄的。一般读者,不一定立刻就能懂得,就能抓住作者的用意(主观意图)和作品的客观思想所在,这即使对批评家来说也并不容易。别林斯基说过,那种以为把一部作品的思想意义说清楚是很容易的事的观念,是不对的,这是件很艰难的事情。只有具有同思考力相结合的深刻审美感觉的人才能做得到。就是说不但要有深刻敏锐的思考力,还要有细致的艺术感觉、审美感觉,而且还要求两者能很好的结合。这不但批评家很难做到,就是作家本人也不一定能说清楚。所以《歌德谈话录》里记着,当爱克曼问歌德:“你在《塔索》里,究竟要表现什么思想呢?”他说:“思想,我怎么知道?我所看见的只是塔索的生活。”他也拒绝回答《浮士德》的思想是什么的问题。托尔斯泰也说过类似的话,他说要让我说出《战争与和平》的思想,除非我再写一遍给你看。他们并不是故弄玄虚,因为作品思想太丰富太复杂了,不是简单几句话所能概括得了的,这是第一种情况。第二种情况,也因为作品太深刻太含蓄太蕴藉了,不是一下能说清楚的。再有,有些内容作家也只是艺术地感觉到了,而还不能清晰地意识到,因此他当然不能用明确的语言把它说出来。比如奥斯特洛夫斯基写的《大雷雨》,他有没有像杜勃罗留波夫所说的意识到是表现了“黑暗王国中的一线光明呢”?不见得。现在我们所理解的《大雷雨》是奥斯特洛夫斯基与杜勃罗留波夫的共同创作。所以在这种情况之下,读者希望批评家能够为他们阐明作者的意图和作品的客观思想,做作者与读者之间的桥梁。在这个意义上讲,批评家起着解释、说明的作用。这是第一种作用。

第二,艺术是现实的反映,作家的作用是把生活现实转化为艺术作品,从而影响现实、推动现实向前发展。实际上,从广泛的意义讲,一切作品都是反映着一定的社会现实的,不但现实主义作品是这样,浪漫主义作品也是有现实内容的,甚至荒诞派的作品,它的一些想法尽管离奇古怪,也还是从生活里面引申出来的。所以都有现实的内容,不过有的是直接地反映生活,有的是间接地反映生活，有的是明白而直率地反映生活，有的是隐蔽而曲折地反映生活，当然还有正确的反映与歪曲的反映，有许多区别。在基本上正确地反映现实生活的作品当中，它们的正确程度也有深浅的不同。这深浅的差别，也不是一般读者所能认识到的，这就又要仰仗于批评家了。而且作者反映生活，不是把生活直接搬上作品，它是经过了作者心灵的折射，经过了作者有意识的加工改造的。歌德讲过，作家的作品，没有一个字不是他亲身体验过的，但他写出的事物，却没有一点与他体验过的生活完全相同。作品既是来自生活，又不同于生活。比如晋朝大画家顾恺之画得很好，一次裴楷（叔则）让他画像，裴楷颊上本来无毛，画完之后，他又给他加上三根毛。人们问他这是什么道理？他说裴叔则俊朗有识具，此正是其识具。看画者再仔细看时，就又觉得加这三根毛，的确比不加好。爱伦堡也讲过一个例子，他去看一个法国艺术家，这位艺术家拿来一个黑人的艺术作品给他看，这是一头大象，愤怒的大象，牙都翘起来了。那艺术家问爱伦堡好不好，爱伦堡说好，法国人说，我也觉得好，可就有个笨蛋批评家说它不真实，说大象的牙哪会翘起来呢。这个黑人雕刻家听了他的话，又另雕了一个，牙是不翘了，但生气也没有了。唐朝有个画家戴嵩，善画牛，与韩幹画马一样出名，人称“韩马戴牛”，他有幅《斗牛图》，传下来。到宋朝，一位士大夫家里藏着这幅画，把画挂在中堂。有个牧童见了哈哈大笑，因为画上斗牛尾巴翘起来，牧童说牛斗时是夹着尾巴的，它不会翘起来。我想，戴嵩不见得不知道斗牛夹尾巴的常识，因为他善画牛嘛。这可能和大象的牙翘起是同一个道理。真实性的原则当然是不能违反的，但对真实性的理解却不能简单化，不但有形体的真实还有神态的真实，有种种复杂的情况。马克思在《1844 年经济学哲学手稿》里面讲到，动物也会建造，但它们只知道用本身的尺度，我们人呢？晓得许多尺度，而且晓得把自己的尺度（内在的尺度）用到对象身上去[1]。朱光潜先生认为这里指的都是对象的尺度。我的理解，这里面有两方面的意思，一个是指对象本

[1] 马克思的原文是：“……动物只按照他所属的那个物种的标准和需要去制造，而人却知道怎样按照每个物种的标准来生产，而且知道怎样把本身固有的（内在的）标准运用到对象上来制造……”据朱光潜先生译文。见《美学》第二期，上海文艺出版社 1980 年版，第 5 页。

身的尺度，一个是人的尺度。后面一句是人的尺度。人不但用对象所有的规律去创造它，而且还有人的尺度，把人的理想、愿望、目的加进去，所以朱光潜先生讲自然主义与人道主义结合，一方面尊重事物本身的规律，一方面要有人的理想。我很同意。首先一定要尊重客观真实，但现实主义只有真实是不够的，还要有自己的理想、目的。你为什么要写它，总有你自己的意图。但这理想又不能是外加的，要与符合现实的规律结合起来。这就不只是单有一个真实性的原则就行的。作品既是来源于生活，可又不同于生活。正因为它不同于生活，我们才在生活以外还要有艺术。假如艺术与生活一样，生活中已经有了，还要艺术干什么呢？艺术比生活还多点什么，这一点正是我们所喜爱的，所需要的，对我们有益的。所以歌德说艺术作品存在的价值，就在于它有异于大自然的作品。列宁也讲过，艺术并不要求承认艺术作品就是现实（《哲学笔记》）。所以艺术是反映生活的，但又不同于生活。既不能因为生活是怎样的，就要求作品也要怎样；反过来也不能用作品来硬套生活，说作品里的什么什么就是生活当中的什么什么。我们有些批评却就是这样的。但是，艺术的力量，艺术的价值又取决于它同生活的具体关系。所以批评就应该向读者揭示作品同生活的联系，作者是怎样从生活中撷取他的题材的，看作品是不是正确地反映了生活，正确的程度怎样，他要把生活引向哪里去，方向是不是符合生活的发展规律。一句话，批评是作品与生活之间的桥梁，使读者通过作品来理解生活，认识生活。从这意义上讲，批评就是判断、检验的作用。这是第二种作用。

第三，文艺作品不单是生活的反映，而且是生活的艺术的反映，美的反映。科学给人以知识，而艺术打动人的感情，给人以美、愉快、喜悦。高尔基说一切艺术作品，都贯穿了一个共同的追求，追求用语言和思想所抓不到的，就是连感觉都抓不到的一些秘密的东西，这就是美，就是使我们心花怒放的东西。艺术作品总要打动人，给人力量，不仅给人知识。所以艺术不单使人懂得生活，懂得应该怎样生活，有认识作用和教育作用；还能向人们展示出艺术境界，给人一种美的享受，有审美的作用。正因为有这种审美作用，才使它的认识作用、教育作用，格外地深入人心，格外地真切有力。所以契诃夫说，艺术家一喊，人们都会跟他走的。我们的艺术就要有这种力量,否则就没有存在的价值了。可是我们长期以来却忽略了这一点,不去强调这方面,因此削弱了我们的艺术,贬低了我们的艺术。我们的艺术本来可以发挥更大的作用,如果我们多年来做得好,人们的精神面貌会有更大的改变,在建设社会主义中会发挥更大的力量。但是,对于一定的美来讲,必须具备一定的欣赏能力,才能发现,才能享受。这种欣赏能力,也不是所有读者都能具备的。别林斯基有一次写信给一个朋友鲍特金说,你不要相信巴枯宁,巴枯宁没有美的感觉,对艺术作品他只用脑子思考,不用感觉,没有心灵的参与。而对于艺术作品,如果没有心灵的参与,那比用脚板去思考更坏。我们一些同志,恐怕也是只用头脑而不用心灵的。碰到这种只用头脑思考而不用心灵去感觉的批评家,艺术作品的美,只有远走高飞,逃之夭夭了。所以克罗齐说,诗人死在批评家里面,也就是这个意思。因此,要使广大读者都能欣赏某一艺术作品的美,也有赖于批评家的辛勤劳动。批评家应通过自己独特的创造性的劳动,把这作品中所包含的美,转变为比较容易欣赏、容易理解的美。批评家的作用,是美的欣赏的桥梁,沟通美与美的欣赏者。在这意义上,批评家起着美的鉴赏与再创造的作用。

批评的这三种职能和作用,跟前面讲的文艺作品的三个关系是一致的。作品与现实的关系,主要讲作品的真实性问题,对于批评来讲,是检验、评判的工作;作家跟现实的关系,是倾向性或思想性的问题,对于批评家,是解释、说明的工作;作家与作品的关系,是说作家怎样把他所看到的现实,连同他从这现实中所形成的思想感情,转化为艺术作品,写出他从现实所受到的激动,从而去激动别人。有人说过,有才能的人写他所能够写的,而天才写他所不能不写的,所以艺术家在生活中没有激动是不能写作的,作家与作品的关系问题,是艺术性问题。这三种关系、三个职能是一致的。

正像创作有各种流派一样,批评也存在各种各样的流派:有旅游团的向导式的批评,有展览会的讲解员式的批评,有法庭的审判官式的批评,也有印象派的借题发挥式的批评,譬如法朗士说,批评是灵魂在杰作中的探险,我只是以莎士比亚或密尔顿为题,来谈谈我自己,借题发挥来谈批评家自己。这句话虽偏于主观方面，但也不无道理。批评家总要有自己的看法，假如大家的看法都是这样，也不必烦劳你了。艺术贵在独创，创作如此，批评与鉴赏也是如此。但这种独创性，也不一定要是以前从未有过、只有你才第一次提出来的，这种情形很少。日光之下无新事。生活的感受总是有相通的地方。只要你讲这番话，确实是你自己亲身体验过、领会过、感受过，是从你内心深处讲出来的，带上你自己的情绪色彩的，是你自己说的语，这样，虽然人家也说过，但还是你自己的创新。因为你有你独特的方式，只有你才会这样讲，别人是不会这样来讲的。愈是个人的，愈是深刻的，就愈带普遍的意义。而且也愈会给人一种既亲切又新鲜的感觉。正如创作有许多流派一样，批评也有许多流派。不同流派的指导思想不同，出发点不同，运用批评的方式方法不同，批评的着重点不同，你着眼于作家与现实的关系，他重视的却是作家的心理……但批评的范围、职能，总超不出上面所讲的三种关系、三种作用。泰纳在《艺术哲学》第五编当中，提出区分艺术作品的等级的三个原则（这些原则是根据西方的传统观念，认为艺术的目的在于模仿，模仿就必须能抓住事物的基本的和显著的特征而得出来的。但他也说，绝对正确的模仿并非艺术的目的，要适当地加以改变，要注入理想。自然不够完美的地方，要艺术来加以补充）。这三条原则就是：1.特征重要的程度（最能体现事物本质的特征）；2.特征有益的程度（有利于自身发展向上的特征）；3.效果集中的程度（表现力量的集中）。特征重要的程度，着重于事物的本质，追求“真”，相当于我们所说的真实性。特征有益的程度，着重于事物的发展方向，追求的是“善”，相当于我们所说的倾向性、思想性。效果集中的程度，是关于用来表现特征的手段、因素，是不是向着一个目标集中？这是作品的表现手法和艺术技巧问题，相当于我们所说的艺术性，如结构的严谨、统一等等。我曾以吴道子的《钟馗捉鬼图》为例，来说明结构必须集中统一的道理。在吴道子的画中，钟馗是用食指把小鬼的眼球抠出来的。后来这幅画落到蜀主孟昶的手里，他说这画画得很好，但如果不是用食指这样抠，而是用拇指这样挑，那就更能表现钟馗的狠毒了。所以他要他手下的一个画家黄荃去改一改，把食指改为拇指，抠改为挑。黄荃答应了，但过了半个多月才拿来，拿来的是另外一幅自己画的，吴道子的画并没有改。孟昶说,我只叫你改一改,何必另画呢?黄荃回答说:吴道子的画上,钟馗全身的肌肉力量,眼神气势都集中在食指上面,一改就得伤筋动骨,我无法改。我的这幅画虽然比不上吴道子的,却也有一个好处,就是在我的画中,钟馗的力量、眼神和气势都是集中在拇指上面的。见郭若虚《图画见闻志》。结构就是这样,应该顾到整体的和谐。所以有一位戏剧家曾经这样说过:“一出戏应该是一个活的有机体,活到任何一处遭到割裂后便会流血的程度。”[1]艺术作品都是有生命的,每个细节部分都连通到作品的心脏,是活的。把它离开心脏,作品就没有生命了。所谓牵一发而动全身,效果集中程度就是讲这个,相当于我们所说的艺术性问题。所以。这三点归纳起来,也就是真实性、倾向性和艺术性的问题。但这三者并不是各自孤立,而是互相联系、依存,有机地统一的。本质与方向,现实与理想,真与善,不但是紧密地联系着,而且是有着深刻的内在的统一性的。物各有性,我们决不能离开事物的内在本质来谈事物的发展方向。正如庄子所说:“凫胫虽短,续之则忧;鹤胫虽长,断之则悲。”[2]善,归根到底是与真相一致的。电影《追鱼》中的假牡丹得到人们的同情,也还是人的思想感情、人的心灵的真与善的统一。理想也不是与现实不相干的东西,它不是胡思乱想,白日做梦,它的根子就扎在现实的土壤之中,它是在现实的基础上生长起来的,是一种终于要成为现实的潜在的可能性。所以真实性、倾向性都来源于现实,都与现实有关。从作品与现实的关系看,就表现为真实性的问题;从作家与现实的关系看,就表现为倾向性(思想性)的问题,两者是不能彼此割裂的。至于艺术性,主要是与作家相联系的问题,是作家与作品间的关系的产物。真实性与倾向性决定作品的价值,艺术性则决定作品的命运,从而也决定作品的价值的命运。艺术性不高,作品的价值也无法取得人们的承认。就艺术作品作为艺术作品来看,真实性与倾向性不能离开艺术性而存在。就是说,它们必须通过艺术的表现,必须被艺术地展示出来。反过来,作品的艺术性,又只有在真实性与倾向性的表现过程中才能获得,艺术性就从真实

[1] 圣约翰·欧维恩语,引自《戏剧与电影的剧作理论与技巧》,中国电影出版社1978年版,第224页。
[2] 《庄子·骈拇》。

性与倾向性的具体表现当中体现出来，它本身就是真实性与倾向性的和谐的富有魅力的形象显现。所以进行文学批评时，决不能把三者割裂开来，而是必须把这三者结合起来看。目前我们批评界的偏向，恰恰是把三者割裂开来，而又特别不重视艺术性。看起来，我们对作品的真实性、倾向性十分重视，这是应该的。但是由于常常把两者割裂开来，尤其总是脱离艺术性来考察作品的真实性、倾向性，因此这就是用一种非艺术的态度来对待艺术作品，就是用的纯社会学方法。而对艺术作品的分析，单用这种社会学的方法是不够的，必须同时用心理学的方法、美学的方法，而且应该把社会学与心理学、美学结合起来。别林斯基把批评称为“行动着的美学”，批评本身就是美学，活的美学。我们的文艺批评，就应当是行动着的马克思主义的美学。应该把马克思主义的美学原理，应用到具体的作家作品评论中去。文艺批评家应该有深刻的观察力与思考力，思想水平要高，但更其不能缺少敏锐细致的艺术感受力。不能单用头脑，一定还要依靠心灵。没有心灵的参与，就不能够领会艺术作品所包含的美，就不能尝味到艺术作品所带给你的喜悦，你的分析就很难说是艺术的分析。大诗人大艺术家没有不重视感受能力的，中国的文论、画论、诗话、词话等都是如此，都非常重视艺术感受力。别林斯基说：“研究一个诗人，不仅意味着要通过努力和反复阅读他的作品来认识他，而且要反复地感受和体验……如果不能在某一个时候处于诗人的巨大的影响之下，那就不可能理解这一个诗人……这种对诗人的心向神往，是研究他的过程中的重要因素。”[1]别林斯基这番话也许说得太过分了一些，要对诗人心向神往，当然首先要这个诗人是值得我们心向神往的，是自然而然地能使我们对他产生心向神往的感情的才行。而且，即使在心向神往的状态中，我们也不能丧失理智的清明，也要能保持分析批判的态度。不过，他强调要认识和了解一个诗人，必须反复阅读他的作品，必须反复地感受和体验，这都是对我们十分重要十分有益的意见。因为只有反复阅读、反复感受和体验，才能领略艺术的全部魅力，才能尝味艺术的迷人的美。马克思常反复阅读

[1] 见《别林斯基论文学》。

莎士比亚的作品,列宁常反复阅读托尔斯泰的作品,他们决不仅仅是着眼于作品的思想性,而同时也是为了领略他们的作品的艺术的魅力,尝味他们的作品所蕴含的艺术的美。我们过去的文学批评的缺点,不就是对艺术作品所包含的美,对作品体现出来的深刻而富有魅力的艺术家的创作个性,缺乏真切的感受和体验吗?而跳过了感受与体验的阶段,不从自己的感受与体验出发的批评,就必然是教条主义的、公式主义的空话、大话、假话,群众是不爱看的,对创作也是有害无益的。

长期以来,我们的批评的名声之所以不好,就是因为这类批评实在太多了。粉碎"四人帮"以来,有所改变。但这种风气由来已久,积弊太深,不是一下子就能完全改过来的,这需要我们大家共同努力,来切实地扭转它。如果作品分析,作家评论的水平不提高,整个现代文学研究的水平也就不可能提高,这几年我们的文艺创作空前繁荣,质量也比过去大大的有所提高,这对文艺批评既是有力的促进,也是个强大的压力。我们一定要急起直追,迎头赶上,为促进创作的进一步繁荣和质量的更大的提高贡献我们的一切力量。

1981 年 4 月

且说说我自己

我的母亲

我的母亲离开这个世界已经将近半个世纪了，我虽经常深深地怀念着她，却从未提起笔来写过追忆她的文字。大概一种至深至切的感情，往往是无法用言辞来表达的，只能让它默默地埋在心底。何况我的母亲又是个最普通、最平凡的中国传统妇女，她的一生简简单单，平平淡淡，毫无什么特别的事例可供传述，就更只能让她永远留在记忆里，作为我不轻易示人的个人珍藏了。

我只知道我母亲姓周，却不知道她叫什么名字，因为在过去，女子的名字是秘不示人的。我也从来没有见过外公外婆，也从没有听母亲说起过他们，大概在母亲还很小的时候，他们就去世了。母亲只有一个姐姐，就是我的姨母。另外还有一个弟弟，即我的舅舅，却并非外公外婆所生，而是领养的。外公外婆家和我们家一样，也在农村。他们家房屋很多，而且极其轩敞，每年农历三月节，那里举行庙会，我都要跟随母亲去住几天，看看热闹，单从住宅的气派看，外公家至少是个小地主，境况应该还是不错的。但那时候女子无才便是德，特别是农村中的姑娘，很少读书的，所以我母亲不识字，是个文盲。但她秉性善良，心地慈祥，心肠特别软，同情心特别强。不论是看到或听说有人遭了不幸，她总会从心底里发出同情的叹息；必要时还会尽可能给予及时的援助。有叫花子上门，她总要特别多给些。看到有人跌跤，在那人倒地前，她已大声惊叫着："啊呀！"就像是她自己要跌倒一样。她的仁慈不但是对人，还及于一切有生之物。她对家里豢养的猪、牛、羊，以至猫、狗等小动物，都特别地疼爱和怜惜，即使是一只蚂蚁，她也不肯轻易加以践踏。对她所生的子女，那当然更是呵护、关怀，照顾无微不至了。

我母亲一共生过九个孩子，除三个早夭外，长大成人的有六个。一个人要带大六个孩子，该是多么的不容易！我家虽有几亩薄田，但数量甚少，早年还靠父亲教私塾，收些束脩，贴补家用，后来连这也没有了。一家人就只有省吃俭用，艰苦度日。这中间作为家庭主妇的母亲，其辛苦操劳的情况，可想而知。家境如此，当然是无力再供孩子们读中学了，可是我父母还是让我和比我大两岁的五哥进城去念了初中。1933年秋，武进县遭受旱灾，农田大量减产，有的甚至颗粒无收。我勉强读完一学期，到第二年，家里是再也无力供我继续读下去了。便只能让我辍学。我们学校的校长和教务主任，都与我父亲相识，因为我成绩不错，觉得不读可惜，便决定免去我应缴的学费和杂费，要我父亲让我继续读下去。我父亲考虑再三，觉得学杂费虽免，膳食费还是无力筹措，只能忍痛让我辍学了。母亲眼看着我就要失学，心里难过得什么似的，但也毫无办法。后来，她忽然想到，她的姐姐、即我的姨母家就住在离我们学校不远的地方，可以与姨母商量，让我去姨母家寄食，待我家境况稍好一些后再给予补偿。姨母家经济情况也并不好，本来是不便开口的，但为了我的前途，母亲也就顾不得了。跟姨母一说，姨母竟立即同意了。这样，我总算能读完了初中。初中毕业后，像我们家的情况，当然是绝不可能再读高中的。我侥幸考取了江苏省立无锡师范学校，可以免缴一切费用，父母内心的欢喜，真是无法形容。尤其我的母亲，看到心爱的孩子竟能顺利地继续上学，多次对我说，她常常高兴得从梦中笑醒过来。

最使我难忘的是1937年冬天，日本侵略军占领上海后，沿沪宁线西进，昆山、青旸港等地相继失守，常州岌岌可危。为了不在入侵者铁蹄下当亡国奴，我决定与几个同乡师友一起出走。我一直生活在父母的宠爱和庇护下，如今要离他们远行，不知何时才能再见，心头真是悲痛欲绝。行前几天，几乎总是在哭泣之中。我母亲当然也舍不得我离开她，看到我这样懦弱，更加不放心，就说："看你这个样子，还是不要出去吧！"我当时心情也十分矛盾，但是知道不应该留下来，所以决定还是非走不可。临别时，父亲拿出他好不容易才筹措到的两枚银元，手颤颤地交给我，说："我只能给你这点钱了，一切你自己当心吧！"母亲则泣不成声地说:“你走吧,不要想我们,我们也不想你。”我听了,真是心如刀割,在满面泪痕中匆匆地离开了他们。此后,我只要一想到母亲在临别的无可奈何中所说的那两句话,我就要禁不住失声痛哭。即使六十多年后的今天,我自己已是个八十老翁了,当我写到这里时,还是泪如雨注,把笔下的稿纸都沾湿了。

那年离家后,我辗转到了重庆,后来考取了中央大学。在大学读书的前三年,与家里还是音信不通,不知家里情况如何,父母是否安好?我日夕沉浸在对家乡和父母的思念中,在每两个星期一次的“各体文习作”课中,我曾写过不少怀念母亲的文章,因为感情比较真挚,颇得老师和同学的称赞。这些习作,连同老师在上面写下的批语,我至今还保留着。有时偶尔翻出来重读,总要勾起我对昔日生活的回忆,以及对已经逝去的父母的怀恋,常常使我陷入深深的悲痛中,久久不能自拔。后来可以与家里通信了,但写信的总是父亲,母亲不识字,无法直接跟她通信。只能从妹妹的来信中,较多地知道一些她生活的具体情况。妹妹在信中告诉我,母亲常常跟她谈起我小时候的事。说我小时候很懂事,但也很娇,容易生气,可嘴上又不说,要大人主动前来说好话,加以抚慰,不然会长时期地赌气不作声。更多的时候是妹妹说我小时候读书怎样怎样聪明,我小学里的老师常常在我母亲面前夸我。谈到这些,母亲总是眉飞色舞,无比的兴奋,并且久久地沉浸在愉快的回味中。我读着妹妹的这些信,仿佛重又回到了母亲的身边,亲自看到了她那因我而感到陶然自得的神态。然而实际上,我与母亲之间却遥隔着千山万水,不知哪一天才能够回到我的故乡,重新投入我朝夕思念的母亲的怀抱,又不禁泪涔涔下了。

抗战胜利后,我于 1946 年春天从重庆交通大学复员回上海,先回到常州家中,一家人的欢喜真是无法形容。尤其是母亲,她多年来日日思念儿子,总是双眉紧锁,满脸哀愁。这时脸上立刻阴霾尽扫,露出了灿烂的笑容,精神焕发,无比兴奋。在她心里总以为我之所以能够平安回来,全靠菩萨保佑,这是与她烧香念佛、日夜为我祈祷分不开的。我回家后,她就拉着我一定要我随她到她许过愿的庵堂庙宇去磕头还愿。我完全被她那一片至诚的心情所感动,便也心甘情愿地跟着她去向菩萨和神灵们叩头跪拜,致敬尽礼。她对我的表现也非常满意。回顾我的一生中,从上中学读书以后,就难得跟母亲长时期地相聚在一起,只有从重庆复员回来这一段日子,可说是和母亲朝夕相处,形影不离,给予她的欢乐最多。可惜过不多久,原来内迁到重庆的交通大学师生陆续回到了上海,我不得不赶回学校上课,就只得和母亲告别了。

我母亲是 1952 年 2 月里去世的。那正是我第二个孩子诞生不久,妻子和刚出世的女儿还没有从医院回到家里,忽然传来母亲病危的消息,我连夜赶回常州乡下,总算见到了母亲一面。她虽已极度虚弱,但神志还算清楚。看到我回来,似乎心愿已了,紧握着我的手凄然一笑,随即瞑目了。家里人说,本来以为她来不及见到我了,不想居然出现了奇迹。他们都说母亲是在忍死等我。我眼看着最亲爱的母亲永远离我而去了,真是痛不欲生。不过总算还能见到母亲的最后一面,又觉得不能不感谢上苍的格外照顾了。

亲爱的母亲,愿你的在天之灵永远安宁。

1999 年 6 月 14 日

我的老师伍叔傥先生

我经常深切怀念着我的老师伍叔傥先生，他是我一生中给我影响最大的一个人。伍先生是蔡元培先生当校长时的北大学生，与傅斯年、罗家伦等同时。1938年我考入了当时内迁到重庆的中央大学，读的是新成立的师范学院国文系。一年级时不但没有本系的教师，连系主任都没有，只能与文学院中文系的学生合在一起听课。到二年级时，当时任中央大学校长的罗家伦才请了伍先生来担任我们的系主任。伍先生很开明，颇能继承蔡元培先生兼收并蓄的精神。他自己是爱好汉魏六朝文学的，戏说他治的是"衰"文(苏东坡曾称韩愈"文起八代之衰")，尤其善写五古。可他请教员，却能尽量罗致各方面的人才。先后在我系任教的有罗根泽、孙世扬、顾颉刚、乔大壮、朱东润等人。更其难得的是，中央大学中文系一向是比较守旧的，只讲古典文学，不讲新文学。新文学和新文学作家，是很难进入这座学府的讲堂的。可伍先生完全不管这一套，我还在校的时候，他就请了曹禺等人来教课，请了老舍来演讲。我离校以后，他又请了杨晦、吴组缃、吴世昌等人来任教。伍先生曾在中山大学与鲁迅同过事，一向很敬佩鲁迅先生。听说他离开大陆后，一度曾去日本教书，教的课程中就有鲁迅。他懂英文，有时去他房间，看到他手里拿着正在读的往往是英文小说。还知道他常通过日本的丸善书店从国外购买书籍。他与外文系的楼光来、范存忠、俞大缜等先生时相过从，与历史系的沈刚伯，哲学系的方东美、宗白华等教授，往来尤其密切。平日跟我们闲谈，也常常是古今中外，出入文史哲各个领域，真是海阔天空，鱼跃鸢飞，其乐无穷。完全没有那个时代一些教古典文学的中文系教授那种严肃古板、道貌岸然的神气。

他那时孤身一人，住在一间十分简陋的教员宿舍里。他不愿吃包饭，一日三餐，都是在馆子里吃的。好在那时教授的工资高，他又除了有时候要寄些钱给外地的两个孩子以外，没有什么别的负担。有时他上馆子吃饭的时候，也常拉我陪他一起吃，而且常常一同喝些酒。他喝酒不多，主要是为了助兴开胃。吃饭时，当然也是无所不谈，但他都只是即兴式的，随随便便地想到哪里就谈到哪里，从来没有预先存心要对我进行什么教育，更绝不摆老师的架子；甚至他连他是先生我是学生这样的观念也十分淡薄。他真率、自然，一切都是任情适性而行。他不耐拘束，厌恶虚伪。有时讥评起国民党的达官贵人和一些喜欢装腔作势、沽名钓誉的学者教授来，真是妙语如珠，穷形尽相，入木三分。师范学院国文系有一门必修课叫语文教学法，也许是因为一时请不到合适的人来教，也许是在他的心底里根本瞧不起教学法之类的课程，他就自己来开这门课。他在这门课上讲什么呢？讲《文心雕龙》，正正经经地讲《文心雕龙》。决不因为这门课程的名称是语文教学法，就生拉硬扯地在每堂课的开头或结束的时候搭上一点有关教学法的话头或事例，去装门面骗人，应付学校。他仰慕魏晋风度，却从不把魏晋风度挂在嘴上，可平日举止，确乎能比较地脱落形骸、适性而行。尽管所谓魏晋风度，即便是当年的竹林名士以及稍后的清谈胜流，在显幽烛隐的“科学的”解剖刀下，也难免会露出些不堪入目的本相来。伍先生自然也未必真能超然物外，胸无纤尘。但在那举世滔滔、满目尘嚣的黑暗年代，确有一些读书人能够耿介自守，不肯同流合污，为社会保存一点正气，这不也是大可令人欣慰的事吗？伍先生就是这些读书人中的一个。所以，他在学生们的心目中，不但十分可敬，而且是可亲可爱的。

我作为伍叔傥先生的弟子，由于年龄差距太大，我当时在各方面都太幼稚，无论对于他的学问，对于他的精神境界，都有些莫测高深，不能了解其万一。不过他潇洒的风度，豁达的襟怀，淡于名利、不屑与人争胜的飘然不群的气貌，却使我无限心醉。我别的没有学到，独独对他的懒散，对于他的随随便便、不以世务经心的无所作为的态度，却深印脑海，刻骨铭心，终于成了我根深蒂固的难以破除的积习，成了我不可改变的性格的一部分了！

与青年谈读书与治学

通常，我们把上学叫做读书。问一个人什么时候开始读书的，就是问他是几岁上学的。因为读书一般总是与上学同时开始的，从最初接触到的最简单的识字课本，到以后中学、大学各门课程所用的各种教材都是书，学习、研读这些书本就是学生的本分。但这样的读书，与我这里所说的读书不同。前者是在老师讲授下按部就班地在课内进行的，后者却是在没有老师讲授的情况下独立自主地在课外进行的。一个人一生上学做学生的时间不过一二十年，读书却是一辈子的事。即使在做学生的时候，往往也是课内所读的书，远没有课外所读的多。知识、学问恐怕主要也不是靠课内得来，而更多的是从课外自己阅读得来的。所以，后者比起前者来，更应该引起我们的重视，更值得、也更需要加以认真的研究。

读书有没有什么固定的方法呢？回答是“没有”。那么，在可以有各种各样的方法的情况下，有没有一种“最好的”方法呢？回答仍然是“没有”。因为，不但书是各种各样的，人也是各种各样的。文科的书不同于理科的书，这一本书不同于那一本书。青年人有别于老年人，这一个人有别于那一个人。书有书的性质、特点，人有人的趣味、好尚。再加上书的程度有深浅，人的水平有高低。情况非常复杂，很难一概而论。举例来说，譬如诸葛亮早年游学颍川时，常与徐庶、石广元、孟公威等人在一起，诸葛亮读书“但观其大略”，徐庶他们则“务于精熟”。两种读书方法，各有利弊，要结合各种具体情况，才能分辨哪一种好哪一种不好。有的书，只需领会精神、知其大略即可。有的书，却必须反复体味，熟读精练。还有,政治家的要求和学问家的要求也不相同,前者重在要点的掌握,后者务求通体的透彻了解。不能笼统地认为诸葛亮的读书方法就一定比徐庶他们的高明,或者反过来认为诸葛亮的方法不足为训,只有徐庶他们的才是正确的方法。如果不管书的种类、性质,不考虑读者的目的要求,而一味地学习诸葛亮"但观其大略",或总是像徐庶等人那样的"务于精熟",都不见得妥当。陶渊明说自己"好读书,不求甚解",这"不求甚解"一向是被当做缺点而受到指责的。其实,它不一定是缺点。有些书,要彻底读懂很不容易,理解的程度,往往需要随着自己的阅历、水平的增长才能逐渐加深,很难强求。有些书,特别是一些文学作品,本来就是见仁见智,看法不一,究竟要怎样看才算理解透彻了,更是难说。即便是对于一些语言文字方面的疑难问题,一般说来,当然应该尽可能地解释清楚,予以弄懂;最好是自己动手查检工具书,或者向人请教。但如果所遇到的每一个这类问题,都要这样做,将会不胜其烦,容易打断继续读下去的兴致。而且有一些陌生的语词和表达方式,接触多了,自然会理解的,只要大致能懂,不妨暂时由它去。正因为有这样一些具体情况,"不求甚解"的态度,有时也不失为一种明智的态度。至于"好读书",按理说,本来应该是一种值得赞美的优点。但有人会说,假如你读的是坏书呢,难道也值得赞美吗?特别在十年动乱时期,这也是坏书,那也是坏书,几乎除了马、恩、列、斯和毛泽东的著作外,顶多再加上一个鲁迅的,此外就几乎全都被认为是坏书,至少也是十分可疑的。因此,"好读书"就不但不是什么优点,反倒常常被作为一个人的罪状之一,如说他沉湎于封资修的破烂货之中、走白专道路等等。假如再把它同"不求甚解"联系在一起,那就更是一种应该被彻底否定的坏习气。一个人一旦被认为染上了这种坏习气,那就不可救药了,就只有受到人们的鄙弃和嗤笑了。其实呢,世间的坏书绝不会有那么多,人类的鉴别力还是比较可以信赖的,坏书虽难免偶或出现,但总不大站得住脚,过不多久就会被人们所淘汰。能够流传下来的,绝大部分都是好书,至少总必有其可取的地方。"开卷有益"这句成语,就是建立在这样一种共同信念的基础上的,所以一向能为多数人所接受。"好读书"在大家的心目中也仍然是一种值得赞美的优点。既然"不求甚解"如我上面所说,有时也不失为一种明智的态度，那么，“好读书”即使与“不求甚解”联系起来，也不一定就是缺点，因而陶渊明就也并不是完全不可效法的。

读书本来可以有精读和略读（也称泛读。因为只有读得简略，才能读得广泛）之分。诸葛亮和陶渊明的方法大体上可说是略读，徐庶和孟公威等的方法则接近于精读。两种方法各有优缺点，应该互相结合而不可偏废。我不大相信诸葛亮和陶渊明会对所有的书都只“观其大略”，或都采取“不求甚解”的态度。如果真是这样，那么，他们两个人无论作为政治家来说，还是作为文学家来说，都不可能取得他们所已经取得的那样的成就。我更不相信徐庶和孟公威等能够对他们所有读过的书都达到“精熟”的程度，这不但是不可能的，而且也是不必要的。如果他们真这样做，那么，他们很可能最终只能成为爱钻牛角尖的书呆子，对社会来说将不过是一个毫无用处的废物。他们之中的无论哪一位，都必然是既有精读，也有略读的。不过相对来说，可能各有偏重罢了。

精读是为了求深，略读（泛读）则便于博览。只有读得精，才能钻得深。不花硬功夫吃透一本书，是难望有通体透彻的了解的。你的所得就往往只能停留在表面上，浮光掠影，一知半解，缺乏坚实牢靠的根基。但一个人的时间和精力毕竟有限，如果本本书都要精读，那你一生就读不了多少本书，你的所知就未免太少了。所知太少，知识面不广，要想专攻一点，深入下去，也往往很难做到。因为，世间的事物都是互相联系的，要想彻底了解一件事物，就必须同时了解与这一事物有关的其他事物。如果对于与这一事物有关的其他事物连个起码的知识都没有，那么，对这一事物也就很难有透彻的了解。为了多方面了解一个事物，为了尽量扩大自己的知识范围，就必须广泛地阅读。这样，你就不能不对大多数书籍只采取略读的方法。所以，一个读书人总是精读与略读同时兼采，交替并用的。一般说来，精读有助于培养专家，略读（泛读）则易于造就通才。但专家与通才之间，并无不可逾越的鸿沟。理想的专家，应该同时是个通才；而真正的通才，也总是并不缺乏一定的专门知识的。善读书者必须求得精读与略读的协调配合，不可偏废。困难在于究竟把哪些书作为精读的对象，哪些书作为略读的对象？这也是因人而异，不可一概而论。除了可多向前辈请教以外，主要还得靠自己来定。首先要多读多思考，在多所涉猎，广泛阅读的基础上，逐渐确定自己的志趣，不断地培养自己的眼光和鉴别能力。这样，自然会作出适当的选择的。鲁迅先生关于读书谈过很多精辟的意见，他一贯主张阅读的面应该广泛，不要只读与自己的专业有关的那些书，各种各样的书都不妨随便翻翻。理科学生应该读些文科方面的书，文科学生也要读些理科方面的书。只有这样，才能开拓思路，扩大知识面，适应日益发展的社会各方面的需要。鲁迅先生的这一意见，今天已为多数人所接受。尤其爱好文科特别是文学的青年，阅读的范围更应该十分广泛。认识能力与鉴别能力就是在不断广泛的阅读的过程中逐渐养成并得到提高的。

有人也许会担心，多方面的广泛阅读固然十分重要，但如果漫无限制地让一些青年去读他所碰到的随便什么书，难免会产生一些很不好的后果。是不是最好能够开列一些书目，使青年可以有所遵循，学习时也可以少走一些弯路。这种担心，自然并不是多余的。开列一些必要的书目的意见也很好。不过我不赞成从消极方面加以限制，那并不是好办法，还可能受一种逆反心理的驱使，你愈是不让他看，他反而愈是争着要看。还是开列一些书目，多从正面积极加以引导的办法比较好。但，一方面如我上面所说，书和人都是各种各样的，适合于这个人读的书，不一定适合于那个人读。要开一张普遍适用或对一切青年人都适用的书单并不容易。即使开出来了，书店也不一定供应得上。你要他读的书，他偏偏找不到；而他手头却正有你并没有要他读，却也很可一读或者不妨一读的书。你开不开书单关系并不大，他反正只能读那些能够找到的书。何况现在也并不缺少各方面推荐的各种书目，有学校老师开的，有出版社开的，有各种组织、各个团体开的，已足够供各种读者的参考采择了。我的意见是，既然绝对不能接触的坏书并不多，那么鲁迅先生的“随便翻翻”的主张，还是比较通达而可行的。积极方面则可以鼓励青年多读适合于自己的兴趣和水平的古今中外已有定评的名著，这样做，既可避免接触过分不健康的东西，同时也最有利于帮助他们建立起自觉读书、爱好读书的良好习惯。

读书虽说并没有固定的方法，但读书的人却很有善读书与不善读书之分。

两种人读书的效果，最终达到的成就，可以大不相同。那么，怎样的人才算善读书的人呢？特别是，怎样才能做到善读书呢？回答前一个问题并不困难，凡是善于吸取书中的精华，使之为我所用的就是善读书者，要回答后一个问题就不是那么容易了，因为世上并没有一种人人可以服用的仙丹灵药，一服之后就可以立地使人成为一个善读书者。所以这样的答案是很难提供的。前人虽有许多很好的谈读书经验和治学方法的文章，可以供我们参考，给我们启发。但在急于求成、要求能立见神效的读者看来，很可能还是过于笼统而抓不到要领，不会满意的。但对于抱有这样一种要求的读者，我们也实在无法使他们满意。首先，要能善于吸取精华，就先要具备识别精华的眼光与能力。这种眼光与能力，是不可能有什么成套的现成东西，可以由别人提供给你的。它还是只有靠你自己通过广泛的阅读和不断的历练，才能取得的。

我这种说法，很可能会被认为是一种读书方法的取消论。其实不然。读书当然总是有方法的，不过没有固定的方法罢了；譬如上面说的广泛阅读和不断历练就可以说也是一种读书方法，而且是多数人经常在使用的一种方法。不过，这种方法在运用上很有一些讲究，用得好和用得不好差别是很大的，需要多说几句。广泛阅读的意思很清楚，毋须多说。不断历练中的“历练”，虽然也有实践锻炼的意思，但主要是偏重在思想方面说的，意思就是要经常把书上所讲的道理同自己的情况，自己各方面的条件联系起来进行思考和对照。这一点非常重要，可以说是这种方法的要点所在，一个人能不能成为一个善读书者，在很大程度上就要看他能不能很好地掌握和实践这一要点。

为什么这一点竟有这么重要呢？

歌德说过：“我们不认识任何世界，除非它对人有关系。”人类的一切学问，一切研究，其目的都是为了促进人自身的幸福和发展。无论是关于人的研究，还是关于自然的研究，或者是关于人和人的关系、人和自然的关系的研究，都离不开这一个根本目的。人是一切研究、一切学问的出发点和归宿。因此，读书、研究学问，首先就要了解人。而了解人的最好的途径就是从了解自己做起，这也就是古希腊的著名谚语“了解你自己”这句话的深刻意义所在。车尔尼雪夫斯基说过:“谁不以自身为对象来研究人,谁就永远不会获得关于人的深邃的知识。”反过来,如果一个人能够这样做,那就比较容易取得对人的深刻了解。人和人是相通的,观人可以知己,推己也可以及人。一个人如果在读书的时候,能够时时联系自己作一些对照反省的功夫,将会有很大的好处。古往今来的一切大学问家,都是一些善于把书本上的东西同自己周围的现实条件,同自己的具体情况密切结合起来进行思考的人;都是善于设身处地、推己及人,经常把自己同别人放在一种对照关系中来进行反思和自省的人。因此,他们善于知人论世,对人和对社会都有极深刻的了解,在学术上也就能够作出十分卓越的贡献。

书籍是保存知识、提供知识的宝库,我们读书是为了从书中得到知识,接受知识。但一个善读书者决不把自己当做一个单纯的接受者,决不把自己完全放在一种消极、被动的地位。书虽是别人写的,但现在来读它的却是我,我读就不同于别人的读。因为我有我的具体情况、具体条件。我的修养水平、趣味好尚都不会与别人完全相同。我从书中只能接受那些对我来说是能理解、感兴趣、有用处的那一部分,我有我自己对书籍及其内容的选择和取舍的标准。这是一方面。再说,书本上的知识,虽然已经是一种现成的固定的东西,它似乎是静止的、凝固不动的、已经是一种死的东西了。其实不然。它一旦与读它的人相接触,把它放到读它的人所处的现实条件中来,它就又会运动起来,又会变成一种活的有生命的东西来的。譬如《山海经》中记载着这样一则神话故事:有个叫刑天的,跟天帝争权,被天帝砍去了头,他就用两乳做眼睛,肚脐当嘴巴,仍继续挥舞着他的武器(干戚)。这则记载,就这样纯客观地、丝毫不加任何评论地叙述了一则故事,也不知是什么时代什么人写的了,早已是一种过去的陈迹了。可后来陶渊明读了这段文字,就写出了“刑天舞干戚,猛志固常在”这样两句诗来,联系他自己当时的现实形势,表达了他对刑天这种不屈不挠的斗争精神的企慕。从陶渊明到今天,又已十几个世纪过去了,可他这两句诗,我们现在读起来,还是虎虎有生气的,并没有随着陶渊明一同死去,每个读它的人都可以从中不断地得到新的体会和启发。又譬如,我们读小说,也经常会发现,在我们今天的现实生活中,就存在着许多与小说中所写到的各种各样的典型人物相类似的人物。对小说中的人物的理解，可以帮助我们对周围人物的认识；而我们对周围人物的认识又可以加深我们对小说中的人物的理解。任何知识，都从来不只是一种简单的知识，它同时也为我们提供一种启示，对我们能够起到举一反三、触类旁通的作用。每一种新的、从未接触过的知识，对我们来说，都展示着世界、社会、人生的一个新的领域、新的方面，能使我们对周围的事物产生一种新的理解、新的认识。当这些知识真正同我们的心灵结合、与我们凝为一体以后，就能使我们产生出新的智慧和新的力量来。

前面说过，善读书者就是善于吸取书中的精华，使之为我所用的人。要使本来不属于我的外来的东西，能为我所用，必须首先要能驾驭它，使它服从我的调遣。如果是属于精神领域的东西，更必须使它与自己的思想认识结合起来，使它与自己结为一体，真正变为自己的东西；只有使它为我所有，才能使它为我所用。我们读书，要像蜜蜂采花酿蜜那样，蜜蜂采的是花粉，酿成的却是蜜。花粉一到蜜蜂体内，经过蜜蜂的消化作用，就发生了质的变化，就不再是花粉了。如果采的是花粉，吐出来的也是花粉，那就毫无意思了。人们读书，不是为了单纯地接受知识而是为了明理，为了指导实践，书本上的知识一和自己的心灵接触，就不再是原来的死的知识，而成为一种活的智慧了。因为它已经同自己的思想认识结为一体，从外在的东西化为内在的东西，真正变成了自己的东西了。如果读书的人只能死记硬背，只能简单地原封不动地记住书上所有的一些东西，而不能使它通过自己心灵的光照，起一种质的变化，那么你就只能作为一座两脚书橱，不过是把书架上的书移动一下位置搬到了自己的记忆中而已。这样的读书，读得再多又有什么用呢？善读书者则不然。他们的体内仿佛有一种特殊的像触媒剂、发酵素那样的东西，书本一与他们接触，其内容就会发生质的变化，酝酿出一种与原来的内容不完全相同的新的东西，有新的特色，能产生新的作用。在人体内怎么会有这种像触媒剂和发酵素之类的东西呢？这话不是说得很有些神秘吗？其实并没有什么神秘，这些东西就是来源于善读书者的博识与睿智，就是通过广泛阅读和不断历练而培养起来的一种开阔而敏锐的眼光。要能具备这样的博识与睿智，要能取得这样一种开阔而敏锐的眼光，关键的一点，就是必须首先确立一种独立自主的自觉意识，在不断地进行广泛阅读的同时，不但要经常把书本上的东西同自己周围的现实条件联系起来加以思考，还要经常把自己作为对象来进行反思与自省，把自己与别人进行对照，通过了解自己来了解别人。只有对人有深切的了解，对周围的现实条件有深切的了解的时候，你的眼前才会豁然开朗，所读的书才会活起来，你才能真正成为一个善读书者。

1980 年 3 月 27 日

附录：钱谷融先生学术年谱

1919年—1926年(出生到八岁)

原名钱国荣,笔名钱谷融。1919年9月28日生于江苏省常州市武进县南夏墅镇。父亲钱镜海,早年教过私塾,共养育子女五人,钱谷融排行第三。幼时曾随兄入私塾读书一年有余。

1927年—1935年夏(九岁到十六岁)

1927年2月,入学武进县立南夏墅小学一年级。读小学四年级或五年级时,看《三国演义》,对文学产生兴趣,因钦佩"高卧隆中的草野隐士诸葛亮",故而以"山野散人"自诩。1932年7月完成小学阶段。8月入学江苏武进私立潜化初级中学(前身是国文专修馆),念初中。至1935年夏天完成初中课业。

1935年秋—1938年夏(十六岁到二十岁)

1935年8月入学江苏省立无锡师范学校,念高中。

1936年12月8日写就《给苦闷的青年》一文,署名"无锡省立师范谷融",次年1月5日在《读书青年》第2卷第1期上发表。又有杂文题为《为谁读书?》发表在《学校新闻》第63期上,署名"江苏省立无锡师范谷融"。7月抗战全面爆发。9月,日本侵略军轰炸了学校,师生皆散,钱谷融回到常州,在南夏墅小学做了两个月的代课教师。不久,昆山沦陷。11月到次年3月,在南夏墅小学教师曹孟梁的带领下,先生与其他9名同学一路逃难,由武进经安徽、江西、湖北,后辗转到四川武昌。

1938 年 3 月至 7 月,被国民党政府安排到重庆北碚的国立四川中学师范部就读,完成了高中的全部课程,取得毕业资格。

1938 年秋—1942 年夏(二十岁到二十三岁)

1938 年 9 月至 11 月,在重庆市战时民众补习教育推行委员会兼职督导员,并参加了全面抗战期间首次实行的全国各大学的统一招生考试。12 月,入学国立中央大学国文系。

1939 年升二年级。时任国立中央大学校长的罗家伦请来伍叔傥担任国文系系主任。伍叔傥系五四时期的北京大学毕业生,思想较开明,在任期内罗致了各方面人才,开拓了兼容并包的学术风气。先生在校期间与伍先生私交甚密,经常一起吃饭、谈话,深受其任情适性而行品格的影响。在教学上,伍叔傥开设的写作课程“各体文习作”对先生早期写作影响很大。

大学期间曾和同学一起以墙报形式办过几期纯文艺刊物《文艺风景》。大学最后两年的课余时间几乎都在茶馆里度过的,看书喝茶、打桥牌、下象棋,先生称自己“自由散漫”的作风由此开始。此时,他的理想是做一名大学教授。

这期间写作的文章包括:

《怀古说》(1938 年 12 月);

《嘉陵江畔》(1939 年 · 柏溪);

《柏溪游记》(1939 年);

《雕楼上的少女》(1939 年 3 月);

《雾》(1939 年 12 月);

《鸭》(1940 年 3 月 23 日);

《平安》(1940 年 3 月);

《再会吧》(1940 年 3 月);

《柏溪春日与友人书》(1940 年 3 月 11 日);

《柏溪山居》(1940 年 3 月 20 日);

《春雨》(1940 年 4 月);

《桥头》(1940 年 4 月 22 日);

《子规》(1940 年 4 月 27 日);

《小语(拟〈世说〉)》(1940 年 6 月 3 日);

《〈归马〉诗序》(1940 年 6 月 4 日);

《乡土山水志》(1940 年);

《篱下》(1940 年);

《足音》(1940 年);

《远山》(1940 年);

《死》(1940 年);

《四月》(1940 年,重庆沙坪坝);

《树荫》(1940 年 5 月);

《路灯》(1940 年 5 月);

《蜻蜓》(1940 年 6 月 1 日);

《纳凉》(1940 年 5 月 24 日);

《钟声》(1940 年);

《灯下》(1941 年);

《桥(代我的人生观)》(1941 年);

《寂寞》(1941 年 9 月 28 日,灯下);

《绿色的陷阱》(1940 年 11 月 12 日)。

以上文章后收录在散文集《散淡人生》(上海教育出版社 2001 年版)中。

1942 年秋(二十三岁)

7 月,大学毕业。8 月,入重庆市市立中学教书,教授高二、初三的国文科目一年。这期间写作散文数篇,未公开发表。后有《说水(述志)》(1942 年)篇留存,收录在散文集《散淡人生》中。

1943 年秋—1950 年(二十四岁到三十一岁)

1943 年秋,受伍叔傥举荐,先生辞去中学教师一职,到当时地处重庆九龙坡的国立交通大学任教,教授大学基本国文和二年级国文。1946 年 5 月交大迁回上海,先生随校到上海,7 月,职称从教员转讲师。1947 年元旦与杨霞华结婚。

参加学术及社会活动有:

1950 年 2 月在上海参加中苏友好协会,4 月在上海参加中国教育工会,曾任中国教育工会上海市交通大学委员会委员兼秘书。5 月至 12 月,在北京华北人民革命大学政治研究院短期学习。

期间写作了一批散文和学术随笔:

《缪慈礼赞》(1945 年,重庆九龙坡);

《灵魂的怅望——人类对真善美的思慕》(1945 年);

《智慧的迷宫》(1945 年);

《道德的陷阱》(1945 年);

《真善美的统一》(1945 年);

《艺术化人生》(1945 年 4 月,九龙坡);

《论节奏》(1945 年 5 月,重庆);

《形式与内容》(1945 年 11 月 15 日)。

以上文章当时未发表,后收录在散文集《散淡人生》中。

1951 年—1956 年(三十二岁到三十七岁)

1951 年 10 月 16 日华东师范大学成立,调入中文系任教,担任讲师,讲授国文及现代文选、现代理论文选、现代理论文习作等课程,并担任中国教育工会上海市华东师范大学委员会委员。

1952 年 8 月在上海加入中国民主同盟,介绍人为徐杰、陈旭麓。

1953 年 10 月出版译著《高尔基作品中的劳动》(普罗兹霍庚著,泥土社)。

1956 年在《语文教学》第 1 期上发表论文《“不能走那条路”》。

1957 年(三十八岁)

年初,“双百方针”提出后不久,华东师范大学筹办了全国性、大规模的学术讨论会,积极动员教师提交科研论文。2 月初,钱谷融写就三万五千字的论文《文学是人学》,并受到时任华东师范大学中文系系主任许杰的鼓励,接收其意见改名为《论“文学是人学”》。当年 3 月该文提交到讨论会上,受到各方批评。讨论会后不久,《文艺月报》(即《上海文学》的前身)的编辑取得文稿,并正式于 1957 年第 5 期,即 5 月 5 日刊出,题名为《论“文学是人学”(关于现实主义问题的讨论)》。同日,《文汇报》在《学术动态》栏目特地发了一则消息介绍了这篇文章,并冠以“一篇见解新鲜的文学论文”的标题。

《论“文学是人学”》见报后,《文艺月报》陆续发表了李希凡、吴调公、陈辽、罗竹风等人的批判文章。八九月间,上海文艺界曾由叶以群同志主持召开过一个小型座谈会,针对此文作了初步批判。《解放日报》第二天在头版右上角以醒目地位报道这次座谈会的情况。

同年在《语文教学》第 5 期上发表论文《谈“汉末童谣”》。

1958 年(三十九岁)

由于反右运动的扩大化偏向,对先生《论“文学是人学”》一文的批判逐渐从学术转向政治。4 月,相关批判文章汇编成《〈论“文学是人学”〉批判集》(第一集),由新文艺出版社出版。大约到下半年,对先生的批判才逐渐停止。

同年在《语文教学》上发表自我批判文章《“特写”与“小说”(“特写介乎调查报告与短篇小说之间”——高尔基)》(1958 年第 5 期)、《人物分析——以“林家铺子”为例(一次课堂讨论的总结)》(1958 年第 13 期)。

1959 年(四十岁)

时值建国十周年大庆,华东师范大学筹备学术研讨会,号召教师提供科研论文。先生提交论文《〈雷雨〉人物片论》(1962 年发表时改名《〈雷雨〉人物谈》)一文,谈周朴园和蘩漪,文章先后送交华东师范大学中文系和《上海文艺》。该文被认为是《论“文学是人学”》一文中反动观点的具体运用，受到了相当严厉的批判，《上海文艺》也决定不予发表。中文系专门召开了一次名为讨论实则批判的会议，对文章进行了批判。

1960 年—1961 年（四十一岁到四十二岁）

1960 年初，批判所谓修正主义文艺思潮之风日盛。4 月，上海市作家协会举行 19 世纪欧洲资产阶级文学讨论会，会议以阶级斗争的立场和方式，对 19 世纪欧洲资产阶级文学作了否定式批判，后又转到批判资产阶级文艺思想，把钱谷融和蒋孔阳作为重点批判对象，会期断断续续开了 49 天。在此期间，华东师范大学内部也专门召开了几次针对先生的批判会。临结束之际，由于先生在感言中为自己的观点作了辩护，又受到了更大规模、更为严厉的批判。会后不久，先生十二指肠溃疡大出血，住进了医院。

在此期间，先生所撰论著皆不得发表，如《鲁迅杂文的艺术特色》一文，写于 1961 年 3 月，只作为讲义在华东师范大学内部公开，直至 1979 年，才正式刊载在阎愈新主编的《鲁迅研究年刊》上。

1962 年（四十三岁）

上半年，文艺界的气氛稍缓，先生得以发表文章数篇。

为辨正学术立场，先生在饱受批判的《〈雷雨〉人物片论》一文中增加了几句附记，并改名《〈雷雨〉人物谈》，刊于当年《文学评论》第 1 期。由于反响不错，又相继写了周冲和周萍两篇。周冲一篇写得早，以《“夏天里的一个春梦”——谈〈雷雨〉中的周冲》为题，发表于《文艺红旗》第 7—8 期。周萍一篇因在华东师范大学中文系教研组讨论会上引起争议，故暂时没有发表。又有：

《作家·批评家·批评》，刊于《上海文学》1962 年第 7 期；

《试说话剧台词》，刊于《文汇报》1962 年 1 月 20 日版；

《不可无“我”》，刊于《文汇报》1962 年 8 月 11 日版。

下半年响应党的八届十中全会公报精神，全国上下阶级批判成风，《〈雷雨〉

人物谈》又立即受到了批判,先生无法公开发表文章。写于 9 月的《曹禺戏剧语言艺术的成就》(原《文艺评论》约稿)一文取消发表,《管窥蠡测——人物创造探秘》(《文艺报》约稿)一文,延迟至 1963 年才刊登出来。自此开始,先生封笔十六载。

1963 年—1977 年(四十四岁到五十八岁)

"文化大革命"中,先生频繁被游行、批斗,被戴上"老牌修正主义者、反动学术权威和漏网右派"三顶高帽。后来住进了"牛棚",并被安排扫地、洗厕所。1972 年 2 月至 10 月被发配到位于江苏大丰的华东师范大学干校学习,此后回到上海继续教书。

1978 年(五十九岁)

"文化大革命"过后,先生的问题逐渐得到解决。当年发表文章有:

《庄严的悼词,战斗的檄文——学习〈中国无产阶级革命文学和前驱的血〉》,刊于《破与立》1978 年第 5 期;

《鲁迅杂文的艺术特色》,刊于《安徽劳动大学学报 · 哲学社会科学版》1978 年第 4 期。

1979 年(六十岁)

3 月 16 日至 23 日,《文艺报》在向阳招待所(今崇文门饭店)召开"文艺理论批评工作座谈会",指名请钱谷融参加并发言,首先为钱谷融恢复了名誉。

同年,先生与许杰合招第一届中国现当代文学专业硕士研究生,有戴光宗、许子东、王晓明、戴翊、柯凭平、曹惠民等 6 人。

10 月 30 日至 11 月 16 日,中国文学艺术工作者第四次全国代表大会在北京召开,先生首次当选为代表并参会。11 月,参加中国作家协会召开的第三次会员代表大会,参与"文化大革命"后新的领导机构即第三届理事会的选举。

一批文章陆续得以发表：

《关于〈雷雨〉的命运观念问题——答胡炳光同志》，刊于《戏剧艺术》1979 年第 1 期；

《生活之树常青——从四人帮的破坏谈文艺与生活的关系》，刊于《语文教学通讯》1979 年第 1 期；

《曹禺戏剧语言艺术的成就》，刊于《社会科学战线》1979 年第 2 期；

《曹禺和他的剧作》，刊于《上海师范大学学报(哲学社会科学版)》1979 年第 3 期；

《来信摘登》，刊于《上海师范大学学报(哲学社会科学版)》1979 年第 4 期；

《简谈陈白露》，刊于《语文教学通讯》1979 年第 5 期。

《文艺创作的生命与动力》，刊于《文艺报》1979 年第 6 期；

《〈雷雨〉人物谈——四凤、鲁大海、鲁贵》，刊于《文学评论》1979 年第 6 期；

《"不公平的命指使我来的！"——谈〈雷雨〉中的侍萍》，刊于《思想战线》1979 年第 6 期；

《〈木木〉与典型化问题》，刊于《上海文学》1979 年第 11 期；

1980 年(六十一岁)

1 月，出席民盟上海市第七次盟员代表大会。

10 月，钱谷融出版了第一本著作《〈雷雨〉人物谈》(上海文艺出版社)，印 6 000 册。同年，先生破格从讲师直接晋升为教授。至此，先生已在华东师范大学中文系担任讲师长达 38 年之久。

同年发表文章有：

《"真实"与"真诚"》，刊于《人民日报》1980 年 4 月 23 日；

《〈论"文学是人学"〉一文的自我批判提纲》，刊于《文艺研究》1980 年第 3 期；

《关于文艺特征的断想》，刊于《文艺理论研究》1980 年第 3 期；

《谈鲁迅杂文叙述与议论的形象化》，刊于《教学通讯：文科版》1980 年第

3 期;

《简论〈雷雨〉》(上),刊于《语文学习》1980 年第 4 期;

《简论〈雷雨〉》(下),刊于《语文学习》1980 年第 5 期;

《谈谈〈日出〉中的陈白露》,刊于《剧本》1980 年第 5 期;

《关于陀思妥耶夫斯基——〈舅舅的梦〉中译本序》,刊于《华东师范大学学报(哲学社会科学版)》1980 年第 4 期;

《陀思妥耶夫斯基和〈舅舅的梦〉》,刊于《名作欣赏》1980 年第 1 期;

《论〈“丧家的”“资本家的乏走狗”〉的写作背景和特点》,刊于《教学通讯:文科版》1980 年第 9 期。

1981 年—1989 年(六十二岁到七十岁)

1981 年 5 月 25 日,赴天津参加鲁迅改革国民性思想学术讨论会。同时受邀到天津师范大学作学术报告。

1982 年春,出席上海市政协第六届全会。8 月,受中国社会科学院文学研究所鲁迅研究室和中国鲁迅研究会邀请,赴烟台“全国鲁迅研究讲习班”授课。

1983 年 9 月,上海市高等教育局、中国教育工会上海市委员会授予先生从事教育工作三十年荣誉证书。作为上海市高校代表之一,赴日本访问,并在关西大学、大阪市立大学、东京日本大东文化大学等校作学术讲演。赴委内瑞拉首都加拉加斯,参加国际笔会第 46 届大会。参加中国作家代表团赴墨西哥和美国访问。11 月,受聘为全国高等教育自考指导委员会中文专业委员会委员。

1984 年 12 月,《〈雷雨〉人物谈》被评为上海市高等学校哲学社会科学研究 1976 年—1982 年优秀成果二等奖。1986 年 9 月,该作再获上海市(1979 年—1985 年)哲学社会科学优秀著作奖。冬,出席中国作家第四次代表大会,当选为理事。

1985 年 4 月受聘为中国作协上海分会首届“上海市文学作品奖”评委会委员。

1986 年 1 月,受聘为上海市哲学社会科学优秀成果评审组评审员。11 月,受聘为中共上海市委宣传部特邀研究员。11 月 6 日，先生出任华东师范大学文学研究所所长。

1986 年、1987 年连续两年获得华东师范大学优秀教学奖。

1987 年 9 月，上海市文学艺术界联合会授予先生在文学艺术教育岗位上作出贡献的荣誉证书。10 月，参加上海文化界主办的纪念鲁迅定居上海六十周年大会暨学术讨论会。12 月，受邀到巢湖师范专科学校召开教材会议。12 月，民盟上海市委授予先生长期从事盟务工作积极分子称号。

1988 年 2 月，受聘为上海市社会科学院文学研究所特约研究员。4 月，出席中国人民政治协商会议上海市第七届委员会。5 月，获得上海市人民政府颁发的 1987 年度上海市劳动模范荣誉称号。8 月至 12 月，受聘为国家教委高等教育自考统编教材《中国现代文学史》主审稿人。同年，赴香港参加香港大学亚洲研究中心主办的“中国现当代文学研讨会”。

1989 年 11 月，获得国家教委颁发的 1989 年普通高等学校优秀教学成果国家级优秀奖。

发表的单篇文章包括：

《论托尔斯泰创作的具体性》，刊于《文艺理论研究》1981 年第 1 期；

《关于〈论“文学是人学”〉——三点说明》，刊于《新文艺论丛》1981 年第 1 期；

《谈文艺批评问题(一九八一年四月二十六日在现代文学思潮、流派问题讨论会上的发言)》，刊于《文艺理论研究》1981 年第 4 期；

《纪念鲁迅话研究》，刊于《鲁迅研究》1981 年第 5 期；

《鲁迅和他的小说》，刊于《工人创作》1981 年第 10 期；

《鲁迅〈秋夜〉讲析》，刊于《语文教学通讯》1981 年第 11 期；

《鲁迅〈秋夜〉讲析(续)》，刊于《语文教学通讯》1981 年第 12 期；

《祥林嫂是怎么死的？——论〈祝福〉的思想锋芒》，刊于《华东师范大学学报(哲学社会科学版)》1981 年增刊；

《对〈对文学中人与现实关系问题的一点意见〉的意见》，刊于《文艺研究》

1982年第1期;

《艺术的魅力——在一个会上的发言》,刊于《上海文学》1982年第6期;

《开展百家争鸣,促进文艺创作——本报“问题小说”座谈纪要(二)》,刊于《文学报》1982年1月14日;

《评论家应该首先是读者》,刊于《解放日报》1983年9月13日;

《鲁迅的小说》,刊于《天津师专学报》1983年第3期;

《〈论“文学是人学”发表的前前后后》,刊于《书林》1983年第3期;

《读高尔基与茨威格的文艺书简》,刊于《读书》1983年第7期;

《〈郁达夫新论〉序》,刊于《读书》1983年第8期;

《关于旅游文学》,刊于《文汇月刊》1983年第9期;

《说东坡中秋词——〈水调歌头〉》,刊于《艺谭》1984年第4期;

《要有“事外远致”》,刊于《文汇月刊》1984年第7期;

《重视对创作心理的研究》,刊于《文汇报》1985年3月25日;

《面向文学,面向未来——近年来上海文学批评之一瞥》,刊于《文汇报》1985年7月23日;

《读〈晌午〉》,刊于《名作欣赏》1985年第4期;

《〈虬龙爪〉讨论会:我读〈虬龙爪〉》,刊于《小说界》1985年第6期;

《华东师大一九八四年攻读硕士学位研究生入学试题专业:中国现代文学》,刊于《中国现代文学研究丛刊》1985年第1期;

《如何更好地发挥文学的社会作用》,刊于《中国现代文学研究丛刊》1985年第1期;

《梳理新文学的真实发展线索——〈中国新文学社团流派丛书〉序》,刊于《中国现代文学研究丛刊》1985年第4期;

《维护创作自由,必须坚决反“左”》,刊于《上海文学》1985年第3期;

《关于艺术性问题——兼评“有意味的形式”》,刊于《文艺理论研究》1986年第1期;

《与自学青年谈读书》,刊于《中文自学指导》1986年第7期;

《对一种文学评论的评论》,刊于《文艺报》1987 年 9 月 26 日;

《〈自我・个性・创造〉序》,刊于《文艺理论研究》1987 年第 5 期;

《〈中国现代文学大辞典〉序》(第一作者贾植芳),刊于《新文学史料》1987 年第 4 期;

《当代文学散思》,刊于《上海文学》1988 年第 1 期;

《我更爱古典主义作品——答友人关于我的文学观》,刊于《文艺报》1989 年 4 月 8 日;

《人道主义的苦难历程》,刊于《文汇报》1989 年 5 月 9 日;

《希望看到更多的力作》,刊于《人民日报》1989 年 1 月 17 日;

《个性・启蒙・政治——关于中国新文学的对话》,刊于《社会科学家》1989 年第 1 期;

《四十年来文艺理论的反思:从什么是文学说起》,刊于《文艺理论研究》1989 年第 2 期;

《且说说我自己》,刊于《收获》1989 年第 1 期;

《个性・启蒙・政治——关于中国新文学的对话》,刊于《社会科学家》1989 年第 1 期;

《多重变奏:文学与政治人道与阶级——关于中国现当代文学的对话》,刊于《江淮论坛》1989 年第 3 期;

《论"探索小说"——中国新时期文学的一个侧面》,刊于《社会科学辑刊》1989 年第 1 期;

《争鸣三境界》,刊于《文艺争鸣》1989 年第 1 期;

《中国现当代文学与人道主义》,刊于《时代与思潮》1989 年第 2 期。

出版专著:

《论"文学是人学"》,人民文学出版社 1980 年 10 月版,印 10 200 册;

《文学的魅力》,山东文艺出版社 1986 年 8 月版,印 3 500 册。

出版编著:

主编《中华现代文选》,上海教育出版社 1985 年 1 月版;

主编国家“七五”期间重点科研项目“中国新文学社团、流派丛书”,由华东师范大学出版社出版。含《现实主义的初潮——文学研究会作品选》,1986 年 6 月版,印 3 500 册;《爱的歌声——湖畔诗社作品选》,1986 年 5 月版,印 2 600 册;《新文学的先驱——〈新青年〉〈新潮〉及其他作品选》,1985 年 10 月版,印 6 000 册;

主编《当代作家国外游记选》,上海文艺出版社 1986 年 12 月版,印 2 200 册;

与吴宏聪联名主编《中国现代文学作品选读》,华东师范大学出版社 1987 年 6 月版,印 100 000 册;

与鲁枢元联名主编《文艺心理学教程》,华东师范大学出版社 1987 年 12 月版,印 7 000 册;

主编《中国现代文学史指要》,华东师范大学出版社 1988 年 4 月版;

主编《中国现代文学精解》,上海文艺出版社 1988 年 8 月版,印 7 200 册。

1990 年—1999 年(七十一岁到八十岁)

1990 年 4 月,受聘为安徽大学《文艺学简明教程》主审。6 月,受聘为安徽省张恨水研究会顾问。

1991 年 10 月,获得国务院政府特殊津贴。12 月,在第二届上海市大学生课外学术科技作品竞赛活动中,获得上海市科技协会等颁发的优秀指导奖。

1992 年 1 月,受聘为“上海长中篇小说优秀作品大奖”(1990—1991)评委。6 月,受聘为上海市教育局《文艺研究》教材编写组顾问。

1993 年 6 月,受聘为辞海编辑委员会编委。12 月,受聘为《大学语文〈专科〉教材及大纲》主审。

1995 年 5 月,受聘为中国云南大学中文系客座教授。12 月,获得国家教委颁发的全国高等学校人文社会科学研究优秀成果奖一等奖。

1996 年 7 月,获得全国高等教育自考指导委员会颁发的为自学考试事业的发展作出重大贡献奖荣誉证书。12 月,参加中国作家协会第五届第一次全委会,当选名誉委员。

1997 年 9 月 29 日,退休并免去华东师范大学文学研究所所长一职。

1998 年，获华东师范大学中国语言文学系终身成就奖。

1999 年 5 月受聘为沈阳出版社《20 世纪中国文艺图书志》顾问。6 月当选为中国文艺理论学会第四届理事会名誉会长。

发表的单篇论文：

《忆王瑶先生》，刊于《文学报》1990 年 1 月 18 日；

《谈〈伤逝〉》，刊于《鲁迅研究月刊》1991 年第 6 期；

《论文学鉴赏——读林家英〈诗海拾贝续集〉》，刊于《社科纵横》1991 年第 6 期；

《序〈20 世纪中国小说的文化精神〉》，刊于《小说评论》1991 年第 6 期；

《治学与写作》，刊于《文艺理论研究》1991 年第 3 期；

《小说与"闲书"》，刊于《文艺理论研究》1992 年第 3 期；

《纯真的爱心　清新的文字——尤今其人其作》，刊于《当代作家评论》1993 年第 1 期；

《郭沫若的才能为何未能充分发挥》，刊于《名作欣赏》1993 年第 3 期；

《郭老的才能为何未能充分发挥——在纪念郭沫若一百周年诞辰国际学术研讨会上的发言》，刊于《文艺理论研究》1993 年第 1 期；

《散文两篇》，刊于《作家》1994 年第 1 期；

《读黄海澄著〈艺术价值论〉》，刊于《文艺理论研究》1994 年第 1 期；

《要审视作家的创作心理:〈鲁迅创作心理论〉序》，刊于《小说评论》1994 年第 4 期；

《鲁迅创作研究的新成果》，刊于《南通师范学院学报(哲学社会科学版)》1994 年第 1 期；

《一次富于独创性的探索:读〈鲁迅创作心理论〉》，刊于《文艺报》1994 年 5 月 28 日；

《论节奏》，刊于《文艺理论研究》1994 年第 6 期；

《关于李鹏翥著〈濠江文谭〉》，刊于《文艺报》1995 年 8 月 4 日；

《往事不如烟:往日四题》，刊于《芙蓉》1995 年第 1 期；

《蜻蜓》,刊于《星火》1995 年第 1 期;

《评委的发言》,刊于《小说界》1994 年第 4 期,署名徐中玉、钱谷融等;

《性情之作——〈南京姑娘〉序》,刊于《上海文学》1994 年第 4 期;

《朴实无华　自然醇厚——谈夏丏尊的〈白马湖之冬〉》,刊于《名作欣赏》1995 年第 2 期;

《真诚、自由、散淡——散文漫谈》,刊于《文艺理论研究》1995 年第 2 期;

《钟声》,刊于《广西文学》1995 年第 2 期;

《谈戴望舒——〈戴诗解读〉序》,刊于《文艺理论研究》1995 年第 3 期;

《灯下:外两章》,刊于《芙蓉》1995 年第 5 期;

《作家要有一颗博大的心》(第二作者王雪瑛),刊于《文艺理论研究》1996 年第 4 期;

《对我影响较大的一本书》,刊于《中国图书评论》1996 年第 1 期;

《谈张爱玲》,刊于《读书》1996 年第 6 期;

《关于戴厚英》,刊于《当代作家评论》1997 年第 1 期;

《〈世纪的回响〉丛书序》,刊于《人民日报》1997 年 6 月 7 日;

《〈雁峰书话〉序》,刊于《楚雄师范学院学报》1997 年第 12 期;

《文艺问题随想》,刊于《文艺理论研究》1998 年第 2 期;

《上海,我还是喜欢的》,刊于《小说界》1998 年第 6 期;

《关于无边的人道主义》,刊于《粤海风》1998 年第 2 期;

《曹禺先生追思》,刊于《随笔》1998 年第 5 期;

《谈谈我对研究生的培养》,刊于《教学与教材研究》1998 年第 3 期;

《反思白话文运动》,刊于《文汇报》1999 年 4 月 10 日;

《论文艺批评的魅力——关于文艺问题的问答》(第二作者殷国明),刊于《上海社会科学院学术季刊》1999 年第 4 期;

《我的母亲》,刊于《作家》1999 年第 8 期。

出版的专著:

《艺术・人・真诚——钱谷融论文自选集》,华东师范大学出版社 1995 年 4

月版,印 3 000 册。

出版的编著:

《中国当代文选》,上海教育出版社 1992 年 11 月版,印 1 400 册;

近人书话系列,由浙江人民出版社出版。含《刘师培书话》,1998 年 11 月版;《郁达夫书话》,1999 年 1 月版;《周越然书话》,1999 年 3 月版;《王国维书话》,1999 年 3 月版;《林琴南书话》,1999 年 3 月版。

2000 年—2009 年(八十一岁到九十岁)

2001 年 12 月,获得《新民晚报》专刊部、上海达安企业发展有限公司《〈雷雨〉人物谈》颁发的"我的第一本书"征文大赛一等奖。

2004 年 10 月,受聘为华东师范大学中国现代文学资料与研究中心学术委员会顾问(2004—2006)。

2007 年 11 月 21 日,出席上海作协第八次会员大会。

2008 年 10 月,获得上海市哲学社会科学优秀成果评奖委员会颁发的上海市第九届哲学社会科学优秀成果(2006—2007)学术贡献奖。

2009 年 4 月,向上海市普陀区文化局捐赠《我希望……》等 10 种手稿及《闲斋书简》等 4 册书,被"上海当代作家手稿作品收藏展示馆"永久收藏。6 月 20 日,出席华东师范大学中文系主办的"期刊与当代中国文学研究"学术研讨会。

发表的单篇论文:

《有感于山川灵秀》,刊于《文汇读书周报》2000 年 2 月 5 日;

《〈论"文学是人学"〉发表的前前后后》(第二作者殷国明),刊于《中国文艺家》2000 年第 1 期;

《形式与内容》,刊于《文艺理论研究》2000 年第 2 期;

《我的希望》,刊于《学术月刊》2000 年第 1 期;

《怀念"五四"》,刊于《世纪》2000 年第 6 期;

《有感于当教师》,刊于《人民日报》2000 年 12 月 15 日;

《令人憧憬和痴迷的艺术境界——关于〈雷雨〉欣赏答问录》,刊于《文艺理

论研究》2001 年第 5 期;

《我的中学时代》,刊于《新文学史料》2001 年第 1 期;

《不必羞愧的缪斯女神——我看通俗文学》,刊于《中国现代文学研究丛刊》2001 年第 2 期;

《关于艺术性问题:有意味的形式? 情感的形式?》,刊于《常熟高专学报》2001 年第 15 期;

《新世纪与青年学子论学》,刊于《扬州大学学报(人文社会科学版)》2001 年第 5 期;

《〈江南味道〉序》,刊于《书屋》2001 年第 9 期;

《关于艺术的具体性》,刊于《中文自学指导》2001 年第 1 期;

《钱锺书与现代西学》(学术专著),刊于《当代作家评论》2002 年第 1 期;

《人・正直・真诚》,刊于《文艺争鸣》2002 年第 1 期;

《我的大学时代》,刊于《新文学史料》2002 年第 3 期;

《雾》,刊于《语文教学与研究》2002 年第 22 期;

《读季进〈钱锺书与现代西学〉》,刊于《文学评论》2003 年第 1 期;

《与青年学子谈读书》,刊于《文艺理论研究》2003 年第 2 期;

《以简代文——致李岭同志的一封信》,刊于《文艺理论研究》2003 年第 4 期;

《〈文学心理学〉修订版前言》,刊于《黄河科技大学学报》2004 年第 1 期;

《一个"追梦人"的絮语》,刊于《人民日报》海外版,2004 年 3 月 15 日;

《与〈论"文学是人学"〉有关的事》,刊于《上海文学》2004 年第 4 期;

《我的祝贺》,刊于《上海鲁迅研究》2005 年第 1 期;

《诗意与世长存》,刊于《上海文艺界》2005 年第 1 期;

《我的初中年代》,刊于《中学生阅读(初中版)》2005 年第 4 期;

《桥——代我的人生观》,刊于《语文新圃》2006 年第 4 期;

《文学漫谈》,刊于《上海文学》2007 年第 8 期;

《关于〈"夏天里的一个春梦"——谈周冲〉》,刊于《语文学习》2007 年第

4 期；

《碧萝湖公园》，刊于《上海文艺界》2008 年第 4 期。

出版的专著：

《中国当代大学者对话录：钱谷融卷》，钱谷融、殷国明著，中国文联出版社 2000 年 2 月版，印 5 000 册；

《散淡人生》，倪文尖编，上海教育出版社 2001 年 3 月版，印 5 150 册；

《闲斋书简》，华东师范大学出版社 2004 年 2 月版，2 100 册；

《当代文艺问题十讲》，复旦大学出版社 2004 年 5 月版，6 000 册；

《钱谷融论文学》，殷国明编，华东师范大学出版社 2008 年 5 月版，印 5 100 册；

《闲斋忆旧》，罗银胜编选，上海人民出版社 2008 年 6 月版，印 4 250 册；

《钱谷融论学三种》，河南大学出版社 2008 年 5 月版；

《钱谷融文论选》，上海文艺出版社 2009 年 9 月版，印 4 500 册。

出版的编著：

《文学心理学》，钱谷融、鲁枢元主编，华东师范大学出版社 2003 年 8 月版，印 5 100 册。

2010 年—2016 年（九十一岁到九十七岁）

2010 年 9 月 12 日至 13 日，出席"当下文艺理论热点"学术研讨会暨《文艺理论研究》创刊三十周年纪念座谈会并致辞。

2012 年 9 月 19 日，作为颁奖嘉宾出席"第二届光荣与力量——感动上海年度十大人物颁奖典礼"。12 月 8 日至 9 日，作为现代文学研究会顾问，在福州福建师范大学参加中国现代文学研究会第十一届理事会第二次会议。

2013 年 5 月 25 日出席华东师范大学夏雨诗社复社活动。9 月 27 日，出席上海作协第九次会员大会。10 月 25 日，出席钱谷融先生学术思想研讨会。

2014 年 12 月，获第六届"上海文学艺术奖"终身成就奖。

2016 年 11 月，乘京沪高铁赴京，参加中国作协第九届全国代表大会。

发表的单篇论文：

《〈伍叔傥集〉序》(原文写于 2010 年 9 月 10 日),刊于《现代中文学刊》2010 年第 5 期;

《我校六十大庆感言》,刊于《中文自修》2011 年第 6 期;

《可靠的良伴》,刊于《读书文摘》2011 年第 9 期;

《给我影响最大的一本书》,刊于《语文教学与研究》2011 年第 33 期;

《难忘伍叔傥师》,刊于《中华读书报》2011 年 9 月 7 日 07 版;

《回忆贾植芳》,刊于《现代中文学刊》2011 年第 2 期,原文出自 2009 年 1 月 14 日王京芳笔录;

《序〈胡适的文学思想〉》,刊于《东吴学术》2013 年第 1 期;

《思想与情感的力量》,刊于《文汇报》2013 年 11 月 5 日;

《美的追求》,刊于《新民晚报》2014 年 10 月 29 日;

《〈胡适・鲁迅・莫言:自由思想与新文学传统〉序》,刊于《东吴学术》2015 年第 4 期;

《文学是人学,艺术也是人生——序鲁枢元新版〈创作心理研究〉》,刊于《文汇报》2016 年 7 月 18 日;

《台湾文学研究的新创获》,刊于《世界华文文学论坛》2016 年第 2 期。原文写于 2014 年 12 月 28 日。

出版的著作:

《钱谷融文集》,上海人民出版社 2013 年 11 月版,含《文论卷:文学是人学》、《散文、译文卷:灵魂的怅望》、《对话卷:有情的思维》、《书信卷:闲斋书简录》四卷;

《闲斋外集》,华东师范大学出版社 2015 年 10 月版。

出版的编著:

《世界文学名著赏析》,钱谷融、刘洪涛主编,中国人民大学出版社 2012 年 4 月版。

(执笔　陈　丹)

图书在版编目(CIP)数据

钱谷融文选/钱谷融著.—上海:上海人民出版社,2019
(大家学术经典文库)
ISBN 978-7-208-14665-5

Ⅰ.①钱… Ⅱ.①钱… Ⅲ.①中国文学-现代文学-文学研究-文集 ②中国文学-当代文学-文学研究-文集
Ⅳ.①I206.6-53

中国版本图书馆CIP数据核字(2017)第174871号

责任编辑 李 莹
封面设计 零创意文化

大家学术经典文库
钱谷融文选
钱谷融 著

出 版	上海人民出版社 (200001 上海福建中路193号)
发 行	上海人民出版社发行中心
印 刷	常熟市新骅印刷有限公司
开 本	720×1000 1/16
印 张	15
插 页	5
字 数	208,000
版 次	2019年5月第1版
印 次	2019年5月第1次印刷

ISBN 978-7-208-14665-5/I·1642
定 价 72.00元